SINCE
漫娱文化

经　典　影　视　小　说

WOMEN IN BEIJING

我 有 一 点 不 甘 心

北 京

—BEIJING—

只要去了北京，

那些五光十色的生活便不再只是想象。

饭局

FANJU

我就像从酒店打包回来的那个插花用的奥地利水晶杯，
只是餐桌上的一个摆设，
是鲜花的陪衬，是桌上的静物。

都市女人的欲望膨胀系数　WOMEN IN BEIJING　来自于不同等级的男人

欲望

—YUWANG—

我曾经以为，
只要来了北京就会变成人上人，
让人羡慕，更让人嫉妒。

法则

—FAZE—

我觉得自己真是太没出息了，我妈把我捧在手心里当宝贝，我却偏偏因为一个男人的忽冷忽热，无法自控。

相亲

—XIANGQIN—

或者应该这样说，
男人之间有惺惺相惜，
女人之间也有。

T U J I A N

渣 男

—ZHANAN—

是啊，黄越彬就是黄鼠狼，

而我就是被拜年的那只鸡。

他没安好心，我却还沉醉其中。

B E I J I N G N V Z I

离婚

—LIHUN—

没有非离不可的婚，
也没有非在一起的人，
但是自己做的选择，
永远不要去后悔，向前看。

想飞的鸟儿

永远没有窝

鸟儿

NIAOER

欲望是永恒的创造力，继续走吧，前面是什么已经不重要了，重要的是，我可以一直走下去。

北京女子图鉴

WOMEN IN BEIJING

张 佳/编剧
余姗姗/改编

长江出版社
漫娱文化

CONTENTS

目录

我有一点不甘心

PART 1

WOMEN IN BEI JING

001

我叫陈可，八五后，出生于四川攀枝花，成长于单亲之家。但在那件事发生之前，我原本叫陈可依，依靠的“依”，小鸟依人的“依”，我很不想喜欢这个字。

这事还得从我去北京说起。

我和所有北漂人一样，去北京，是追求梦寐以求的一切，而且作为一个中国人，骨子里就有一种“用学历改变命运”的根深蒂固的观念。

何况我妈妈原本是土生土长的北京人，因为时代的变迁她留在了攀枝花，认识了我爸爸，生下了我，自此再没回过北京。

这件事便成了促使我“回到”北京的催化剂。

说起我妈，她也和大多数中国家长一样，虽然自己这辈子输了，却希望孩子能赢，希望我能“回”北京，这一点和全中国人民的希望不谋而合：希望能在北京土生土长，有北京户口，有祖上留下的房产庇荫，还有中产阶级的生活水平。

记得高三那年，我高考失利，我妈说，要是我能有个北京户口，以我的分数，上北京的大本是没问题的，可惜我是外地户口，要比北京孩子多努力二百分。这番话一直敲打着我，直到我挑战考研再度失利，我便知道自己只剩下一个选择——北漂。

做一名北漂人，就意味着要吃别人吃不了的苦，受别人不想受的罪，丢别人丢不起的脸。我有个长辈说，要是连这份苦都能吃，高考怎么会考不好？毕竟，奔波生计耗费的是心血，读书耗损的只是脑细胞。

我没有反驳那位长辈，尽管我心里觉得他说的没有一个字在点上，他自己早就认命了，还希望别人跟他一样庸庸碌碌。

“变成最好的女人，拥有大房子、好男子和起点就高于他人的小孩”，这是很多人眼里的海市蜃楼，也是打败无数北漂人的重击。可它也是一个美好的愿望，是梦想。在梦想被打破之前，它是那么吸引人，就像罂粟花。

我想，即便终有一天我被它打败了，也不会后悔，因为我起码拥有过，并为之奋斗过。何况，全中国的年轻女人都渴望拥有，那些嘴上说不想、不屑、不惦记的人都是口是心非，而要验证这一点并不难——假使从天而降一亿元只能用来买房，而且不限购，呵，你看她们会把房买在哪里？

好吧，事实上我妈也是众多口是心非的女人之一，但她和那位长辈略有不同，那位长辈是彻底认了，我妈还徘徊在临界点上。

而这个临界点，取决于我。

今天，是我们要去见赵局长的日子，为我的工作托关系。直到临出门，我还在网上投递简历，用人单位都是北京的。

我妈在卧室走来走去，她嘴里念叨着“别让赵局等”，手里也没停过。女人在出门之前要拾掇的太多了，她这一生都是这么劳碌过来的。

我心不在焉地合上笔记本，我妈已经走到房门口，问我：“还惦记着去北京呢？”

我随口应了一句：“不然呢？”

是啊，不然呢？我妈这半辈子都在我耳边念叨着北京的好，在北京落地生根才能改变命运，可我现在这样全都怪她，她原本也是个金凤凰，怎么就落在攀枝花了？而整间房子里唯一能证明这一点的，只有放在客厅书柜上的一张合照，照片里是我妈、姥爷和姥姥，那时候他们还在北京，一家三口在天安门前合影留念。

等我打开衣柜有些意兴阑珊地找衣服时，刚好听到我妈这样说："啥都没有去了喝西北风啊？"

这是她念叨无数遍的一句话，但她的很多话都得反过来听。

比如，假如啥都有呢？

我妈收拾完屋子，开始收拾自己，她穿着体面的套装，还特意戴上一块考究的手表，仔细梳整头发，但这并不妨碍她嘴上的功夫。

她正念叨着，留在家里有什么不好，起码还有她给使使劲儿，这个税务局的工作有多少人挤破脑袋，就我偏不识好歹。

这番话也不知道是在给我洗脑，还是给她自己。

你信不，假如我真的识这份好歹，她又要不甘了。

我别的没说，只问她："一个月工资多少？"

我妈："起码两千，逢年过节还有奖金。"

两千？我读了四年大学，为了考研拼死拼活，为的只是一个月两千？

我随口回她，等我去了北京一个月给她寄两千，第二年就翻倍。

在北京，就算当服务生都能省出这个钱，我还就不信我的学历只能当个摆设。

结果，我妈看到我身上的衣服，又开始念叨："要见领导，你好歹穿得正式点啊！"

她依然在担心这份工作，生怕如果去不成北京，连这条退路也没了。

直到我们到了约好的餐厅包间，见到了梳着背头的赵局长和一个梳着同款发型的年轻男子赵胜宾，我妈就热络地开始张罗。

赵局长和赵胜宾都说着本地话，寒暄时，话里话外说的都是前程，比如赵胜宾才用了两年就当上了主任，而我则将这些时间浪费在考研上。

我妈接话接得有些艰难，只有我听得出来她的懊悔，早知我不是那块料，还不如早点让我认命。

这分明是一场鸿门宴，找工作和找丈夫一起解决，经济实惠有效率。

接下来，在和赵胜宾的交谈中，我得知他和我一样都是铁中毕业的，我们班主任是他小姨。你看，小地方就是这样，低头抬头都能攀上关系。

赵胜宾说着还抽起烟，昨天晚上才打了通宵的麻将，还问我会不会，下回一起。

我轻轻笑着："我不会。"

赵胜宾终于听出不对："你平时都说普通话啊？"

我说："我妈祖籍是北京的。"

我妈刚好起身给大家续茶，这时插了一句："我十多岁跟父母支援建设来的，就再没回去过。"

字正腔圆，足以媲美女主播。

赵胜宾很不以为意："我前两个月去过一趟，人太多了，还是这里好。"

是啊，人是多，可是除此以外他恐怕也找不出另一个"不好"了。如果不好，大家为什么还要往那里挤呢？

从这以后，我再没和赵胜宾说过一个字，我自然也知道他心里会怎么想：切，北京来的又怎么样，现在还不是在求人办事？

而我，却只在他身上看到了自己惨淡无光的未来——如果留下，我将会有一个像他一样的丈夫，说不准就是他，闻着烟味儿，陪着打通宵麻将，在所谓的工作岗位上喝茶看报纸，一眼就望到了几十年后生命的尽头，不会有大波折，自然也不会有惊喜。出门应酬时，人家再问起我的"普通话"，我还会夫唱妇随地说一句："哎，还是这里好。"

饭局过后，我和我妈坐着晚班的公交车回家，车里稀稀落落坐着几名乘客，一个个无精打采。

我们坐在最后排，我看着窗外，窗户上透出灰暗、落后的街道，没有电视里那种五光十色的夜景，更没有车水马龙、人来人往的热闹，只有我妈歪着头打瞌睡的倒影。

我回过头来看着她，原本整齐梳着的头发已经有些散乱，一缕发梢垂下来在额前晃悠，外表光鲜的套装里是一件红色的针织衫，外人自然看不到，但我知道，那件衣服早就开线破洞了，穿了太多年，我妈也舍不得换。

这全是因为，贫穷。

等我快到和李晓芸约好的婚纱店时，我先一步下了车，临下车前还小声跟售票员说了一声，等到了北门桥记得叫醒我妈。

要不然，她会一直睡到总站。

李晓芸是我的好闺蜜，她要结婚了，今天我要陪她挑婚纱。

但其实也没什么可挑的，这家婚纱店简陋土气，婚纱都随随便便挂在架子上，有的泛黄，有的开线，有的还落了灰，恐怕打从生产出来的那天起，这些婚纱就没有洗过，也不知道沾过多少陌生女人的体味。

但李晓芸试穿得很开心，她也说着一口本地话："你妈可真行，明知道你都有杨大赫了，还要给你介绍男朋友。"

和她在一起，我通常是不说普通话的："她就是想方设法地要把我摁在这儿，三天两头地介绍。"

然后，我们又提到了北京，李晓芸还说："待会儿王佳佳也过来。"

王佳佳高中时比我大一届，读书的成绩不如我们，却在北京一所民办大学念书，而后留下。关于她的故事都是"听说"，比如她如何大方、有门路、仗义，却在工作上毫无建树等等。

李晓芸说，王佳佳从北京给她带了项链和耳环，不像这里的款式，太老气，她还说如果我想去北京，王佳佳是一块不错的敲门砖。

可我却觉得，王佳佳念书时就不努力，去了北京恐怕也是底层。

我们正说着，门外传来两个中年女人的吵闹声，家长里短。

李晓芸有些感慨，说她老公田子家里没钱买新房，她爸妈想把份子钱都拿出来，再贴补点，争取让她和田子搬出去住，可田子妈却老大不乐意。李晓芸却不管这些，认准了只要生了娃，横竖都是她和田子的。

说真的，我都替她累。

直到这时从门口传来一个女人清脆的声音："晓芸！"

沉重的话题才被打岔过去。

是王佳佳，她穿着叠领的大毛衣、皮短裙和一双流苏卡其色长靴，随手挎着一个大背包，偏巧不巧正是我前阵子从杂志上剪下来的 LV 的 neverfull，更不要说她耳朵上那对长耳、手上的戒指、上面的碎钻在昏暗的小房间里仿佛能发光。

王佳佳也说着一口流利的普通话，和我们打过招呼后就开始展示她给李晓芸带回来的首饰。

她们的话我其实没怎么听清，全部注意力都在那些亮晶晶的东西上，仿佛李晓芸穿着那件陈旧的婚纱，也被那些首饰衬托得焕然一新。

可事实上，我的目光更多时候是落在王佳佳身上，脑海中只浮现出两个字——洋气。

再看向像是很久没有擦拭过的镜子，上面沾着污渍，污渍下映出三个女人：一眼就能望到人生尽头的李晓芸，全身都在放光的王佳佳，以及前途未卜，正站在岔路口上的我。

毫无疑问，只要我稍稍向李晓芸迈进一步，我将会有一个和她差不多的婚礼，住上差不多的房子，过着差不多的人生，将来老了还会和她一起站在某个简陋的婚纱店门口叽叽喳喳念叨家里的琐事。

而走向王佳佳……则意味着“不可预测”，无论是好的、不好的，将得到的、将失去的，一切皆有可能。

连王佳佳都能做到光鲜亮丽，一进门就仿佛给整间屋子照进来阳光，难道我还不如她吗？

那些平日里被我小心隐藏在角落里的不甘心和嫉妒，似乎在这一刻齐刷刷地跑了出来，规模之大很快就填满了我的大脑，容不得我忽视。

我知道，我要的，我所追求的生活，我的将来，我的喜怒哀乐，一定、必须是在北京，绝不能是这里。

只要去了北京，那些五光十色的生活便不再只是想象。

清晨，我会穿着洋气时尚的套装，踩着高跟鞋，走在光可鉴人的大理石地面上，出入写字楼。

傍晚，我会拎着大大小小的购物袋，穿梭在豪华的商场里。

夜晚，华灯初上，我还会约上几个和我差不多的女生，一起坐在高级餐厅里，谈笑风生地聊着准备入手下一季的新款，而不是偷偷摸摸地把它们从杂志上剪下来。

还有每个月，我会寄回家两千块钱，哪怕我妈再像今天这样劳累，起码还可以打个车，起码可以换一件新的针织衫，不用再将旧的藏藏掖掖地穿在套装下。

起码，逢年过节从北京回来时，所有大学和高中同学都会围着我转，羡慕且嫉妒地看着我。

起码，再遇到像赵胜宾那样的男人时，他不会再用那样轻描淡写的语气说，“还是这里好”。

起码，等我将来人到中年，不会跑到人家婚纱店的门口家长里短碎碎念……

生存和生活，到底是有天渊之别的。

002

王佳佳无疑成为了我北漂的一个催化剂，或者说成为了压死骆驼的最后一根稻草。

自那天见过王佳佳，我一回到家里就开始收拾杂物，我妈见了，问我是不是发神经，还是那天在饭局上受什么刺激了，如果实在不喜欢赵局长介绍的那个赵胜宾也没关系，没有人要求我一定要和他好，只是在攀枝花这样的小地方，女人们都早婚早育，她只是怕我被落下了。

我听着我妈那些念叨，没有反驳她一个字，只是在收拾到一半的时候，向她保证，我对自己的前途绝对认真负责，我更不是个轻易受别人刺激影响的人，就算真的刺激到了，那也是因为那种难以压抑的渴望早就存在了。

那天之后，我妈又和我聊了很久，她也终于明白了我的决心，或者说我的企图心，眼瞅着自家的闺女就要远行，当妈的哪有不担心的？

我妈嘱咐了我很多，又试图挽留，直到我终于踏上北上的火车，火车内外轰轰闹闹，我妈在车窗外扯着嗓子对我说，不要等春节再回来，但凡有点假期都要记得回来看看，平时要多给家里打电话。

直到那一刻，我心里突然涌上来抑制不住的兴奋和难过，兴奋的是，我终于离开这个小地方了，第一次去那么远的首都；难过的是，这次不是为了上大学住校，而是为了生计而奔波。以前从学校回到家里，从没想过吃穿的问题，现在这些却成了我的奔头。

是不是人长大了，烦恼就会变多？为什么越是想求什么，越是求而不得？人这一辈子到底应该怎么折腾才精彩？无数个问题，伴随着火车的轰鸣声，伴随着我一路北上。

我闲得无聊，翻开手机刷微博，刚好看到这样一句话："千万别在最好的年龄里，吃得最胖，用得最差，活得最便宜。"

这句话就像一根插进指尖的小刺，让我不上不下愣了好一会儿。

这样的人生恐怕任何一个女孩子都不愿意拥有，可是当我抬眼一看四周，又低头看了看自己，才发现除了第一条有待商榷外，整节车厢里有多少人不是这样？

我不禁在心里打了个激灵，突然脑补出一幅画面，自己已经年逾中年，一辈子庸庸碌碌，连一个想要达成的愿望都没有满足过，到了那个时候，我突然看到了这样一句话，该是什么样的感受？

恐怕这便是万箭穿心吧。

就这样，我带着忐忑又兴奋的心情，一路北上，车窗外的景色渐渐从绿色变成白色、灰色，时间似乎发生了逆转，从春天过渡到了冬天。

火车开到一半的时候，我给远在东北的男朋友杨大赫打了通电话，电话里的他语气轻松，有着浓浓的东北乡音，透着忠厚老实。

杨大赫是我在大学校园里认识的男孩，他长得人高马大，一脸憨厚相，在他面前我总是可以肆无忌惮地撒娇耍赖。

也是在我告诉杨大赫我已经坐上火车，第二天下午就要到北京。这一天，杨大赫的妈妈正在老家的医院做手术。

杨大赫问我去了北京住哪儿。

我说："住我一个老同学家。顶多住一个礼拜，找到工作了我就在单位附近租一个房子。"

这样的安排听上去再合理不过，但前提是我要尽快找到工作。

杨大赫很快说："好，我知道了，我争取下周去北京，咱们一起找房子。你好好的啊，我马上给你打一千块钱，不够你跟我说。"

我一听，心里就有点着急："你不用给我打钱啊，你家里正是用钱的时候！对了，你妈妈手术怎么样了？"

杨大赫说："还在手术，我正在手术室外等着呢。"

接着，我们又聊了两句，我祝他顺顺利利，我会在北京等他，杨大赫则依然用在大学时那种哄我的语气，让我乖乖的，有事一定要给他打电话。

初到北京，我对一切都处于发蒙的状态。

似乎在下火车的那一刻，我就已经化身为刘姥姥，误入了大观园，可我一点都体会不到刘姥姥那种喜悦的心情，我只觉得彷徨无措。

北京真的很大，北京西站的人真多，人来人往，川流不息，每一分都有几十个人从我身边经过，去奔前程。

我穿着白色的羽绒服和崭新的白球鞋走出西站，脚上已经不知被人踩了多少下，身上的羽绒服也被四周各式各样的深色羽绒服蹭脏了，抬头一看，天高地阔，这就是北京。

我好不容易叫上一辆出租车，没有和大多数人一样去挤地铁，北京的出租车也比我们老家的干净许多，车内空间也大，连那个计价器也显得很忙碌。

我望着车窗外出了神，沿途的景色很快从繁华的西二环渐渐过渡到有些光秃秃的北五环清河，到了北五环，沿街还能看到捆着好几米高纸箱的板车和卖苹果的小商贩卡车，以及懒洋洋趴活儿的人力三轮车……

等我醒过神来，又看了一次计价器，心里一惊——八十七元。

我连忙问开车的师傅："师傅，请问还有多远啊？"

司机师傅操着一口流利的北京土话，说，不堵的话，还有十来分钟。

我又问："那请问，从我去的清河，到世贸天阶远吗？"

司机师傅琢磨了一下，轻描淡写地说，也就穿了大半个北京城吧。

我听得越发的蒙，想不到第一次感受到北京的寸土寸金，是在距离和出租车的收费上。

等出租车抵达了目的地，我有些心疼地交了车费，下了车就在小区门口见到等候许久的王涛。

王涛是我初中和高中时期的同桌，我们有同窗情谊，小时候干过的糗事彼此都知道，还知道对方偷偷暗恋过哪个同学，而且因为他名列学校前茅的学习成绩，连带我也多考了几十分。

那时候，王涛不负众望地考上了清华，全校老师都以他为荣，他大学毕业后就留教科学院，光明正大地留在了北京，现如今住在清河某小区。但是这些年，王涛在攀枝花的父母和我们家一直保持着友好互动，可以说，王涛是除了我爸妈和闺蜜李晓芸之外，我最亲密的人。

我刚来北京，第一个想到的自然是他。

一照面，王涛就迎上来，接走我的行李，满嘴都是道歉："哎呀太对不住你了，还让你自己来找我，下午这个会实在请不下假来，要不然就去火车站接你了！"

我一边说着"没事，没耽误你吧"，一边打量他，随口笑道："你怎么胖了？"

王涛只说："没耽误，对了，晚上想吃什么？"

我朝他一乐："都行！"

这时王涛眉眼一耷，扫了一眼我的装束："就你这一身白，我跟你说，没几天就全是灰，北京的灰尘特别大！"

我转而又想到在火车站看到四周都是深色的羽绒服，很多上面都沾着灰："哎没事，洗洗就白回来了！"

王涛又问："杨大赫呢，不是说要一起过来住吗？"

我简单交代了一下："本来是要一起来的，但是他家里突然有点事，所以他要等一段时间再来。"

我俩边说边往小区里走，一路经过错落有致的居民楼，只听他问："工作找得怎么样了？"

我笑嘻嘻的，满满都是信心："来之前投了很多简历，也接到了很多面试的电话，到时候挑挑看哪个更合适。"

王涛随口应道："那就好，好好挑一挑。"

不知怎的，他的语气似乎并不乐观。

自然，这时候的我还不明白投递简历和面试的那一套规则，人事部负责招聘的人，着急用人的时候每天都要打上百个电话，他们也不会仔仔细细看每一份简历，只是根据条件筛选出来的，就会给对方打个电话，他们还要核算接到电话的人里有多少比例是来不了的，有多少是找到工作的，有多少是不符合要求的，都是广撒网捕鱼，专门捕我这种广撒网投递简历的鱼。

而我，恰好接到了这样的一批电话，就自己以为是个炙手可热的人才。

王涛住的是八十年代落成的老小区，到处都是砖红色的老楼，每栋六层，没有电梯。

我们俩一前一后地上楼，刚到一层，迎面就下来一个理工科气质的男生。

王涛和对方打招呼："出去吃饭啊？"

那男生语气很轻快："噢，导师请我们小组吃饭。"

然后，他斜着眼用鼻孔看了我一眼，趾高气扬地问王涛："老家来亲戚了？"

我一下子就皱起眉，仅仅是因为他那个眼神和那句话，感觉心里有个地方被人重重戳了一下。

王涛平和地对他解释："不是，这是可依，我们是初中高中的同班同学，铁磁！"

我这才礼貌地回了个微笑，却没说话。

那男生很快走了，我和王涛接着往楼上走，王涛边走边介绍说，这一片原来是科研所的家属楼，后来盖了有电梯的新公寓，大家都搬过去了，就把这片老楼留给刚毕业分配过来的学生住。

我应了一声，又听他说："这楼里现在住着的，都是当年各地的高考状元。"

我这才想起来，王涛也是我们那里的状元，一下子对这栋楼肃然起敬，忍不住抬头又观望了一下，刚好见到一个长发飘飘的女生从楼上走下来。

那女生穿着和我一样的白色长款羽绒服，脖子上围着一条大红色的毛围脖，五官标致且秀丽，下楼时脚步很轻，有种翩然而至的美感。

嗯，想必这位仙女也是状元。

王涛和那女生搭话："文卿，你要的资料我放所里了，明天给你吧？"

连名字听上去也是状元会起的。

被称作文卿的仙女说："好，你这是？"

她用眼神示意我。

王涛笑着回："我朋友，来我这看看。"

文卿笑容温柔地朝我招招手："你好，再见啊。"

那仙女一走远，王涛就如数家珍地介绍："这个，山东的高考状元，上高中就发明了专利，剑桥要她，人家没去。"

听上去可真牛。

但女人看女人，看的都是长相，谁管你学历呢。

我说："她长得像个演员。"

也不知道为什么王涛开始老王卖瓜："学校贴吧上投票选出来的校花！钢琴十级呢。"

我忍不住笑王涛："那你怎么不追她呀！"

我就不信王涛没想法。

王涛立刻自惭形秽地暴露了短板："我？人家男朋友是哈佛的！我连号都挂不上！"

我"哦"了一声，不再接话，只觉得自己进入了一个新世界，而帮我打开新世界大门的人赫然就是我的发小王涛，用这样一种让人猝不及防的方式，使我清晰地认识到自己是只井底之蛙。

在攀枝花，我还能骄傲一下，到了北京，我算什么？连这栋不起眼的旧楼里都是人才济济。

我边想着边抬眼，看向在前面抬着箱子很是吃力的王涛，不知为什么，心里受到了一点震动。

王涛那踉跄的背影，也在我心里留下一抹影子。

003

面试对我来说，是一项全新的体验，也是一条自我衡量的水平线。

早在来京之前，我的自我感觉始终不错，毕竟有那么多家大公司给我打来电话，请我来面试。

可是当我真的来到一个又一个面试考官的面前，才真真切切地意识到自己的无能和无知。

第一份面试的用人单位坐落在北京的 CBD，最繁华的商业区，楼层很高，坐在走廊上等待面试官叫我之前，我一直从旁边的窗户往下看，看北京的早高峰，看那些在老家见都没见过的车水马龙。

只要微微一抬眼皮，似乎就能将整个北京尽收眼底。

居高临下的感觉，真的很奇妙。

直到面试官叫了一声“陈可依”，我缓缓吸了口气，整理了一下颜色鲜艳的套装，挂上笑容，推门而入。

屋里有两位面试官，一个比较严肃，一个比较和善。

我刚一坐下，就听严肃的面试官不苟言笑地问：“专业是市场营销，你有相关方面的工作经验吗？”

我飞快地回答：“我今年刚毕业，这是我找的第一份工作，不过我之前在火锅店实习的时候，帮他们设计过促销的海报。”

也不知道是因为我说了“刚毕业”还是“火锅店”，严肃的面试官很快皱着眉，抬眼瞅了我一眼。

这时，就听和善的面试官问：“你大学也没在北京上，家离得也远，为什么考虑来北京发展呢？”

我非常坦白地说：“嗯……为了梦想吧。”

和善的面试官差点笑出声，我一时没明白，难道我说了什么好笑的事？

那面试官连忙说：“没事没事，很好。说说你对薪酬的想法。”

我不假思索道：“月薪六千。”

这回，两位面试官都沉默了。

直到几秒钟后，严肃的面试官站起来，和我握了一下手：“回去等通知吧。”

我虽然一时搞不清楚自己犯了什么错，但是看他们两人的面部表情和“送客”的肢体语言，多少还能明白到，这次面试失败了。

我不是他们要找的人……

毕竟天真单纯的毕业生有的是，一口价三四千月薪地抢着来，自然这件事我也是到后来才明白的。

至于“梦想”的话题，几年后我刚好看了一部美国的小妞电影《Morning Glory》，里面的女主角在二十八岁这一年失业了，当她和妈妈谈话还提到了梦想时，妈妈对她说：“你有梦想，这是好事啊！当你八岁时有梦想，大家会觉得你很可爱；十八岁时，还算鼓舞人心；

二十八岁时谈梦想，丢不丢人啊？”

事实上，我第一次面试的时候，是二十三岁，刚好卡在十八岁和二十八岁之间，我不知道那算不算鼓舞人心，但大约可以认定为，它正在朝“丢人”的路上前进。

而那两位面试官，八成已经很久没见过这么天真的毕业生了吧？

直到回到王涛的家里，我心里仍是出奇的闷，一闷就想干点活，总比躺着装死强，于是就走到厕所里，随手捡起脏衣篮里的衬衫洗起来。

王涛很快被流水声吸引过来，一照面就惊了：“你怎么给我洗衣服啊？我自己来就行。”

我头也没抬：“顺手就洗啦，你肯定没我洗得干净。”

王涛半晌没说话，我侧了下头，刚好对上他的笑。

奇怪，笑什么？

我随口问：“对了，你这边房租多少啊？我跟你分一下。”

王涛又一次惊讶：“不是吧你，跟我这么见外？”

我嘿嘿一乐：“总要跟你假装客气下。”

由于我站的角度刚好可以看到大门口的动静，这时就见一张水电单子从门缝下塞了进来。

我放下衬衫，擦了两下手，越过王涛捡起单子。

王涛反应过来：“水费单吧，给我。”

我没理他，直接塞进自己的兜里：“行啦，我顺手就交啦！”

王涛果然不再坚持。

而我，也没有对他提起面试受打击的事。

王涛来得比我早，像是今天这种小打击，恐怕他早就见怪不怪了，我要是连这点事都搬上日程，未免显得矫情。

可是后来我转念又一想，以王涛的学历，这种打击恐怕会对他绕道而行吧？如果是他开口要六千的月薪，用人单位岂不是高兴坏了？

很快的，我又迎来第二次面试，更糟糕。

我不再像第一次那么有自信，也不再像第一次那么莽撞，不食人间烟火。

那个面试官的问题也和第一次遇到的不一样：“你是四川人，又在成都上的大学，为什么不留成都要来北京？”

我犹豫了一下，才将自己的真实想法说出：“因为……北京的大公司多，机会也多，我相信自己有希望在这里闯出一片天地。”

主要是如果不这样说，我也想不出更好的说法，“梦想”二字更是不会再提。

面试官很快就问到关键问题：“待遇你有什么想法吗？”

我想了一下，却不是很肯定：“……五千？”

可是那面试官似乎对我的“自动降价”并不感冒，他一声不吭地低头又翻了翻我的简历，脸上只挂着四个字——“乏善可陈”。

值得庆幸的是，这第二次打击远没有第一次来得那么强烈，当我的期望值降低了，似乎心里也有些麻木。

我没耽搁，很快朝下一个面试点奔去。

但是即便手里拿着北京地图，我还是迷了路，而脚上那双高跟鞋，更在此时发出抗议，凑热闹地将我的脚后跟磨得火辣辣的疼。

北京的冬天真的很冷，风刮在脸上像是划刀子，而我居然穿着高跟鞋走在大街上，也真的很有病。

我顶着风，再一次提醒自己，这里不是攀枝花，来这里追求的不是安全感，而是往上爬的机会。

人活着，就要居安思危。

然后，我眼疾手快地拦下一个路人：“您好，我想去当代 moma，请问要怎么走啊？远吗？”

那位路人显然是北京人，一口流利的北京腔，指路都是用东南西北：“moma 啊，不远！从这儿奔西南，到了桥上看见楼梯下去，往南走一站地就到了。”

我跟对方道了谢，刚抬起脚，在原地转了一圈，又回过头来问：“请问，哪边是西南？”

那路人哪还有影子。

当我赶到 moma 后，前脚刚坐下，就见面试官从屋子里走出来。

他抬眼一扫，喊道：“下一个，陈……”

我心里一惊，下意识站起身，这时就见旁边快步走上来一个女人，像是这里的员工，她只在面试官耳边嘀咕了几句，顺手塞了一张纸条给他。

那面试官低头只看了一眼，就转身进屋。

再看女员工，她已经将坐在我身边的女孩带进了屋。

我看得一愣一愣的，那女孩我开始也瞄过一眼，她一直都很淡定，坐在椅子上等候时还拿出手机玩了会儿游戏，似乎面试这种事对她来说驾轻就熟。

呵，如今再一想，那哪里是驾轻就熟呢，分明是胸有成竹。

那一刻，我突然想起来北京之前和赵局长的那顿饭。

也许，这个女孩也曾在家长的陪伴下和这家公司的某位领导吃过饭，关系疏通了，人情说开了，差的只是走个过场。

在攀枝花尚且如此，何况是在就业人挤人的北京？

试想一下，如果我当初接受了赵局长的职位安排，恐怕今天被塞纸条领进去的女孩就是我。

呵……

可我知道，我没有太多时间自怨自艾，那是晚上盖上棉被睡觉前的事，眼下我必须尽快赶到下一家面试公司。

这一回，我问路问得更有技巧，还顺便把手机上的指南针软件调出来，很快就来到第四家。

再没有颜色鲜艳的套装，有的只是简单干净的白衬衣，素面朝天，一点点口红。

第四家公司的面试官似乎人还不错，他照例问了我一个问题："说说你为什么想来北京呢？"

我这次回答得更加诚实："嗯……因为我是单亲家庭，我妈其实是北京人，年轻时跟我爸结婚又离婚，从小我就跟我妈相依为命，我希望通过自己的努力，改变自己和家人的生活。"

事实上，我也突然有点明白这个问题存在的必要性了，北京的外地人口流动量大，我们拿的又不是北京居民身份证，如果用外地户口的人来上班，用人单位势必要担负这个人突然消失不见还要急忙找人接手的风险。

面试官又问："你希望的月薪是多少呢？"

我顿了一秒，这样回答："就按你们的标准吧。"

这回，面试官再没有像前面那几个一样低头看简历，挑三拣四，他沉默着，似乎正在考虑我的可用性。

我见有点眉目，忍不住问："请问……什么时候能给我消息呢？"

面试官说："有结果会和你邮件联系的。"

我又追问："今天可以知道吗？"

面试官说："你也不是只投了我们一家嘛，可以再等等。"

我吸了口气，决定来个痛快的："老师，您可以直接告诉我吗？还有没有希望？"

面试官突然笑了："小姑娘不要急，这个简历还是不错的！花钱了吧？"

我老实回答："花了三十六。"

这两天光是递出去的简历，就够我从北京西站到清河的那次打车费了。

面试官点了下头："不便宜，拿回去吧，下次还能用。"

下次……

我微微一愣，却还是说："谢谢您。"

面试官站起身，双手拿着那份彩打简历递向我。

这一次，我接受得分外平静，起码这次没有损失那三十六元。

这就是我放弃攀枝花的一切，执意要来北京所必须要承受的代价。

这天晚上，我赶着晚高峰坐地铁回王涛家，四周都是人，随着车厢的晃动而摇摆，别说摔倒，连动一下胳膊都困难。

可我早已累得晃了神，额头上全是汗，看着车窗里自己的倒影，什么想法都没了。

累，只有累，身心俱疲。

晚饭是王涛叫的外卖，他吃得热火朝天，我却有点食欲不振。

王涛又一次问我："真的不吃啊？"

我有气无力地摇了下头："不吃，减肥！哎，你说怎么在北京找个工作就这么难啊？"

王涛却顾左右而言他：“你一个女孩子，干吗非要来奋斗呢，我觉得老家也挺好，你这学历，在北京不太够，但在老家，足够啦。”

我笑了一下，赌气似的说：“我不回去，就是死，我也要死在北京！”

回去，固然平稳，可那个脸，我丢不起，我妈更丢不起！

王涛觉得很奇怪，问我为什么。

我脑海中登时跳出王佳佳的模样：“我又不是最差的，就这么回去了，我不甘心。”

恐怕当初王佳佳来的时候，比我遭受过更多更大的打击，她都能挺过来，都能笑嘻嘻地站在我们面前，我为什么不行？

就这样，时间一分一秒地过去了。

光阴似箭，度日如年。

我每天翻看着简历，都会换一身面试需要的衣服，箱子里的服装早就穿了个遍，已经开始换花样混搭了。

而每天早上出现在镜子里那个女孩的脸，似乎也在日渐憔悴，皮肤耐不住寒冬，眼里只有麻木、疲倦。

包里的小本子上，都是我在来之前记录的用人单位的名字、地址和联系电话，字体秀丽，是我一笔一画认认真真写上去的。

如今，被我一一潦草地划掉。

我想，我永远不会忘记2008年的冬天，这是我承受打击最大的一年，就像北京喜怒无常的天气。

自然，我也忘不了那天。

天早就黑了，北京的夜景美丽绚烂。

我站在一条不知名的马路上，仰着头，看向对面的“全北京向上看”的大屏幕，钻进鼻子里的除了冷空气，还有阵阵的煎饼香。

我抵御不了那样的香气，很快买了个加蛋的大煎饼，一边吃一边又看向那座大楼，灯火通明，似乎每一家公司都在加班。

而我第一家面试的公司，也在那上面，窗户里的光又耀眼，又温暖，又遥不可及。

我消化完一整个大煎饼，慢吞吞地坐地铁回王涛家。

高跟鞋“咔咔咔”地响在小区的石砖路上，老小区的路不平，我第一次走的时候差点崴脚，现在却摸着黑都能驾驭了。

只是很奇怪，今天的小区似乎格外的安静，格外的黑。

我抬头向四周一看，似乎停电了。

我有点蒙，只能摸着黑走进王涛住的单元门，一手摸上墙，正准备往楼上走。

谁知就在这时，一只热乎乎的手一把抓住了我。

我登时一惊，叫出声。

下一秒，手电筒刺眼的灯光照了过来。

我避着光一看，原来是王涛，他一定是在等我。

王涛一照面就数落道："你还晓得回来，打电话怎么不接啊？"

我一愣，这才想起来："哦，面试关静音了，忘调回来了。"

王涛叹了口气，拉起我的手："走吧。"

从一层到五层，我们一路都没有松开，好几次我都差点摔在楼梯上，幸好有他拉着我。

王涛在前面问："今天面试得怎么样啊？"

我笑嘻嘻的："夸我简历做得好……"

故意顿了一秒，又说："然后也没要我，呵呵。"

那"呵呵"两字，我故意咬得重一点。

王涛也是一笑，突然说："那我跟你说个事，你别太感动了以身相许啊！"

我问："什么？"

王涛一股脑地交代了："嗨，我找人帮你安排了个工作，这周末你好好休息，最近也太辛苦了，下周一就可以去上班啦，一个创业公司的前台，我朋友的公司，特靠谱！"

我脚下登时一顿，仿佛被一个巨大的馅饼砸中了："啊？那你怎么不早说啊！"

早说了，我就不用这么奔波了！

王涛却道："早说了还能叫惊喜吗？"

嗯，真是够惊喜的！

看来找工作这种事，还是得有自己人！

那后来的一路上，我都在想，也许下一回等着人家塞纸条给面试官，然后气定神闲地被“自己人”引进办公室的女孩，就是我了。

004

就这样，我和王涛一起摸黑进了家门，进屋的瞬间，我就感觉到一室的热腾腾，也不知道是因为突如其来的惊喜，还是王涛在寒冬的夜晚到楼口等我，总之今天这间屋子，格外的温暖。

我心里正在雀跃，同时还在想，明天天亮了，我应该怎么报答王涛，要不要去附近的菜市场买点菜，亲自下厨做顿好吃的慰劳他？

哦对了，王涛都喜欢吃什么来着？我得好好想想。

只是我这些想法还没逐一成型，就在我下意识要松开王涛的手的同时，却感觉到手上一紧，他攥着我的力道似乎越发地紧了。

而且他的手心，特别热。

我不禁一愣，笑道：“行了行了，都到家了，摔不死。”

我边说边又要抽手，却没成功，下一秒，我就感觉到一个混合着寒气和热气的怀抱迎了上来，将我牢牢地罩住。

我登时傻了，努力睁大眼，眼前却是漆黑一片，耳边传来的羽绒服摩擦声和男人的喘息声，十分清晰。

只是一秒，我就飞快地反应过来，用力推开王涛，却又是一顿。

毕竟我和王涛是高中就认识的好同学，他也是我最好的朋友，如今又收留了我……

正是碍于这层关系，我才放低了音量：“你干吗啊！”

我只希望，王涛能回答我一句“不好意思，脚下没站稳，差点摔着”，别的无需多说，我就都能当没事发生过。

可王涛只是在反应过来后，松开了手，一个字没吭。

我吸了口气，接着找台阶下：“咱们是老同学，是兄弟啊。”

王涛终于开了口，黑暗中谁也看不清谁，便越发显得他那理所应当的口吻，十分刺耳：“谁要跟你当兄弟？我觉得你好，你觉得我好，为什么不能试试呢？”

试？试什么？怎么试？

黑灯瞎火，伸手不见五指，他是想趁机把我办了，还是要干吗？如果真是有意思，为什么不能好好说话，非要动手动脚？

我的脑子一下子变得很乱，心里又凉又慌，直到杨大赫的模样跳入脑海。

然而就在这时，王涛又一次伸出了手，许是见我半晌没反应，他又重整旗鼓了。

我一下子就被王涛拉近了，黑暗中我只能看到一个巨大的影子在我面前晃动，我们身上的羽绒服来回摩擦，窸窸窣窣。

我立刻急了，比刚才更加害怕，用尽全力挣脱开，同时劝他："你别闹，我一直把你当朋友，你也知道我有男朋友啊！"

我多么希望，王涛能回我一句"哈哈，那好吧，不闹你了"。

但他却这样说："你那男朋友从来就没出现过！再说了，他为什么同意你住我这儿？你都住我这了，每天在我面前晃来晃去，你就没考虑过我的感受？大家都是成年人了，你还真当小时候玩过家家？"

言下之意，杨大赫同意我住在王涛这里，就说明他早有心理准备我们会发生点什么，而他默许了？

我一下子气涌如山，浑身都在发抖，声音卡在喉咙里，发不出一个字。

接下来那十几分钟，我也不知道自己怎么想的，我的脑子里一片空白，什么想法都没了，我更加不知道自己是怎么摸黑收拾东西的，黑漆漆的屋子也不能阻止一个人要离开的决心。

我只知道，当我醒过神来时，是因为"铛"的那一下摔门声。

脆弱的大门一开一合，被我用力带上，嘎吱作响。

我却像是全身都充满了力气，拖着来时我自己根本提不动的行李箱，闷着头往楼下冲。

楼道里依然黑压压一片，我被大箱子带偏了重心，这一路上竟然一次都没有摔倒过，只是艰难地一层一层往下走。

明明不高的楼，我却像是走了很久很久，一身的汗，一腔的气。

直到我凭着自己的固执，终于把它拖下最后一层楼，磕磕绊绊地来到楼下，脚下一顿，居然在单元门的门口地上，看到了自己的影子。

影子周围是晕黄的光。

我一愣，回头一看，来电了。

呵，连“停电”也一起欺负我，连“停电”也要做王涛的助攻，更像是为了将我驱逐。

我瞪着那片光明，深深地吸了口气，鼻腔里灌入北京干冷的空气，吐出来的是白色的雾。

然后，我将死沉死沉的大箱子往旁边一放，二话不说就冲进单元门里，一路往上爬，连口气都不带喘的。

那一路上，很多画面从我脑海中略过，有上高中时和王涛一起上下学的片段，有他帮我看功课的画面，还有后来我帮他庆祝考上北京重点大学吃饭时碰杯的样子，甚至是逢年过节，他回到攀枝花，我们一起和同学们聚会，那些欢声笑语……

想着想着，原本那股憋在胸口的闷气，一下子汹涌而出，连带还带出了一点凉意。

我抹了一把眼角，有点湿，我便闭上眼多吸了几口气，将那些委屈憋回去。

有什么可委屈的？我只是活该而已。

王涛说得对，我们是成年人，孤男寡女共处一室，不是一分钟，也不是一小时，更不是一天，而是一个星期。

王涛没有女朋友，他又是个男人，大概很难忍。

而我呢，我错就错在对人没有防备之心，还以为我们认识多年的情分，足以和他的自制力画上等号。

说到底，我们都是人，是人就有人性，我吃饱了撑的考验人性干什么，我就该去小旅店住一礼拜！

就为了省一点钱，给自己找不痛快！

我边想边往楼上冲，很快就来到王涛住的楼层，他的门还没有关，我直接走进去，正见到王涛坐在沙发上，一脸郁闷地低着头。

听到我的脚步声，王涛的身体顿时一震，抬起头时，脸上堆满了不知所措，赶紧站起了身。

那一瞬间，我其实有很多话可以说。

比如，找他要个道歉，这件事就当翻篇了。

比如，跟他正式下个通牒，以后桥归桥路归路，我有我的骨气。

然而，我却只是死死地盯着王涛，一声没吭。

王涛大概是被我看毛了，也出于本能要保护自己，便当着我的面，下意识地护住裆部。

说真的，要不是我正在气头上，还真的会忍不住笑场。

接着下一秒，我便开了口："你给我介绍的工作，我还能去吧？"

反正这段友情要撕破了，横竖也不能白吃亏，就当是用来交换他的负罪感好了，我也不算赔。

一个星期，重新认识了一个人，还给自己上了一课。

一个星期，我有了工作。

就这样，很好。

这天晚上，我突然长大了几岁，又像是重获了新生。

没有王涛的帮忙，我和他敲定工作的事之后，就拖着大箱子一路找到一家房产中介，初来北京时的忐忑不安，手足无措，在这一刻全都不见了。

我脸上很木然，快速在中介门口看了一遍广告，这附近的一居室租金一个月最少要两千块，合租的要八百块。

我皱了下眉，转身就要走。

这时，在屋里的一个房产中介看到了我，立刻堆满了笑脸，开门迎上来。

房产中介："美女，找房子啊？是买还是租啊？"

我的语气很淡："我就看看。"

话落，我拖着箱子离开，那中介也没挽留，收起笑进屋了。

此时此刻，我心里最想念的就是杨大赫，我的耳朵最想听到的也是他的声音，哪怕他只说一句话，也胜过别人一万句。

再说，王涛的事我不能打电话回家跟我妈说，更不能告诉闺蜜李晓芸，我只有找杨大赫，告诉他，我离开王涛家了。

结果我刚拿起手机，就看到杨大赫打来的一通未接来电。

我立刻回了过去。

但杨大赫的电话我打了十几遍，他都没有接。

我越打心里越烦，随便找了个路边的台阶一屁股坐下去，手上机械性地按着重拨键。

直到电话接通，我不禁一愣。

我本以为杨大赫看到这么多未接来电，又是晚上，一定会关心地问我是不是出什么事了。

然而，他第一句话却是："打这么多电话干啥呀？跟你说了，没回就是有事。"

他的声音，是前所未有的冷漠，还有点不耐烦，仿佛我们不熟，仿佛我打搅了他的休息。

我张了张嘴，说："什么事啊，刚刚是你给我打的电话，然后又不接，发短信也不回。"

杨大赫的声音依然不冷不淡："哦……我想和你商量个事。"

我吸了口气，决定先听他说什么事，再聊王涛的事："嗯？什么事啊？"

手机那头，杨大赫似乎一顿，再开口时，声音略带沙哑："我们，分手吧。"

什么……

我心里一凉，下意识喊出声："……你没事吧，你干什么呀！"

杨大赫，你在干什么，你知不知道我刚才差点被王涛欺负了！你怎么能在这个时候和我提分手？！

我脑海中晃过这句话，然而我却一个字都吐不出来。

耳边也是嗡嗡的，只听到杨大赫说："没什么事。我在这边……我喜欢别人了，对不起。"

喜欢……别人了……

我握紧了手机，立刻要追问，是谁，为什么，这太突然了等等……

然而，我根本来不及开口，耳边就传来"嘟嘟嘟"的声音。

杨大赫已经切断了电话。

我拿着手机愣了半晌，好一会儿才反应过来，立刻打回去。

那头却是："对不起，您拨打的电话已关机。"

我想，我永远忘不了这一天的晚上。

2008年的冬天，我在北京失去了男朋友，失去了高中就认识的好朋友好同学，拖着我的行李箱在街头流浪。

这天的我，恐怕已经不能用“狼狈”来形容了。

我满脑子装的都是大学时的美好时光，那些浪漫，那些不食人间烟火，那些小岁月……

记得大三那年的一个晚上，我正提着暖壶去外面接水，穿过校园放宿舍返时，接到了李晓芸的电话。

她说，可依，你从操场穿过来吧，我在操场这头呢，田子说平安夜，给我们准备了大苹果！

我二话不说，就往那边去。

可就在我横穿操场的路上，却相继遇到好几拨笑容古怪的同班同学，他们两两一对，每一对都递给我一支鲜嫩的玫瑰花。

我有些发愣，一时搞不清这是平安夜班上搞的即兴节目还是什么……

我甚至来不及数到底来了多少同学，我又接到了多少支玫瑰。

当我走到操场的另一端，回到女生宿舍门口时那里早已堆满了人，很多女生围着一个男生。

居然是杨大赫。

杨大赫抱着吉他，坐在那儿，那些女生全都举着手机，用光亮围绕着他，他们还一起唱着《爱你不是两三天》……

我想，那一刻的我，恐怕是一脸的呆萌吧？

虽然当时我心里已经明白了一点。

然后，我就看到了李晓芸，她正依偎着田子，笑得花枝乱颤。

李晓芸更带头吆喝起来：“在一起，在一起，在一起！”

其他女生们立刻跟着一起起哄。

直到杨大赫走到我面前，他有些腼腆地开口：“我有个问题要问你。”

我当时回答了什么？

哦，我说的是：“我要考研，以后要去北京的。”

呵，还是用普通话说的。

杨大赫微微一怔，立刻改口："好！那我不问问题了，我陈述。从此以后，我杨大赫就是陈可依的人了，跟着她，去她想去的任何地方，陪她做她想做的任何事！"

四周很快响起掌声。

杨大赫转身将吉他塞给田子，一回头，就弯腰将我抱起来。

我是真的吓了一跳，手里还拎着暖水瓶，吓得不敢松手，更感动得一塌糊涂。

杨大赫抱着我转圈圈，我的眼泪好像也在跟着旋转……

如今想来，还真的是……

呵呵，假的，都是假的。

只有寒冷是真的，饿肚子是真的，什么情啊、爱啊、背叛啊、友谊的小船啊，都是说翻就翻。

我一路想着那些过去的岁月，一路拖着箱子走在陌生的街头，直到肚子里发出"咕噜咕噜"的声音。

我脚下一顿，循着最近的香味走向旁边的一家报刊亭，果然看到一锅香喷喷的煮玉米，旁边的纸板上写着"两元一根"。

我摸了摸兜，除了一百元的整钱，我只有一元硬币。

我不想破钱，破了就刹不住车了，我怕我会冲进一家小馆子，花光余下的九十九元。

于是，我对那报刊亭的老板说："老板，我只有一块钱零钱了，能一块钱卖给我吗？"

那老板大概觉得我很好笑，一块钱都要砍价："姑娘，你少一块钱，地铁让你上吗？"

我登时一愣，沉默了好一会儿，这才摸出那一元硬币，递给老板。

然后，我厚着脸皮再次开口："那您卖我半根吧？"

那老板震惊极了，恐怕我这么不要脸的要求他是头一次听吧，看了我片刻，才终于妥协："哎，行吧！"

老板收走了那一块硬币，用塑料袋罩着手，将一根热腾腾的玉米掰开两半，一半递给我。

我接过半根玉米，一点不客气地吃起来。

再一抬眼，见那老板正在啃另外半根，我竟然也觉得有点好笑。

这个冬天，夜风凛凛，我和这位老板都是外来的，他不知道我从哪里来，我也不知道他，我们没有一句交谈，却面对面的分享同一根玉米。

直到这一刻，那些仿佛被冷风冻住了的悲伤情绪，终于一股脑地涌上心头。

那天晚上，我蹲在一个路灯下哭了很久，我也不管旁边经过的路人怎么看我，事实上他们也不会围观和宽慰一个陌生人，最多不过是经过时扫一眼，懂的，心照不宣，不懂的，最多以为我是失恋了。

没什么，真的没什么……

哪怕我的哭声越来越大，甚至到了号啕大哭的地步，也没什么。

都会过去的，只要等我排除掉多余的泪水和委屈，填进来的就是坚强。

也正是那天晚上，我被这个偌大的城市上了结结实实的一课，那些原以为踮着脚尖就能够着的美好希望，像漫天飘散的斑斓泡泡，一不留神就变成泡沫。很多年后我才意识到，北京，这座闪光的城市即将改变我，也改变着所有投入它怀抱的人。

然而，天无绝人之路的是——

就在我的眼泪快要流干的时候，我那个快要没电的手机里，突然插进来一条信息。

来自李晓芸："这是王佳佳的电话：13xxxxxxxxx，你没事和她联系联系嘛。"

不愧是我的闺蜜，她知道我自己是抹不开面问的，就主动发过来了。

我自然也不矫情，抹了两把脸，将眼泪擦干，然后木着脑子复制了那串号码，拨通。

王佳佳，竟然成了我的救命稻草，这个我一度看不上、觉得处处不如我的女孩。

呵，你说有趣不？

但无论如何，那一刻，我是真的发自内心地感谢。

至于杨大赫，附带一提，我也是很久很久以后才知道，在和我提分手的那天晚上，他正在老家医院的重症监护室外。

他的妈妈徘徊在生死一线，而杨大赫正面临人生中的重大选择。

直到负责重症监护室的护士出来通知他，让他过去陪床，他妈妈要住院一个月，一个月后再看情况。

而且，他妈妈很严重，再站起来的概率非常小，很有可能要终身瘫痪。

别说陪床一个月，杨大赫不可能离开，就说瘫痪两个字，就足够将他绊在老家半辈子。

杨大赫的爸爸也在劝他，说北京就别去了，咱家这个情况，他也得想想那个对象该怎么办，可别把人家耽误了。

杨大赫只能答应。

自然，这都是后话了。

懂得饭局文化
才能融入北京
圈子

PART 2

WOMEN IN BEI JING

001

万万没想到，我有一天会投靠王佳佳，更加没想到王佳佳会同意收留我，而且她住的小区远比王涛住的老小区高档。

王佳佳带我走进小区大门口时，那穿着笔直的保安还和她敬了礼。

我心里有点惶恐，只听王佳佳问我，怎么来北京也不找她。

我解释道："我面试的那几个公司，都在中关村那边，离王涛那里近。"

王佳佳一语点中关键："王涛没对象？不介意你住他家啊？"

我随口搪塞，他目前单身，那两室一厅的房子，住得还算方便。

谁知王佳佳却透露了一个我不知道的消息，原来王涛和王佳佳刚来北京时还经常小聚，王涛那时的女朋友是他师妹，傻不拉几的，王涛一直想分手，直到王佳佳带了她的同事去聚会，王涛便不停地约那同事，烦人得很，情商太低，恐怕是读书读傻了。

我只是听，没有接茬儿，那一路上我都在欣赏整个小区，高级、漂亮、安静、大气，想必住在这里的人非富即贵。

我忍不住夸了两句，王佳佳接话说，物业也不错，就是走着太远。

我却觉得这么好的风景，走远一点也值得。

直到我们来到王佳佳住的单元门，大门口仿佛酒店大门，大堂里还摆放着巨大的花瓶，可是当我往电梯走去时，却被王佳佳一把拉住了。

“这边这边。”

然后，王佳佳就推开了旁边的小侧门，直通向楼梯道。

我当即一愣，却很快反应过来，和王佳佳一起费力地抬着大箱子往地下室走。

王佳佳的租赁屋只有十几平方米，没有洗手间，简单摆放着两张单人床和纺布的简易衣帽柜，四处都是凌乱不堪，仿佛回到了大学宿舍。

而她的手机则挂在窗口。

王佳佳说，这里信号不好，只有靠近窗户的地方才有点。

她将沙发上堆放如山的衣服塞进一个大编织袋，要将沙发让给我。

我觉得不好意思，一边帮她一边说：“我来弄吧，你这刚出差回来，歇会儿。”

等我们收拾好，王佳佳一看，又觉得沙发太小，让我跟她挤一挤床。

我坐上去试了一下，笑道：“当然不会。”

王佳佳便开始念叨，希望我别嫌弃，在北京住宿是个大问题，无论如何都不可能像在家里那么舒服，收拾了也是白收拾，租的地方都不用在乎，走出这个门口才是需要好好收拾的世界。

这话倒是真的。

我说：“要不是你，我今天可能就要流落街头了，我都去快捷酒店了，他们打广告的那个价钱全都客满了，只有贵的房间。”

王佳佳说：“全是忽悠，小心点。”

我笑笑，问起正事：“你这个房子一个月多钱？”

王佳佳介绍了一下，地下室都是给保安和保洁安排休息的地方改装的，一个月一千二，洗手间公用，幸好住的人不多。

我“哦”了一声，从包里拿出六百块人民币递给她，解释说即将要去上班的公司离这里不远，总不好一直借住，等工作稳定再找房子，在那之前房租平摊。

王佳佳惊讶极了，推让间只说让我踏实地住。

可我哪敢真的跟她客气？她住的环境远不如王涛，我更不能占这个便宜：“那不行，你要不拿着，我住得不安心，我晚上还说梦话呢，你可别吓着！”

王佳佳见我很坚持，终于将钱收下，还说让我别跟她再客气了，在这里只管用她的，也省得买。

然后，她又去收拾摆满了彩妆护肤品的小桌子，要腾给我。

我依然在笑，环顾四周，虽然狭窄逼仄，却觉得再好不过了。

第二天，王佳佳就带我到附近的一家大商场散心，我偶尔还会看看挂在手机上的铃铛挂绳，那是杨大赫送的。

王佳佳劝我，来北京就是全新的开始，以前的人和事就让他们过去吧。

我也明白这个道理，但毕竟和杨大赫好了两年，岂是这么容易忘记的？

王佳佳说：“逛街和买买买是治疗失恋的最佳良方。”

我却一头雾水，不知道买什么。

王佳佳建议我买身衣服买个包，上班的第一要素就是着装，穿得漂亮背个中档的包，很多势利眼的同事见到我的装束，午饭就会主动约我了。

她边说边带我走进一家女装店，不到十分钟，我就半推半就地试穿了一条掐腰的白色呢子裙，出来一照面，王佳佳就痛快地说真好看，就买这条吧。

那柜姐也跟着附和，说我眼光好，说这裙子是设计师的新品，销量很俏。

可我第一个想到的问题就是价格，拿出价签一看，吓了一跳，居然要 1199 元？！这和王佳佳的房租也就差了一块钱！

王佳佳扫了一眼我的动作，笑了：“这件是真的好看，再说你要去上班，买件新战服就当给自己打气。”

我摇了摇头：“这个气我可打不起。”

王佳佳一愣：“咬咬牙都买不起？”

我不再说话，转身走进试衣间，就算再不舍也得把它留下了。

直到几分钟后我将换下来的裙子交给柜姐，见王佳佳正在一边讲电话，还跟我打手势："对啊，这都多久没见您了，我在中友呢，离您公司也就十分钟吧……好啊，那我和我朋友先逛着，等您来啊！"

然后，正当我不明所以时，王佳佳已挂上电话，对柜姐交代说，就刚才那条裙子那个码，给我们留一件，过会儿我们再来，她要再试穿一次，还让柜姐跟着帮腔说好看，特别好看，错过可惜之类的。

柜姐一下子听蒙了，王佳佳解释："我男朋友来，我总不能和他直接说我就想要这条裙子吧？"

柜姐这才恍然大悟。

王佳佳便笑嘻嘻挽着我的手走出女装店。

走了没多远，我就问她，谁要来，有男朋友了？

王佳佳笑道："嗨，就是我们公司的一个潜在客户，一直联系着也不熟，这不是帮你想办法拿这条裙子么！"

啊？

我比那个柜姐还要蒙："你让人家给买啊？"

王佳佳颇为世故地解释："当然不能让人不舒服了，自然也得讲究点方式策略，一会你别说话啊！"

我心里一咯噔，只说那裙子不要了，其实也没有好看到哪儿去。

可王佳佳还没接话，她的手机就又响了，正是她那位潜在客户，她接起电话也顾不上我，就给那位客户指路，说我们在北门，她穿红色，我穿白色。

说话间，王佳佳已经抬起手臂挥舞起来，我顺着她的目光望过去，刚好看到一个约莫四十开外的男人正挂上手机，快步走过来，他一身西装收拾得很熨帖，身材适中，气质斯文，透着点气派。

王佳佳迎上去招呼："吴总！好久不见！"

这男人名叫吴昊，他笑着寒暄："是啊，你也只有在我的地盘上才能想起我！"

王佳佳笑得眯了眼："哎，都怪我！主要能休息一天也不容易啊！欸，您怎么周末还在公司啊？"

吴昊接茬儿："我哪有周末啊？哦，走吧，请你们去吃日料好吗？楼下新开了一家，很正宗。"

王佳佳却将话题引向衣服："这才五点半，我们六点去吃好不好？我得先去买个周一年会要求穿的衣服去，非要白色的裙子，逛半天了还没看到呢。"

吴昊也是个敞亮人，从善如流道："那我陪你再看看吧！明天可就周一了，今天得把裙子买了啊。"

王佳佳边笑边指向我："好啊！哎，瞧我这记性，这是陈可依，我高中同学，也在北京工作，这是吴总！"

原本正在看两人一来一往有些呆愣的我，一下子就晃过神，立刻和那吴总打招呼，接着就被王佳佳拽着朝女装店的方向走。

那一刻，我心里是震撼的，王佳佳这么轻易地就套住了一千二？

原来，她远比我想象中的混得好、吃得开。

北京，真是个创造奇迹的地方。

认识吴昊的那天晚上，一切都像是做梦。

我长这么大，也是头一次体会到天上掉馅饼不劳而获的感觉。

王佳佳也用实力证明了，被她花言巧语套住的不仅是一千二，还有两瓶 Dior 的香水，我们一人一瓶，以及一顿价值两千多块人民币的日本料理大餐。

事实上，那顿饭菜色并不多，随便一小碟就要一百多块。

等回到那间狭小的地下室，我忍不住问她，和那个吴昊不会真是第二次见面吧？

王佳佳随口说，可不是吗，要不然也不用挥着胳膊才能认出来，估计吴老板也认不出我们两个之间谁是王佳佳。

这简直就是天方夜谭，第二次见面，连样子都没记住，就这么大手笔？难不成他的钱都是大风刮来的？

王佳佳理所当然地说："反正咱也没逼他，你也看到了，都是他主动的。"

我却想到一句话：无事献殷勤，非奸即盗。

王佳佳似乎看出了我的想法，说："你也别较真儿，人家什么都不图，就是高兴。”

可我心里却不得劲儿，不敢要那条裙子，王佳佳劝了我几句，让我别太小题大做，直到我问她，她们公司到底是做什么的。

王佳佳十分老练地说：“哎，就是广告公司，接个大户的活儿，再找更便宜的下家接手挣差价，二道贩子，经常交不了差，跟客户打架。”

听上去有点不靠谱，我问：“那你不想换公司呀？”

王佳佳想得很开：“想啊，可我得等把客户资源都拿到手再跑。公司虽然不靠谱，可我们老板特别能混，全北京但凡能勾搭上的大户他都给忽悠个遍。”

王佳佳随便几句话就给我上了一课，她上这个班是冲着人脉去的，有舍就有得，这不，吴昊就是她套中的一条大鱼。

不知怎的，那天晚上的我想的额外的多，尤其是我的目光，始终离不开挂在门后的那条白裙子，它和这间廉租房是那么的格格不入，我心里虽然还有点不着地，却同时预感到，去新公司报道那天，我一定会穿着它。

002

几天后，我穿着崭新的白裙子，挺直了腰背，踏进刚刚撕破脸的王涛给我介绍的公司，结果一进门，我就有点傻眼。

这家公司就安放在一家老旧的厂房里，无论是外观还是内衬都破破烂烂，显得我的一身白裙子尤其扎眼，而且我一时也不知道要找谁，只能愣在原地。

再一转眼，我已经被所谓的人事安排在前台的位子，工作内容并不复杂，分量却很重，座机电话像是坏掉的闹钟，刚放下又响起，送快递的小哥一个接一个，各种大箱子堆放在门口，需要我一个个抱进公司。

直到中午，我都不能喘口气，还被公司里的人喊去大门口取外卖，除了搬家，我从没有像今天这样拿过这么多重物，连挂满手臂的外卖盒都能将我坠到地上。

最可悲的是，等我好不容易拿回来时，再低头一看，原本崭新高级的白色连衣裙上，已经挂满了地沟油。

而出来接外卖的那位同事，却像是什么都看到，他眼里只有饭："哪个是我的饭啊？啊？我的酸辣汤你怎么都给我洒了啊！"

等他谴责完，也终于找到了他的饭，甚至没有"谢谢"，转身就走。

我喊了一句："哎，外卖的钱是我垫的！"

他头也不回："一会给你！"

我心里一阵气涌，有些崩溃地坐回前台，拿出纸巾擦着裙子，座机电话又一次不识相地响起来，我却懒得搭理它，心里突然跟明镜似的……

感谢王涛，都已经撕破脸了还给我上了一课——别人给你介绍什么工作，就代表了你在介绍人心里到底有几斤几两。

恐怕我今天坐在这里，在王涛看来还是他鼎力相助的结果。

呵……

不甘、失望、委屈一股脑地涌上心头，我又一次倍感不服，跟自己说，一定要改变这种困局，一定要证明自己，告诉所有看不上我的人，我到底有几斤几两重！

这样的想法一定，我立刻打开电脑，全神贯注地做起表格，上面清楚地罗列着我今天垫付的快递费、餐费，从人名到每一笔的金额。

然后我拿着打印出来的表格，挨个和同事们解释。

朋友没了，面子和里子也没了，钱却不能没。

有趣的是，当我将老板抬出来，说这些钱都是他给的备用金时，那个埋怨我把他的酸辣汤弄洒的同事一下子就改了态度，连忙掏钱给我。

我拿回自己的钱，微微一笑，再一抬眼，刚好望见另外两个同事交换了一个眼神，他们仿佛在说，这个新来的不好惹。

但这些我都不在乎，直到拿回所有钱，回到前台，我才终于松了口气。

这时，手机响起，进来一条短信，竟是吴昊。

"可依妹妹，晚上有空一起吃饭吗？带你认识几个新朋友。"

这样的自来熟，也难怪他和王佳佳第二次见面就一掷千金……

我心里有点顿悟，立刻跑到茶水间，拨通王佳佳的电话："佳佳，吴昊喊我吃晚饭，喊你了吗？”

王佳佳的语气十分轻松：“我可没空跟他吃饭，今天晚上我有更大的局！你去吧！”

更大的局？一个比吴昊更高的跳板？

我突然明白了点什么。

临挂断前，王佳佳还嘱咐我回家去她衣柜里翻翻，我的衣服都不行，一定要收拾得漂亮点，这样才能有来有往。

我却除了“哦”这个字，再也说不出其他。

这晚，我穿着王佳佳回攀枝花那天穿的裙子，按时赴约。

刚一踏进这家高档酒店的包间，屋里已经坐了十个人，一个打扮鲜艳的女生正在给大家唱《贵妃醉酒》，她的声音非常好听，人也生得端正标致，举手投足既美又媚。

然后，我的目光越过人群，对上吴昊。

吴昊拍了拍他身边的位子，我便悄然无声地入席了，在他耳边小声打招呼，顺势观察这一桌的人。

五男五女，交错隔坐，男的都和吴昊一样是商业大佬的打扮，体型管理欠佳，女孩却各有各的妙，有文艺女青年，有缥缈的小仙女，也有白领，足以显现出这五个男人的口味，只是不知道在大家眼中的我，属于哪一款。

开席没多久，几个男人就开始聊我听不懂的投资金融和大数据，从谈话间却不难听出这几人都是各公司的董事长和总经理，无论其中谁说了什么，其余四人都是纷纷附和，而那几个女孩中除了名叫李一航的，全都是一脸迷妹状。

只听李一航说，她所在的地产公司前年就上市了，今年也开始做投资。

很快就有一位大哥跟她搭话，说房地产是真挣钱。

只是他一边说，一边还晃动红酒杯，酒都晃出来了，洒在手上。

我刚好看到这个细节，有点想笑，立刻低下头。

身边的吴昊似也注意到，侧过头来，让我刚好在他眼里看到一丝戏谑。

话题又进展了一会儿，直到服务员给每人都端上一只螃蟹。

这小家伙我从小就吃得不多，只记得每次吃都很狼狈，一时间只能瞪着它，不知道该从哪儿下手。

另一边，几位大哥正在闲聊。

一个说海上生意难做，打算到陆地上走走，问其他大哥有没有好介绍。一个立刻发愁地搪塞过去，自己也只是跟着别人混口饭吃。第三个也开始抱怨，最近股票跌得太狠，自己赔惨了！这话似乎提醒了第四个大哥，他顺势拿出手机，说自己买的这几只倒是还行。

再看吴昊，他嘴上应和着，手上也没闲着，已经将自己的螃蟹剥好，还和我面前的盘子作交换。

我不由得心里一暖，这么体贴从容的男人，还是第一次见，尤其是最近连番遭受杨大赫和王涛的对待之后。

席间名叫章励的女孩似乎是个女作家，不知何时已经和几个大哥攀谈起来，说自己刚得了新概念文学奖的三等奖，可惜不是第一名，没有机会出书。

几个大哥似乎眼前一亮，立刻夸，有的说原来是才女啊，等出书了一定捧场，有的问她平时都阅读什么，也给推荐推荐。

章励随口提到了《悟空传》，还说深受启发，和别的写西游的故事都不一样。

第三位大哥立刻追问有什么不一样，又问另外几个女孩看过吗。

我见其中两个一起摇头，李一航不置可否地笑了下，我本想说看过，想了想却没说话，也只是笑。

很快的，我就知道自己沉默是对的。

章励非常聪明地公布了谜底："之所以不一样，是因为这本书把神话人物变成了创业者。"

这句话立刻将所有大哥的注意力吸引过去。

接下来的话题基本是围绕着章励，在一个大哥问创业和西游记有什么关系时，她十分淡定地解释道："创业不容易啊，实现自己心中的梦想，是折磨也是历练，更是不能停止的奔跑，所以我非常喜欢这本书，看完感受到了很多力量。”

话不多的吴昊，这时笑道：“这本书我也看过，不过小章看到的是另一番境界，不愧是新概念的得奖者啊，看得深，悟得透，口才也是一流啊。”

而我却在想，章励为了这顿饭一定做了功课，不管出于什么目的，她都比王佳佳更聪明，也更有企图心。

紧接着，大家就开始随声附和起来，我忍不住多看了章励一眼，目光一转，就瞄到了李一航挂在嘴角轻蔑的笑。

其实不难看出，李一航是这种饭局的常客，相比其他人，她的举手投足更从容。

章励这时已经将话题引到另一边：“一千个读者心里有一千个哈姆雷特，以后我们可以一起读一本书，一起聊聊感受呀。”

真是一呼百应，众人一边应和一边拿出手机，开始主动交换联系方式，女孩们也开始主动报自己的名字。

而我，却依然觉得局促，既插不上话，也不知道怎么融合他们，只是愣愣地看着插花用的小玻璃杯，眼神发直，直到手机响起，我翻出来一看，是吴昊的短信。

“这是奥地利的水晶杯，喜欢吗？”

我咬咬唇角，不敢看他，只是轻轻点了下头。

下一条短信也进来了：“我一会让服务员给你包一个新的。”

我一愣，也不知道自己在笑什么，只好回：“谢谢。”

但不得不说，这样简短的短信交流，恰好缓解了我的尴尬、紧张，心里原本悬在半空的大石，也悄无声息地落地了。

值得一提的是，到了饭局的尾声，话题不知怎的就落到了不怎么说话，大部分时间都和我一样沉默的于明玥身上。

她一直在闷头吃东西，但几位大哥似乎都很喜欢她，我想，那大概是出于她那静好的气质和白皙的皮肤。

一个大哥问她是哪里人，于明玥一愣，有些羞涩地放下筷子，赶紧把嘴里的食物咽下去，然后小声介绍自己：“我是舞蹈学院的，大一。”

才大一，这似乎更受人欢迎了。

那位大哥附和：“跳舞全国就属你们最专业，要不给我们跳一段看看？”

一谈到自己的专业，于明玥竟然也不羞涩了，二话不说站起来，直接来了个一字马和高抬腿，气场迅速攀升。

她的腿和腰仿佛都不是自己的，很轻松地做了一套动作，席间立刻掌声雷鸣。

另一位大哥连忙让服务员加一份燕窝，直说这么高难度的动作，可得好好补补。

于明玥也没客气，埋头就吃。

那份燕窝，全场只有她有。

直到一位大哥聊起珠海有个水利生意特别好，政府扶植，他打算下礼拜去看看，话题这才重新回到商业上。

很快就有别的大哥应了，问哪天，要一起去。

开启话题的大哥便说，回头让秘书订个票，接着也不知怎么想的，突然问：“哦，珠海是海南的吧？”

此言一出，全桌都愣了。

直到最老练的李一航打破沉默：“对！”

众人这才反应过来，纷纷附和。

我却是心里一咯噔，只因在那阵附和声中，我一个不小心“啊”了一声，还是带着疑问的语气。

吴昊的眼神立刻扫了过来。

值得一提的是，后来在洗手间，我还小声嘀咕着，珠海不是海南啊，旁边的李一航看了我一眼，仿佛在看白痴。

然后，她笑道：“当然不是啊，我就是珠海人。”

我登时愣了，这时才突然意识到，整顿饭下来自己就像是个隐形人，全桌甚至没有一秒钟将话题停在我身上过，就连沉默寡言的于明玥都展示了好身段，还赢得了掌声……

这顿颇具北京文化的饭局也令我明白到，只有懂饭桌上的文化才能融入这个圈子，否则人家根本不会带着我往下玩。

只可惜，第一局我就被淘汰了，自然，从这以后也再没有人约过我进这样的局。

在北京城，饭局，并不只是吃饭这么简单。

相比之下，来之前和赵局长的那顿饭，显然不够看。

003

饭局过后，我们一行人在酒店大门口等车。

因为酒劲儿，显得这晚的风也没有那么冷，还有一种让人迷醉的清凉。

我默不作声地站着，看着别人寒暄，直到肩头落下吴昊的西装外套，我微微一愣，下意识看向吴昊。

碎发在这时被风吹动，迷住了我的眼。

吴昊便从善如流地抬起手，语气柔和："别动，头发进眼睛了。"

我顿时觉得不好意思，连忙拨了下头发。

这时，那位一句话就改变了珠海地理位置的大哥，面带微醺，脚步蹒跚地从酒店走出来，和我们打招呼。

"哎，今天没喝尽兴啊！下次我来约大家！"

吴昊问："刘总怎么回去？我的车马上过来，送您回去吧？"

珠海大哥很是爽快："不用！我给司机打电话，不知道把车停到哪里去了，新来的不懂规矩。"

他边说边拨打电话，吆五喝六地要求司机快来。

吴昊不置可否，转而笑问我："怎么样？新工作开心吗？"

我又是一愣，讷讷道："还行吧，还需要慢慢适应……"

也不知道有没有将自己的灰心挂在脸上。

吴昊随口应道："加油，你可以……"

只是他话还没落，那珠海大哥就挂上电话，再度凑了过来，一针见血道："不开心的工作就不要干了嘛，吴总的妹妹，想找什么工作不行？要不我给咱妹妹安排一个？"

我对他一心二用的本事感到十分诧异，再看吴昊，他也不接话，只是用眼神示意我，回应那位珠海大哥。

我便真的当真了："真的？您那边是什么工作呀？有五险一金吗？"

珠海大哥被我问得一愣，估计也没见过这么实诚的姑娘，立刻大包大揽起来："肯定有啊，你还有什么要求尽管提！"

我心里一喜，认真地想了下："没了。哦！对了……不用去珠海吧？"

周围听到我们对话的人，连同那位珠海大哥，全都笑起来，仿佛我说了个多么机智的笑话。

事实上，我很认真。

几十分钟后，吴昊的司机开车将我送回那个高档小区外，等车停稳，我却不敢动，偷偷看了旁边的吴昊一眼。

他沉稳地坐着，正在看手机，目光不移地问我："今天吃得开心吗？"

我立刻说："嗯，那个烧鹅太好吃了。"

吴昊接话："偏粤菜系，怕你觉得清淡呢。"

我微微一笑："谢谢吴总，粤菜我也喜欢吃。"

吴昊依然没抬头："那就好。"

我想，道别的时候到了，便说："谢谢吴总送我回来。"

吴昊眼神温柔："这有什么好谢的，不是应该的么？"

说真的，这份风度会令无数女孩心折。

我也不知怎么想的，又补了一句："也谢谢你刚才在我上车的时候，拿手帮我护着头。"

吴昊显然没有料到我会这么接话，视线终于从手机上移开，望住我："看来你的那些男朋友、男同学并没有把你照顾好啊，有机会介绍给我认识认识，我倒要问问他们，怎么舍得让我们可依上车的时候碰到头呀？"

一句话就刺中了我的伤口，杨大赫的模样立刻浮现在脑海中。

我缓缓吸了口气："我没有男朋友……"

吴昊却只是笑，不再吭声，仿佛这在他听来，只是我示好表示单身的方式。

直到我下了车，一路往小区里走，一边走一边摸兜里的手机，才发现空空如也。

我脚下一顿，想了一下就立刻往回跑，飞快的来到小区口，却见吴昊并没有着急离去，他还站在车门外，手里拿着一个简易小喷雾瓶，正在往身上喷着透明的液体。

我刚一走进，就闻到刺鼻的酒精味儿。

"吴总？"

吴昊显然没有料到我去而复返，有些惊讶地回过身，却没有收回那个喷雾瓶。

我眨了下眼，问他："您在往身上喷白酒吗？"

吴昊似乎想了一下，才笑道："闻着白酒就知道我是去应酬了，回家盘问就少一点，老婆查得紧。"

这又是一个我没想到的答案，不由得呆呆地望着他。

结果，吴昊被抓个正着也不遮掩，还十分淡定地回望着我，口吻依然充满关怀："可依怎么又回来了？"

我下意识说"没事"，走了两步又想起手机，连忙返回："呃，我的手机……"

只是我话还没说完，吴昊已经笑着递上来。

我接过手机，微微低着头说了一声"吴总再见"，便头也不回地走了，仿佛我才是那个被抓包的人。

直到又一次走在回去的路上，我才明白了点什么——起初我以为自己有幸认识了一位朋友，结果人家只是让我陪一顿酒，携美出行恐怕就是饭局文化的入场券。

再一想到来北京前的不甘心、不甘愿和那莫名其妙的斗志，还以为只要靠自己的努力就能赢得全世界，没想到走了这一遭，四处找依靠，却连找个落脚地都如此艰难，四处碰壁，连靠自己努力的资格都没有。

我是谁，没有人会在乎。

我就像从酒店打包回来的那个插花用的奥地利水晶杯，只是餐桌上的一个摆设，是鲜花的陪衬，是桌上的静物。

恐怕就在吴昊提议要打包一个的时候，心里也是这么想的——多么的相得益彰。

尽管感触和打击这样多，我依然感谢这个晚上，这顿饭。

没两天，我就起了个大早，在王佳佳起床之前，已经开始拿眼线笔化妆。

王佳佳沙哑着嗓子抱怨前晚的事："哎，我嗓子都要唱废了，现在通宵 KTV 真是玩不转了。”

我头也没回，嘴上说：“我刚热了一袋牛奶，你喝了吧，润润嗓子。”

片刻后，王佳佳给我递过来另一杯牛奶，容器刚好是那个奥地利水晶杯，毕竟用它插花对现阶段的我来说太奢侈，还不如物尽其用。

王佳佳这时问：“你今天怎么这么早？”

我接着描眉：“今天到新公司报到，第一天，不敢迟到。”

新工作新气象，从这个角度上来讲，看来那天在饭局上，收获最务实的就是我了，那些女孩钓的是大鱼，是金饭碗，我钓的却是一份自力更生的工作，看来工作这回事，还是得靠“熟人”介绍。

王佳佳显得比我还高兴，直说是不是就是五号介绍的外企，外企好，有个外企的工作经验，将来跳槽都不一样。

她想得总是很长远。

我说却还在担心自己的英文不过关。

王佳佳说：“先取个英文名比较好混，我的叫安卓啦，好听吧？”

我附和着“好听”，紧接着王佳佳又说，她上礼拜才找大师算了一下她的本名，现在她叫王艺哲，这个名字准能转运。

我一顿：“真管用吗？”

王佳佳摆了摆手：“都说有用啊，嗨，心理作用也是作用嘛！”

我点了点头，一下子像是都想通了：“好，那我也改一个。”

王佳佳接道：“你可别瞎改，得算。”

她却不知道，我早已想清楚了：“我要把我的名字去掉一个字。”

王佳佳显然一愣：“哪个字？”

我笑了：“依。”

——依靠的“依”。

我想，也许我妈当年给我起名字的时候，想的也是我能有个好依靠吧？可她却没想过，万一无人愿意让我依靠呢？我去靠谁？依靠，便意味着要有那么一个人存在。

可现实却教会我，靠人不如靠己。

陈可依，那是琼瑶小说里不食人间烟火的女主角才会用的名字，听上去仿佛是陈可欺。

而陈可，才真的适合这个大都会，简单、利落，充满无限可能。

一个小时后，我穿着漂亮的新衣服，到那位珠海大哥的公司报道，有了上一家的对比，所到之处，从装潢到员工的整体素质，无不是高大上的。

明亮的灯光，宽敞的走道，光鲜亮丽的白领们，我相信只要在这里站住脚，我的视野、我的见识，都会得到质的飞跃。

我很快就被人事部的同事带到销售部，同事们纷纷起立欢迎。

人事部同事为我引荐，这里的部门总管名叫高飞，他戴着一副金丝边眼镜，西装革履，旁边的是穿着笔直精神昂扬的经理张超，以及坐在我隔壁桌的女同事药梅……

我朝大家礼貌一笑，不再生涩无措："大家好，我叫陈可，你们喊我 Evelyn 也行。"

回应我的是一阵掌声，由这里面最热情的药梅带头，至于其他人，我大多没记清，事实上那些我没记住的同事，对我也不怎么热情。

我知道，接下来我要做的事，便是让这里所有人都记住我，让我有让她们套近乎和巴结的价值。

那天下班回家前，我先在商场里买了个米奇的包，离开时刚好在商场门口看到记者在街采。

内容似乎是关于女性在职场上受到的歧视问题。

只听一个白领打扮的女人说："每次应聘的时候都会问我准备什么时候结婚，什么时候生孩子，我哪儿知道呀？我说我有男朋友，他们就怕我要很快结婚生孩子了，我说我没有男朋友，他们就觉得我是不是性格有问题。我要说我结婚了有孩子了，他们又要担心我生二胎……我觉得这就是歧视女性，说到底还是怕女人们生孩子白拿工资还不干活。"

恐怕这也是为什么现在都市女性普遍晚婚晚育，甚至做丁克，或者奉行不婚主义的原因，不仅要生育，还要和男性们争夺那半壁江山。

没多会儿，记者就问起另一个，她是这样回答的："职场和家庭一样，男女是战友，不是敌友，我和我的合伙人的工作模式就很好，男性比较有宏观上的把控力，遇事冷静，在决断力、想象力、拓展力和推进能力方面高于我很多，而我作为女性的优势是有沟通能力，擅长一心多用，可以同时进行多任务处理，即使出了错误，我去道歉基本都可以得到原谅。如果你觉得你因为是女性而被歧视了，可能你被歧视的部分不是性别。”

听上去，她似乎在工作上成绩不俗，举手投足都充满了优越感，甚至很可能已经站在了让自己满意的高度，足以俯视大多数职场女性。

直到那位记者看到我，我下意识转移目光，走开了。

无论是前者还是后者，我都没有话语权，先在这座城市里站住脚，是我第一件要做的事。

回到家里，我先给我妈打了个电话，告诉她我在这里一切都好，王佳佳对我尤其好，今天我还买了个礼物送给她。

妈妈声音有些哽咽，话里话外都在心疼我，宁可自己省吃俭用，也要给我寄点钱过来。

我正在拒绝，就听到门板响了一下。

是王佳佳回来了，她满脸兴奋，像是中了头彩："宝贝，你看！"

她笑着举起一个包，还说那是A版的Gucci，才花了她八百块，正品要一万多呢，然后又让我看细节，和正品完全一样，连里面的内衬和走线都天衣无缝。

王佳佳显然没有看到旁边的米奇包，她边说边走到角落打开台灯，欣赏她的战利品。

而我，则趁这个时候，悄悄藏起了那个米奇包，走上前和她一起仔细摸索端详那个好看的Gucci。

我心里想着，幸好王佳佳今天买了个A版Gucci，否则我要是就这样把米奇包送出去，她心里兴许会介意吧……

想到这里，我赞叹道："大牌就是好看！"

王佳佳哈哈一乐："包治百病啊！"

办公室里得有个队站

PART 3

WOMEN IN BEI JING

001

你知道上班最怕遇到什么样的人吗？一个不近人情且阴险的上司，以及一个小喇叭广播站一样的同事。

恰好，坐在我隔壁的药梅就是这种人。

就好比说我刚上班，还不太熟悉环境，开始的时间都在看工作资料，药梅这时候就把她桌上的加湿器挪向我。

我说了句："谢谢，北京太干了。"药梅很快就回："对啊，我看你脸都爆皮儿了！"

多亏了她的大嗓门，全办公室的同事都齐刷刷地朝我投向注目礼，仿佛要第一时间目击我脸上的爆皮。

虽说初来乍到，我对药梅这姑娘多少也有点了解，她来自甘肃农村，没有学历，做事太直接，有点我行我素，因此经常让人瞠目结舌。

我没吭声，又将目光挪回到资料上，没想到药梅却一把拿走，翻了两下说："这都没什么用，不用看。"

我问她："我们这个销售部主要都做些什么？"

药梅说，刚来的都要做 PPT，熟悉以后就要出去跑业务，至于 PPT 都是关于各种活动主题、策划之类的。

PPT，又是一个我不熟悉的东西。

我说："做 PPT 我也刚开始学，以后我有不会的，你多教我啊。"

药梅很痛快地答应了。

这时，一个年逾四十的女人快速走进了销售部，气质优雅。

她一进来，同事们纷纷热情打招呼，还称呼她为"柳总"。

然后，就有同事先问起她女儿龙龙流感好没好，柳总随口说一个班级的孩子都被传染了，今年幼儿园的流感真厉害等等，没想到药梅却突然站起来，跟她介绍我，而且不会念我的英文名，还反过来问我叫"衣服"什么。

我连忙自我介绍："柳总，我叫陈可，Evelyn。"

虽然我还不知道"柳总"是谁。

柳总笑着走近我："坐吧，家里孩子病了，下午才来上班，没第一时间欢迎你。"

我却尴尬得不知道该怎么接话："没事的柳总……"

直到柳总走开，药梅才附耳过来，难得将音量调低："这是咱们另外一个经理，柳静。"

我登时一愣："经理不是张超吗？"

只见药梅比了个"2"的手势："俩，有意思吧！"

直到空闲时间，药梅拉着我去买饮料，在收银台前排队的时候，她才仔仔细细地跟我科普了销售部的风起云涌。

下个月，销售部就要在柳静和张超里提拔出一个总经理，现阶段正是竞争最激烈的时候。

我想的是官大一级压死人，多迈上去一层台阶，压制的可不止一个头啊，可药梅却说要是当上总经理，不仅工资翻倍，还能有自己的办公室。

而且话里话外不难听出药梅很喜欢柳静，据说大家都希望柳静能升职，柳静不仅对下属好，还从来不逼人加班，客户资源也好，亲姑父还是公司的顶级客户。

聊到一半，轮到我们结账了，我见药梅把她要买的饮料放在柜台上，便拿出自己的钱要和她一起算。

药梅嘴上客气着“不用”，手也去摸兜里的钱，只是半天也没掏出来。

我索性将她拦下来，药梅一顿，转而又拿起柜台上的口香糖：“那我再拿一个这个。”

我这边开始结账，药梅那边也没客气，已经拆开口香糖吃起来，还给了我一个。

我刚好将话题带回去：“那我们的工作，向谁汇报呢？”

药梅叹了口气：“都得汇报，俩都可以使唤我们。”

我立刻指出关键：“那如果他们同一时间安排工作给我们，我们该怎么办啊？”

没想到药梅却指了指后面的队伍：“就像这样啊，得站队。”

我一时没明白，“啊”了一声，然后就听药梅解释道：“你可别不当回事，这是职场菜鸟必须要学习的办公室文化！”

站队，就意味着找棵大树好乘凉。不站，就要暴晒在日头下，左右都不是人。

到了下午，我第一次见识到销售部的会议，简直是唇枪舌剑，刀光剑影。

张超是陕西人，说话办事直来直往，而且透着耿直，在公事上有些苛刻，整个会议听到的都是他的批评。

他刚好说到小薇这个季度的方案，竟然和上季度交的一模一样，上次就没被采用，这次怎么能又拿来用?

小薇被抓个正着，低了头。

柳静便站出来替小薇说话，展现出药梅所谓的“亲切待人”：“上次不合适，这次不见得就不合适嘛，都是心血结晶。”

张超没和柳静争辩，又提到小光的营销方案，竟然将别的品牌的口号直接拿来用。

柳静又站出来挡刀：“小光这个是抛砖引玉，了解敌人才能强化自我，我们正好可以就着别人的口号，探讨一下我们的怎么可以做得更好嘛。”

张超很快又转移了战场，这回轮到药梅：“药梅，不会做 PPT，得学着做，不能每次都甩一个 Word 给我。”

柳静也一如既往：“药梅的那个电脑，我和高总说过很多次了，需要换一台新的，药梅一打开那个程序就死机。”

这下，张超显得很有点急了：“柳总，我现在要的是问题得到解决，在明天之前给到客户方案，而不是你好我好大家好，高高兴兴地下班去。明天拿不出东西来怎么办？

柳静先是一愣，隔了几秒才语气温柔地说：“你说的对，迫在眉睫火烧眉毛啊，那……现在也有点来不及了，我还得赶紧接孩子放学去，这个方案你多费心吧。”

柳静说到做到，话落就站起身，心大地离开了办公室。

看到这一幕，我不由得称奇，好像瞬间明白了点什么，同时脑补到，要是这个部门只有一个柳总，出了这种事她难道也要带头走人吗，下属不尽责瞎糊弄，她难道也要一一宽容吗？

一个会议，张超唱足了红脸，柳静收买了一圈人心。

半晌过去，张超突然问：“今晚谁可以和我一起加班做方案？”

就见满屋子的同事面面相觑，一时间鸦雀无声，无人表态。

我皱了下眉，刚要举起手，却对上药梅瞪过来的眼神，我一愣，又缩了回去。

这时，张超扫了一圈，无所谓地耸了下肩：“好，那散会下班吧。”

看那样子，这大概已经不是第一次了。

直到下了班，药梅和我一起往公交车站走，我心里仍是觉得不太对劲儿，犹豫地问药梅，就这么走合适吗？

药梅痛快道：“这个时候怎么能帮张超啊！静姐两只眼睛都盯着咱们呢！”

可是一整个策划方案，都要由张超一个人完成？

药梅很快又来了一轮科普，原来销售部每次做大型活动的文案都是张超写的，他原来学中文的，要琼瑶就琼瑶，要古龙就古龙，比广告部的那些人文笔好多了，唯独输在没有大客户亲戚。

我叹了口气："再厉害也只是他一个人，时间又这么紧张……"

药梅立刻堵了我一句："他给你买礼物了，还是要给你涨工资？你就听我的吧，站好队，少管闲事。"

话落，药梅要坐的公交车就来了，和我打了个招呼就走了。

我突然想到一个经典的故事，如果一家十个兄弟，有九个都是懒鬼，那余下的那个该怎么做呢？答案是要更加勤奋，因为如果余下的都不做事，一家人都会饿死。

我站在原地想了想，终于还是拿出手机给张超发了一条短信："张总，您需要我帮忙的话，可以给我打电话。"

那条短信张超没有回我，却在第二天凌晨四点钟，给我发来这样一条："可否帮我校对一下错别字，已发你邮箱，感谢。"

难道他熬了一宿？

我迷迷瞪瞪地看完短信，轻手轻脚地爬起来，生怕吵到王佳佳，然后打开电脑查邮件。

直到我点开那份制作精美的 PPT，顿时醒了。

不得不说，张超是有能力的。

那么，如果部门要提拔一位总经理，领导会选择有能力的张超，还是有大客户亲戚的柳静呢？

张超精彩的策划文案，很快就迎来客户的赞赏和销售部的满堂彩，所有人都松了口气。

庆功宴上，服务员刚上菜，部门总监高飞就夸起张超，说他要是和广告部的人竞争，整个广告部都要离职。

张超有点直又有点实诚："广告部的活儿我看不上。"

这话真是傲，可我却对他有点刮目相看，性格直，又何尝不是一种真实？

没想到柳静接话道："高总，您看您这话说的，这是要让我们张超去广告部发展啦？"

高飞笑道："这也是个好思路，张超过去了，说不定我们公司的广告部就要强大起来了。"

嗯，到时候销售部就要败落了。

柳静很快示意大家举杯："这次真的是多亏了张超了，我们团队真是厉害，同心同德齐心协力攻破了很多难关，大家来喝一杯吧。"

结果，我刚跟着大家一起举起酒杯，一饮而尽，放下杯子时，却听到柳静又来了后半句："我晚上回去还得辅导孩子作业，就不和大家喝了啊！"

我微微一愣，转头一看，高飞和张超已经干了杯，药梅正鼓着腮帮子，将抓在手里的毛巾往嘴上一堵，刚好将酒精都吐给了毛巾。

我看得一愣一愣的，扫了一圈，八仙过海各显神通，有的紧握着酒杯，通过角度透过手指缝才看见没有喝完，有的迅速趁大家说着话，倒了雪碧进去。

直到同事慧子说："我真是一点酒都喝不了，上次喝完瞬间就长了好多疹子，直接去了医院。"

众人纷纷向她投去同情的目光。

我却因此长了好大一个见识。

也许在别人眼里，我已经选择了光杆司令张超的队伍。

庆功宴结束，整个部门的人从饭店鱼贯而出，开始为自己张罗交通工具。

我刚要跟药梅说话，她却已经赶在第一时间搂住柳静撒娇，要求顺路的柳静捎带她一程。

柳静很和善地答应了，药梅转过头来就问我要不要一起。

我一愣，忙说："啊？不用了……"

药梅很快抛过来一记眼色，我心里一叹，只好说："下次再坐柳总的车，我现在还不回家，我得去别的地方找我室友去。"

药梅这才妥协。

很快，众人散去，连高飞都去了隔壁酒吧赴第二个约，我这时回了下头，刚好见到最后出来的张超。

他正边走边将结算的发票放进包里，一抬头，四目相交。

我本想说点什么，可是话到嘴边又词穷，只好转过头，假装低头看手机。

没想到张超却叫住我："陈可，打不着车吗？"

我这才回头："张总。"

张超已经走上前，抬手要拦车："我打车，顺道捎你吧。"

他连我住哪里都不知道，万一不顺路呢？

我立刻阻止他："不用，前面有个公交车站，我刚才查过了，有一辆直达的公交，还是特字头的呢。"

谁知张超却问我："特字头是什么车？"

我解释道："就那种双层公交啊，坐在上面，感觉像坐游街花车一样，特别有意思。"

张超一怔："是吗？我在北京待这么久，还真没坐过，那今天借你的光，我也感受感受。"

就这样，我和张超成了同路，虽然我一时间也没搞清楚事情是怎么发展到这步的。我们并肩走了一小段路，他没有说话，我也没有。

偶尔，我们的目光会对上，他笑，我也笑，气氛实在微妙，不知道的恐怕还会以为我们是刚刚结束相亲且看对眼的一对小年轻……

然后，我找了个话题，指着他的双肩包说："张总，我发现你每次出门都背着电脑。"

张超笑了："是啊，这样可以随时处理工作，像我们刚才在聚餐，如果客户需要什么资料，我可以立刻发过去，不用提心吊胆地熬到回家，而且很有可能当时没处理的事情，事后就忘记了，客户就丢了。"

原来如此……

我连忙说："嗯，那我以后也随身带着。"

然后我又问他什么时候来的公司。

没想到张超却说："别喊我张总了，我也没比你大几岁，叫张超就行。"

我笑着应了："好。"

接着，张超就开始介绍自己，原来他上大学的时候就经常给这家公司做兼职，大四实习就来这里上班了一年，毕业后一直留到现在。

我听得一愣，想到自己四处碰壁的经历，由衷地夸赞："那你真的很厉害！"

张超却很谦虚，也很自信："在北京好好工作肯定没错，三年后，你可能比我现在更好。"

无论如何，感谢他这句话给我打了气。

夜色下，冷风中，我看着他笑着的侧脸，没由来的，竟越来越觉得顺眼，起码相比柳静，张超更真实，而且不会让我站队。

大概是真的累了，又或者是坐在实诚的张超身边，随着公共汽车的摇摇晃晃，我很快就有点昏昏欲睡，头忍不住要往窗户上靠。

只是预期中又冷又硬的触感却没有到来，我的额头很快碰到一块软软的、还带点温度的东西，睁开眼一看，竟然是张超将围巾叠成了四方块让我靠着。

我的睡意似乎没那么浓了。

这时，车上又上来一个女人，刚好坐在和我并排的位置，动作比较大，便将我余下的那点睡意一起轰跑了。

我侧头一看，见她背着一款 Gucci 的包，正是王佳佳那款 A 货的，忍不住就多看了两眼。

坐在我后面的张超似乎注意到我的目光，拍了一下我的肩膀，我就和他一块靠着玻璃小声嘀咕起来。

张超："别看啦……肯定是假的……用真包的人不坐公交……"

我说："我看不出真假……"

张超很肯定："假的假的。"

这时，外面下起了雨。

到了下一站，那女人下了车，张超看过去，立刻惊道："那女的那个包是真的！"

我愣了："啊？怎么又真的了？"

张超指给我看："你看，她护着包，把自己给淋湿了！"

我顺着看出去，果然见到那女人紧紧抱着包，全然不顾自己，拔腿狂奔。

我愣愣地收回目光，和张超四目相交，倏地一下，我们都笑了。

002

这晚，我回到狭小的廉租屋，一边收拾一边和王佳佳念叨着这一系列的办公室风云。

王佳佳手里也没闲着，说："嗨，你们就这点斗争算个啥，就为一客户，你都没法想象我们好几家广告公司得掐成啥样！俗话说，人在江湖……"

我顺嘴接道："身不由己。"

王佳佳又接了回去："错！你得选个门派！"

我一愣："啊？"

怎么连王佳佳都这么说？

没想到她下一句，更是风马牛不相及："快！咱上工体拜门派去！"

我不懂去工体和拜门派之间的内在联系，就那样一头雾水地被她拉出了门，王佳佳眼睛上还贴着超长的蓝色羽毛款眼睫毛，对着我眨眼，忽闪忽闪的。

直到坐进出租车，王佳佳才给我科普起来，北京的工体就相当于香港的兰桂坊、纽约的曼哈顿街区，是北京的不夜城，里头大大小小的酒吧各式各样，每天晚上都爆满。

她还说，她有一水固定来这里玩的朋友，朋友带朋友，每周末聚会一次，AA 制。

我听得一知半解，哦，原来就是吃喝玩友。

我问："那咱们一会儿干吗呢？"

王佳佳说："当然是吃喝，蹦迪，闲聊啊！"

我只好再直接点："没有别的不好的事吧？"

王佳佳好气又好笑："大姐，这是北京，首都！告诉你，一个人只有拓展人脉，交往天南地北的朋友，才能在北京扎根。大白天都忙得披头散发的，上哪儿找人认识去啊，晚上喝点酒，人都放松了，才好打交道。"

但我还是有点不放心："我就跟着你，你可要带我啊！"

王佳佳笑话我没出息："瞧你紧张的！混个 party，真不是带你学坏。北京到处都是金子，就看你遇不遇得见，多少人在三里屯捞到金子了！门外停的都是豪车，齐刷刷全摆在门口，生活中根本不可能有交集的人，都在那里头等着呢，有多少女人仅凭一张床就能奋斗出一套房来啊！这是个能创造奇迹的地方，这是个没有不可能只有你想不到的地方。"

这是王佳佳教会我的又一件事，这个城市一直在等你，只看你有没有本事把握住。

半小时后，我和王佳佳进了工体大轰趴，尽管我一路上谨小慎微，亦步亦趋地跟着装束妖艳的王佳佳身后，依然很快就落了单。

王佳佳是社交达人，在这里到处都是她的熟人，逮着谁都能聊上几句。

我失去了王佳佳的踪影，又在原地徘徊了一下，左右张望时刚好见到舞池角落有两个和我一样“独处”而没有四处猎艳的姑娘，一个短发干练，穿着时尚，一个看上去憨憨厚厚，仿佛和我差不多。

但相比我一个人，她们却有彼此陪伴，聊得开心。

我只犹豫了一秒，就朝她们走了过去。

事实证明，我的选择是对的。

那短发的姑娘叫桔子，是个时尚杂志的编辑，比较憨厚的那个叫笨笨，国企的 HR，那一晚上我们都聊得很开心，她们让我见识到我所不了解圈子的世界，而我似乎也带给她们一些惊讶的东西。

直到 Party 结束，我终于找到了王佳佳，在工体门口又一次看到桔子和笨笨。

我们打了招呼，王佳佳便凑过来笑道：“哎哟喂，这么快认识新朋友啦！”

我立刻和她聊起她们，打从心里觉得兴奋，毕竟这是我来北京后交到的第一和第二个新朋友。

我和王佳佳边聊边走在三里屯大街上，走着走着就想起了刚才的消费。

我说：“刚才的 AA 制，还要一个人七十五呢！”

王佳佳斜了我一眼：“心疼啊？”

我点了下头：“有点，我一天三顿饭加起来才三十五。”

王佳佳叹了口气：“宝贝，我们是外来的，想要混北京，就得多付出。明天减肥吧，少吃一顿，省几天不就省出来了？除了能认识更多的人脉，还能保持身材，一举两得！”

她真是我见过最乐观的姑娘。

我说："嗯，我知道，佳佳，谢谢你带我认识这么多人。"

王佳佳却对着天感叹起来："北京啊北京！知道吗，我站在这地方，就好像有个声音每天都在提醒——欸，你可别占着茅坑不拉屎啊！混出个人样来，才有价值！"

我望着她的侧脸，突然有点懂她了："我现在有点明白你为什么住这么贵的地段了。"

而今晚的王佳佳似乎也有很多感触，很快一股脑地说："你知道吗，我其实特别怕一个人待着，怕融入不进这个城市，经常莫名其妙的心慌。慌什么，我也不清楚。如果可以，我想把这里每一个人都认识了，都变成朋友。我每天找局玩，谁唱歌谁吃夜宵，只要喊我，我都去。反正都住在工体附近，走着就到了。"

但我也不知道自己怎么想的，竟然说了一句煞风景的话："佳佳，我一直想和你说，你这样老熬夜，吃夜宵，喝酒，抽烟，生活太不健康了，身体重要啊。"

王佳佳却想得很开："在这里，如果你早睡早起，不吃夜宵，不抽烟不喝酒，就会连一个朋友都没有。宝贝，要是过舒服日子，咱干吗非来北京呢？"

我没应，主要是我也想不出任何立足点去反驳。

有一点王佳佳说得对，要想舒舒服服何必做北漂？我当初不也是一心要搏一把，才放弃了攀枝花给我安排的稳定工作吗？

等我们回到廉租屋，已是半夜。

王佳佳洗完了澡，吹了头发又敷了一块面膜。

我靠着唯一有信号的窗口，摇了摇手机，寻找那微弱的信号，想了想还是给桔子和笨笨都发了一条信息。

"笨笨，很高兴认识你。陈可。"

"桔子，我是陈可，有时间再聚哈。晚安！"

然后，我又转身抱起大玩偶熊，谁知刚一躺下，手机就响了，我立刻爬起来看，她们两人都回了。

桔子："好嘞姐们，再约啊！"

笨笨："收到啦，认识你也很高兴，赶紧睡吧，晚安啦。"

我笑了笑，突然多认识了两个新朋友，似乎没有刚来的时候那么无助孤单了。

转回来躺下后，我对王佳佳说："桔子今天背的包好漂亮啊。"

王佳佳直接道："我刚也看到了，新出的款，卖8700。"

我登时一惊："这么贵！"

王佳佳用手指服帖着面膜："这在LV里算便宜的。"

我立刻不淡定了："啊啊啊！我什么时候才能买得起LV啊！"

王佳佳看过来："你要买吗？我那个做包的朋友这款卖1200，一模一样。"

我想了一下桔子那款，问："那你说，桔子背的是真的假的呀。"

王佳佳笑了："她？她就算背假的，也没有人觉得是假的吧，不像有些人，背真的都像假的。"

这倒是，这个要看气质。

桔子无论穿着还是谈吐都透着时尚高级。

我笑笑，没说话。

临睡前，倒是王佳佳说了一句："在这里啊，除了自己，其实没有人知道谁几斤几两重。"

我也是直到今天才发现，原来我一直以为学历不高，曾一度看不上的王佳佳，看人看事这么通透，而且潇洒。

几天后，我们部门迎来了一次战争。

高飞作为部门总监，一大早就在问责："你们一天到晚的就光上班不动脑子吗？你们看看这个策划案，这都什么啊！我们怎么跟公司交代！张超！柳静！怎么回事！给你们又招了新人手，怎么做出来的东西还是这么敷衍！"

所谓新人手，指的自然是我，但别说独当一面了，我连怎么熟练地做PPT都还没搞定。

高飞一发怒，所有人都不吭声。

高飞很快又发难："怎么不说话？张超？柳静？赶紧想办法解决！马上要到促销季了！给我出三套方案！"

三套？！所有人都倒吸了一口气，有的人还下意识看向救命稻草张超。

没想到张超这回却来了个退居二线休养生息："高总，前几天为了那个方案，我加了一宿班，胃不舒服，这周约了理疗，想根治一下老毛病。这次恐怕要柳总多想想办法了。"

此言一出，众人又齐刷刷看向柳静。

我也不由得一愣，不得不说无论张超看病是真是假，这一手都很漂亮。

果然，事实证明柳静是接不住硬货的，她很快将球踢给下面人："行，其他人一会儿下班都别走，做个解决方案出来。"

就这样直接撂挑子了。

张超和柳静先后"放手"，我们这些下面的人很快就乱成一团。

一直到那个周末，在我和桔子、笨笨一起去逛街的路上，我还忍不住抱怨这礼拜的糟心事。

桔子不愧是时尚杂志的编辑，对此颇有心得，我便将实际情况和她念叨了一遍，主要是公司刚推出一个节能的机型，比之前的贵一点，销量自然就差，换了好几次宣传广告还是不见起色，于是公司内部就分析，应该是消费者觉得节大自然的能，为什么要自己掏腰包呢，就不买了。

桔子却一语点出症结，说这是宣传有问题，毕竟"节能"这词太高尚，不如重新想一个让人买东西会获得心力舒适的词，比如新机型能吹出微量元素啦，补充人体机能啦，就像她们杂志上季度还鼓吹了大地色系的眼影既高级又神秘，结果到了这季度又开始忽悠大家买桃红色，会让人"眼含秋波"，总之无论是黑的还是白的都是她们说了算。

我听得一愣一愣的，问："这不是欺骗消费者么？"

桔子却笑了："这怎么是骗？毕竟涂上眼影是好看了啊，我们只是换了个说法。"

笨笨听到这里，忍不住插话，这种花里胡哨的办法只对女人管用，女人就喜欢求变，尝试不同，很容易接受各种风格，但男人只追求更好或者更合适，所以越是挑剔和对比，就越容易激发男人的购买欲，比如汽车广告，从颜色到线条讲的就是再天花乱坠，也不如一句"这是成功男人的标配”。所以给男人的暗示信息，一定要简单明了一针见血。

你还别说，笨笨这番话对我也是一针见血，我一下子明白了什么，飞快地说：“天啊笨笨，你给我上了一课！原来文字也有性别！”

桔子笑了：“闹呢？我们笨笨可是五百强企业的HR！”

我兴奋极了，仿佛被点化了，哭着喊着要请她们吃大餐，这堂课无论如何也要交足学费。

这件事，直接导致后来高飞对我的表扬。

在我提出产品性别的问题之后，高飞直夸我是“小荷才露尖尖角，竟然提出了一个之前大家都忽略的概念”。

我微微一笑，心里高兴得开了花。

谁知下一秒，我就蒙了。

柳静从善如流地接话：“就应该给年轻人机会，让他们去想去研究，当领导的不能只顾自己的能力和业绩。”

说着，她还别具深意地看了张超一眼。

张超迎上柳静的目光，竟然附和道：“是的，陈可的方案非常好，值得推广。”

然后，他们又一起看向我，把我看得一脸莫名其妙。

我也是到了后来才明白一个道理，办公室就是没有硝烟的修罗场，没有永远的好同事，只有随时可能成为敌人的对手，无论是站队还是选门派都是这座城市的生存法则，那时候的我诚惶诚恐、举棋不定，直到现在才明白，只有不站队，才有机会自成一派。

顺带一提，这之中还有一个小插曲。

那天，柳静召集了整个销售部的员工出去聚会，特意邀请大家吃火锅，唯独没有请高飞和张超。

药梅还对着大家说，这不是公费，是柳总自掏腰包。

众人都很感谢，吃人嘴短。

然后，就在大家聊着吃什么锅底什么底料的时候，毫不知情的我拿起手机问了一句：“张总知道包厢名字吗？他正问我在哪里呢？”

一时间，众人沉默。

直到柳静笑眯眯地说："张总不是有报告要做吗？我就没喊他一起，还是工作重要，别耽误张总的工作。"

然后，药梅从桌下伸出一只手，在我腰上拍了一下。

我便低下头，不说话了。

没想到柳静却还有下文："张总是不是喊你去帮忙啊？那要不，你先回单位帮帮他？"

那一瞬间，我突然感受到柳静的可怕，这个女人虽然没有工作能力，却依然能在这个公司做部门经理，除了她有一个大客户亲戚，恐怕还和这种笑面虎的功力有关，暗中拉拢下属，拉帮结派，排挤竞争对手张超。

哦，如今还多了一个"才露尖尖角"的我，所谓枪打出头鸟，大概就是这么一回事吧……

心照不宣的
办公室秘密

PART 4

WOMEN IN BEI JING

001

张超和柳静的部门总经理之争，早晚要分个高下。

公布结果那天，我特意请了病假没去上班，不明所以的王佳佳准备化妆去上班的同时，还问了我一嘴。

我告诉王佳佳，正是因为昨晚药梅给我打电话打了半宿，动员我和大家一样投票给柳静，才促使我做了这个决定，既然不愿违心决定，那么就选择沉默。

王佳佳的评价是："她还挺能抱大腿，你要跟她合租了，可得提防点。"

王佳佳还说，关键时刻请病假，理由一定要充分，不然躲过了今天，后面不知道怎么被人使小绊子，谁都不傻。

我说："嗯，我找了笨笨帮忙，她给了我一批在医院输液的各种胳膊带针管的照片，我拿了一张最像我胳膊的。"

王佳佳哈哈大笑："你可真行！看见了吧，多个朋友多条路！"

没想到我俩正聊着，药梅却来了电话。

我眼皮子一跳，接起来就听到药梅气急败坏的嗓门，那声音直接溢出。

“我真不敢相信，张超居然胜出了！静姐怀疑是实习生唱假票，大闹了一场，一群人看了她的笑话！还有你知道吗，乡美电器的老板的确是静姐的亲姑父，以前我们跟乡美电器的合作都是静姐给联系的，但是上个月，姑姑和姑父离婚了，据说是姑姑出轨了，所以姑父和他们全家都闹得很僵！这都叫什么事儿啊！”

等她嚷嚷着讲完始末，才语气一转，问我：“陈可你退烧了吗？身体怎么样了？你什么时候搬过来啊，我去给你配把钥匙……”

在药梅机关枪一样的一大段话里，我终于找到机会说话：“我没事，在家歇一天就好。”

接着我俩又闲聊了几句，便挂断了电话。

我吸了口气，又吐出，突然间有种如释重负的感觉，因为赢的人是张超。

恐怕全部门里，最希望他得胜，也是唯一一个希望他得胜的人，就是我了。

呵，也不知道是不是心有灵犀，我正在想着，张超的短信就来了：“听说你发高烧，现在怎么样了？”

我瞅着那条短信，不自觉便抿着嘴笑了，目光一抬，就看到挂在衣架上那条男款围巾。

也是这一刻我才发现，原来杨大赫的样子已经很久没有出现在我的脑海中了，或许是因为工作太忙，没有容纳他的缝隙，又或许正如那句话一样——治疗失恋最好的办法，就是再恋爱。

是的，它又来了，就在这个冬天，在这个异乡，在我没有一点防备的时候。

从这之后，我的生活有了两个改变，一个是我搬去和药梅合租。

一个是，我和张超开始交往，大家都是成年人，早就过了大学校园里那种当众告白啊，纯纯的牵手还会脸红的阶段了，我们的交往一切都是建立在成人世界和物质打拼的基础上。

交往后，我也没有吝啬于将自己最真实的一面展现在他面前，比如我从大学时就保持下来的习惯：剪掉时尚杂志上我喜欢的款式，贴到专门用来收集的本子上。

或许这样的我，在张超眼里既可爱又幼稚吧。

他说："想起上学的时候，我把杂志上的周杰伦都剪下来，贴了一大本，还手抄了他所有的歌词。"

张超喜欢那些歌词，是因为很美。

这和我喜欢那些时尚款式一样，追求美是人的本能。

我指着杂志上 VALENTIN 出的一件东西给他看："你看，我都不会念这个牌子，怎么这么贵？"

张超说："这里头就没有咱们买得起的东西。"

我说："都买不起的话，那这是给谁看的呀？"

他说："给买得起的人看的呀！"

我有点排斥这样的划分，说："那我们就做那一批买得起的人啊！"

这大概是我们交往以来第一次出现分歧，张超也意识到这一点，他很快郑重其事地面对我，说："你看啊，以我们现在的工资，租房、吃饭、交通，再给家里打点钱回去，处处都需要更节省一点，才能让日常开销富足一点。你一方面想买包包，一方面又不愿意过来和我住，还要和药梅平摊房租。不如你现在退掉那个房子，把每个月那 1200 省下来，半年以后，你想要的包包，就有钱买了。"

和张超一起住，放弃和药梅合租，这件事实在让我为难。

我很快说："我退掉房子的话，药梅怎么办啊？我和她约好的，不能说话不算数，她到时候找不到合租的人，我不是坑了她了嘛！"

正是因为刚来北京时那段不愉快的经历，我才不愿意在住宿这件事上给别人添麻烦。

张超却说："换别人，我也觉得如果你退掉房子不仗义，但是换药梅，我觉得你不用顾忌那么多，跟她没必要。"

我有点不懂，反问张超为什么针对药梅。

张超这样说："我一个男的说人家姑娘什么都不合适，我怕她把你带坏！你不是也每天唠叨她蹭你的车蹭你的饭蹭你的水电费还不打扫屋子吗？那就搬过来住吧！要不我出面和她说，看看怎么解决合适？”

说真的，张超这样的处理方式简直吓到我了，又生硬又不给人留余地，等于是让我和药梅撕破脸，可她毕竟是我来到这间公司第一个和我打招呼的人。

我很快拒绝了：“不要，你和她说的话，她就知道我们谈恋爱了，那整个公司也就知道了，领导该找你麻烦了。”

结果张超却提了另一个让我惊讶的解决办法：“那要不这样，这段时间我也在想这个问题，与其偷偷摸摸的，不如你换个工作吧？我帮你找一个更好的，就和药梅说离公司太远了，不得不退房。”

我脑海中的第一个念头就是，为什么要牺牲退让的是我呢？

但我并不想在热恋期就为了这点小事吵架，于是很快俏皮地眨了眨眼，对他撒娇道：“我不，要不你去换个更好的工作呗。”

张超一怔，却没生气，很快就拉着我嬉闹起来，这个小插曲也很快翻了篇。

这件事过后，我曾想过，如果是当初我刚来北京的时候，如果我的男朋友对我提出这样的要求，希望一起住，就等于许诺了共进退的未来，我大概会欣然领受吧？

当然，这个假设中的“男朋友”也许是杨大赫，也许是张超。

毕竟那时的我，不顾一切，心怀执念，对未来的蓝图原本就是和真心喜欢的男朋友一起奋斗努力。

可现在，我拒绝了。

我觉得自己好陌生，为自己的变化而震惊，仿佛因为张超的提议又重新认识了一次自己，仿佛我已经超出了原来我以为的那个标尺，一下子都不知道自己是什么样的人了。

这大概是因为，人的标准总在变，人也需要不断成长和成熟吧？

002

我很快就明白了张超对药梅的那些评价真正的含义。

那天晚上，我回到和药梅一起合租的两室一厅，将手里的麻辣烫外卖放在桌上，问屋里的药梅要不要一起吃。

没想到药梅居然说不吃，她是最喜欢吃麻辣烫的。

直到她从屋里走出来，吓了我一跳，她整个脑袋都裹着纱布，看上去像是打包到一半的木乃伊。

我立刻问："你怎么了？！谁打你了？伤得这么厉害，要不报警吧？"

药梅连忙阻止我："别别别，这不是五一放假了吗？我去动了动。"

动了动？

我反应了两秒："啊，你整容了？"

药梅特别淡定地指了指胸口："喏，我还请了个桃花佛牌。"

我不禁一怔，看了那块仿佛很沉的牌子一眼，下意识伸手要碰，却被药梅一把拍开："你别碰，你一碰就把我的桃花拿走了！"

我"哦"了一声，缓了缓神说："你可吓死我了，这还怎么上班啊？"

药梅满不在乎道："其实都好差不多了，这不是又涂了点药么，明天拆了就好了，我不说别人看不出来，你可别跟他们说啊！哦，对了，我攒了一年的钱都花光了，还用了信用卡，亲爱的，你管我几天饭吧！"

这是药梅的老毛病，蹭吃蹭喝，爱占小便宜。

我叹了口气，说："我给你炒个菜，下碗面去，可是我明天要跟高总去出差了，你自己照顾好自己啊。"

高总就是高飞，在张超和柳静竞争职位的时候，他恐怕是最支持张超的领导了。

自然，他们两人也是朋友。

只是我没想到，我会这么快就见识到高飞的另一面。

这事儿还得从这次出差说起。

那天晚上，我们刚入住外地的一家酒店，我洗了澡从浴室出来，还没拾掇自己，座机电话就响了。

我接起来一听，是高飞的声音："小可啊，你看看你的双肩包侧兜里是不是有我的烟，你帮我送到房间来吧。我在608。"

我有点犯蒙："啊？您的烟？"

高飞说，是在过安检的时候，他顺手塞进去的。

我"哦"了一声，挂上电话，果然在自己的包里找到了那包烟，拿在手里却有点犹豫。

再一看时间，快要凌晨了。

那之后的几分钟，我的脑海里一直在纠结，这个时间高飞要抽烟，还要我送过去，孤男寡女的合适么，他一个职场老鸟会这么粗神经么？

我边想边脱掉浴袍，换上自己的衣服，直到临出门前，我脚下一顿，又折了回来拨通前台的服务电话。

“你好前台吗？您能帮我去门口的小卖店买一盒烟，送到608 房间吗？送完请到我房间结算烟钱，我可以付您小费。”

前台很快照办了，这天晚上，我也没再接到高飞发来的信息。

不得不说，这件事之后，我是有点小尴尬的。

就好比说第二天早上，我前脚拿着文件夹走进电梯，正好碰到后脚进来的高飞，猝不及防间，我们的目光撞了个正着。

但很快，就错开了。

我率先跟他打招呼：“高总，早。”

高飞“嗯”了一声，并不清晰。

我将资料递给他：“这是今天给经销商的材料。”

说话间，我又一次看到高飞的眼神，那里面似乎有些东西，不经意的，我说不清。

直到后来我们飞回北京，一天我和张超手拉手走在街上，张超无意间提到白天在办公室，刚好撞到高飞在手机里和老婆吵架，声音巨大。

我当时一怔，问吵什么。

张超只说不清楚，他一进办公室，高飞就挂了电话。

我下意识就说：“……我觉得吧，高飞有问题。”

张超不明所以：“啥问题？”

我一下子闭了嘴，想到张超和高飞的关系。

然后又想，算了，反正也没出事，多一事不如少一事。

只是我没想到，这件事还有下文。

原本是我和高飞一起出差广州负责的案子，很快就变成药梅接手。

药梅一头雾水，还跑来问我为什么。

我能说什么，只好说自己做得不够好。

没想到药梅却不淡定了，说："那我更搞不定了……不行，我得问问静姐去。"

我不知道药梅是怎么问的柳静，柳静又是怎么回答的，我只知道我永远忘不了几天后的那一幕。

那天，我和张超、柳静和市场部的小光一起到某饭店的包间见客户。

刚踏进酒店时，张超还在说这个客户好不容易回一次北京，今天不把话说死不能放人走，合同拖了一个半月了，再拖恐怕要出问题。

我还从包里拿出解酒药和矿泉水递给小光，让他先吃了垫底。

小光哭笑不得地接过，还说："没点特长都进不了市场部。"

张超安慰他："知足吧，起码喝酒是你与生俱来不需要再提升的能力，楠楠为了陪中老年客户，每天苦练老歌，就等着进 KTV 一举拿下中老年朋友们的心呢。"

很快，我们四人就围绕着这个话题调侃起来，一边说笑一边走到了包间门口。

紧接着，我们就一起目睹了惊人的一幕。

只见包间里，高飞和药梅站在一起，挨得很近，高飞正在给药梅拉裙子后面的拉链，拉链里还能清楚地看到黑色蕾丝内衣。

药梅轻笑道："最近真的太胖了，陈可又不在家，给我急坏了，怎么都拉不上。"

高飞也在笑："不是你胖，是这拉链太钝了。"

药梅又是一阵笑，透着娇羞。

那笑声，一下子惊到了我们四个人，也不知道是谁先开始退的，很快地，大家就动作一致，退出了十几步远。

我当时还以为，这件事很快就会在公司激起千层浪，毕竟高飞是已婚人士……没想到却一个雨点儿都没下，就像我和张超的恋爱关系，就像那些办公室里悄然进行的秘密，连同我在内的四个目击证人，都像是没发生一样，对此避而不谈。

我想，这或许就是办公室潜规则的其中一条吧?

这之后的日子，一如既往的平静、甜蜜。

上班的时候，张超一如既往的西装革履，骑着他的自行车来我住的小区门口接我，将他的双肩包给我，等我背上，再递给我手抓饼和豆浆。

然后，张超就会努力蹬车，四平八稳地让我在后座无忧无虑地吃早餐。

偶尔，我们还会因为吃的问题拌嘴两句。

比如张超的早饭是咸豆腐脑和油条，我就会吐槽咸豆腐脑还要放韭菜花，多难吃啊，豆腐脑当然就要吃辣的了！

张超叹道："你说我们三观这么不一致可怎么一起生活啊？"

而我却独断专行："南北方有差异，咱俩不能有差异，反正不吃辣豆腐脑就不能一起生活！"

结果自然是张超妥协。

当然，等我们到了公司，就要假装一前一后走进电梯的普通同事关系，电梯里人挤人，同事们互相打着招呼。

最后，我还会礼貌地称呼一声："张经理。"

等电梯门一关上，在没人的小角落里，张超会伸过来一只手，轻轻拉住我。

我心里甜滋滋的，面上却假正经地绷着。

这样偷偷摸摸甜甜蜜蜜的关系，直到下了班，才会肆无忌惮起来。

我们会一起逛夜市，街边叫卖的都是几块钱的东西，但张超总会在吃了有蒜味的东西后亲我。

我闻了自然想躲。

然后，我们还会坐在路边吃路边摊，张超就坐在我对面，用笔记本工作，我只管吃我的，不打搅他，边吃边欣赏着他认真工作的模样。

自然，少数情况我也会见到夜市里有人背着 LV 的包，我也会很快跟张超科普起来："哎哎哎，你看那个好看吗？王菲刚背过，两万多呢！"

张超没说话，直接用一瓶老北京酸奶怼到我嘴里，酸奶瓶后，是他憨憨傻傻的笑脸。

尽管 LV 包包的话题被老酸奶打断了，我却没有忘记那惊鸿一瞥，一转头就将自己的笔记本电脑的屏保设定成它，还附注上一行字："努力挣钱买包包！！！"

那个屏保，张超是看见了的。

我记得那天晚上，他刚买完吃的从外面回来，我正好在洗手间，他喊我出来看《快乐大本营》。

等我出来一看，笔记本电脑已经合上了，电视里的《快乐大本营》正在播放 2009 年的夏天特辑。

节目看到一半，张超说："我今天中午请人事的老大吃饭了。"

我一怔："要给你涨工资啦？"

张超说："他觉得我的计划和公司对我的期待比较符合。再干两年，公司肯定要给我一个好的头衔了，我就离开北京调回西安分部，起码是个西安分部的总经理。到时候我 28 岁，你 25，咱们可以早点要孩子，别太晚要，你也好恢复身材啊，我爸妈正好那年也退休了，可以帮我们带孩子。"

我却听得一愣一愣的，完全没想到是这样的"升职加薪"和"人生规划"。

我呆呆地看着声色俱佳的张超，仿佛看到了外星人，而他却径自沉浸在自己的喜悦中，完全没有注意到我已经石化。

直到他长长一篇讲话将我们的后半生"圆满终结"，才想起来问我："你觉得呢？"

我觉得？

这里面还有我觉得的余地么？

我只好说："说不定两年后，你在北京也能当整个集团的总经理呢？"

张超摆摆手："怎么可能？我爸又不是潘石屹，你那是白日梦。"

他的这份自知之明让我不知道该哭该笑："那你现在不也挺好的？职位也好，工资也好，继续待着的话，只能更好，然后把爸爸妈妈接到北京来。"

张超却说，北京的幸福指数太低了，没有生活。人不能只有工作，只有奋斗，还得有生活。

生活和生存，只差了一个字。

在张超眼里，我们现在这样充其量只能叫生存。

我想，这大概就是我的分歧点了。

我说："怎么没有？你看我刚买的鲜花！想要经营好生活，用点心就行啊。"

张超却一针见血地指出："你那个地铁口十块钱一大把的鲜花，跟我说的生活，不是一回事！"

仿佛一盆凉水从头将我浇到脚。

就算是十块钱，那也是真的鲜花，不是塑料花，难道回了他老家西安就能买一千块一束代表生活的花了？

张超接着说："我给你算算啊，在北京不能一直租房子吧？我们结婚得有套房子吧？即使我现在有了足够的钱，可以首付一套差不多的房子，以后未来的十年、二十年，你要和我一起背负月供，我们每天早上醒来就是一笔债，我觉得压力实在太大了，而一笔首付的钱，在我们西安可以买一套小二楼啊。"

不知道为什么，我一下子就想到了远在攀枝花的妈妈，以及妈妈希望我能回来北京弥补遗憾的那些念叨，甚至是我长久以来奋斗的目标。

然而，张超却没给我说话的机会，我刚吐出两个字"可是"，就又一次被他打断："等我们有了孩子，我们没有户口，孩子上什么学校？要多花多少钱？没有学区房怎么办？接父母过来，是给他们再买还是再租一套房子？且不说经济压力又多了一层，就说父母年纪大了，愿意离开老家来北京吗？"

这之后，张超说了很多，很多，而且他逻辑清晰，喋喋不休，方方面面左左右右都被他考虑周到了，我根本找不到打破这套圆满计划的弱点，更加插不上嘴。

直到张超问我，他分析的有道理没有。

有，是有道理，但我不是跟"有道理"过日子。

我说：“我也可以攒钱，我们一起攒钱，可以试着在北京买个房子。我下个月也要涨工资了。”

张超笑道：“你那点钱，还惦记买LV！”

我说：“那么多人都留在北京，过得也挺好，人家都能解决问题。”

张超：“人和人不一样。”

不知道为什么，我突然对他有点失望：“怎么不一样？”

大约是感觉到我的这份情绪，张超很快紧张起来，哄我说：“好了好了，下周末去吃金钱豹吧？”

我说：“那个太贵了，还是好伦哥吧。”

可张超却说，适当改善生活才能更好生活，这周他要做攻略，看下周怎么一起吃垮金钱豹。

而我，望着这个刚上任不久、因为一顿金钱豹就充满战斗力的男朋友，竟然发自内心的，悲从中来……

也不知道是不是受到王佳佳的传染，还是被这座城市改变，渐渐地，我也开始像王佳佳一样心里发慌，明明渴望安定，却在见到安定计划表的刹那，又希望不要太快安定，要多姿多彩、深不可测，绝不能一眼望到头，否则这和我在老家待着有什么区别呢？

往往，我们理直气壮无所畏惧，以为努力就能成功。可事实上，我们经历更多的是，哪怕搜肠刮肚四处询问想一个足以衬托自己的英文名字，到头来才发现根本派不上用场。

那天晚上，离开张超家，我没有着急回到那个租赁屋，而是跑到三里屯街头游荡，走走停停，直到累了进了一家咖啡馆，找了一个靠窗的位置，望着窗外的流光溢彩，尽情地发呆……

几天后，高飞在部门里公布了一个消息——由于广州的案子药梅立了大功，经过公司的审核，决定破格升职她为部门经理。

这个消息宛如一道惊雷，将柳静炸愣了。

她和药梅居然平级了。

别说柳静，就是部门里的其他人，也都不是很服气，单从那稀稀拉拉的鼓掌声就听得出来，各怀鬼胎，四处充斥着不服气的声音。

药梅却兴高采烈地站起来，给所有人鞠躬致敬，说：“感谢大家！

以后让我们继续加油，取得更多更好的成绩！”

之后没多久，我就在洗手间的隔间里，听到柳静、小薇和楠楠三个人的对话，话题的主角自然是药梅。

小薇哼唧着：“哼……一起出了个差，回来就升官发财了。”

楠楠发出疑问：“高总为什么喊药梅一起出差呀？”

小薇冷笑道：“你说为什么呀？你能把领口开到肚脐眼儿吗？”

这时，柳静说：“小薇，别乱说话啊。”

小薇却更加气愤：“她业绩连我都不如，现在和你平级了呀静姐！”

柳静没说话。

楠楠这时接腔：“女人干得好不如睡得好，那我们还干个什么劲啊，我一会请假回家躺着去了。”

小薇直接开骂：“一起吧，妈的，连大学都没上过的打工妹，我凭什么听她的啊。”

直到她们三个人走出洗手间，我才慢吞吞地从隔间里出来。

不知为什么，我总觉得，药梅捅了个马蜂窝，总觉得以柳静的为人，八成是不会善罢甘休的。

果然没几天，公司里就发生了一件大事。

一大早，高飞的老婆就杀进来，穿过众人，径直冲进了高飞的办公室。

我刚听到小光说“感觉要打架啊”，就听到那办公室里传出一片惊叫声，立刻把外面的人吓了一跳，纷纷站起身，伸长脖子看。

柳静慢悠悠地示意大家：“坐下，都赶紧坐下，怎么这么爱看热闹啊！”

真是一语惊醒梦中人，众人这才觉得不妥，又纷纷落座，只是眼神依然偷瞄着事故地点。

直到办公室大门刷地打开，药梅被一股猛力推出来，众人才立刻收回目光，齐刷刷地低头。

显然，那里面刚刚经历了一场大战。

药梅跌在地上，衣衫不整，我立刻跑过去扶她，张超也快速脱下自己的外套，扔了过来。

没想到，药梅却一把推开我，狼狈地从地上爬起来，捂着自己被撕扯烂的胸口。

高飞的办公室里，传出高飞夫妇吵架的嘶吼声。

药梅没有重回战场，转而大步走向柳静的桌子，一把推翻她桌上的茶杯。

滚烫的水撒在了佯装看文件的柳静身上，立刻把她烫得跳起来，往日的优雅知性瞬间荡然无存。

柳静尖叫："啊啊啊啊啊！烫！药梅！你有病啊！"

药梅只有三个字："不！要！脸！"

而我们所有人，都奉送了目瞪口呆。

这件事过了很久很久，我才得知，原来药梅曾问过她最崇拜且信任的柳静要不要答应和高飞一起去广州出差的事，甚至还给柳静看了高飞发给她的短信。

那条短信，既暧昧又含蓄，高飞深谙这其中的程度把握，乍一看会以为他对药梅有意思，但只要稍加解释，就会显得是药梅多心。

可想而知，当着药梅的面，柳静自然会像个知心大姐姐一样苦口婆心，比如劝药梅在职场上不能随便跟同事说私事，以免有把柄落在别人手里，这是利益场，一定要有防人之心。

然而话锋一转，柳静却鼓励药梅和高飞一起出差，还说那没什么，再说，万一高飞是真心喜欢药梅呢，高飞的老婆性格有问题，要是能离婚，他和药梅在一起，也是不错的选择。

就这样，柳静三言两语就给药梅画了个大饼。

药梅自觉听懂了，又十分信任柳静的判断，这才有了后文。

还真是……一言难尽。

有欲望的女人不被男人喜欢

PART 5

WOMEN IN BEI JING

001

大战之后，药梅春风得意地上任了。

大概是因为她想穿得像个领导吧，砸了大钱买了套装，不知道为什么却有一种大酒楼迎宾员的感觉。

药梅花蝴蝶一样穿梭在办公室里四处发放巧克力的同时，独独绕过了脸色阴沉的柳静，周围的人仍旧安心做这个剧场里的配角。

我默默看了片刻这出小丑戏，第一次动了想离开这间办公室的念头。

而我的 MSN 上面的一个名字——顾映真，恰好给了我这个机会。

第一次见到顾映真时，还是上次跟高飞一起去见客户，刚从某酒店里走出来，迎面就见到一个风姿绰约的女人带着助理走来。

那女人就是顾映真，她率先跟高飞打了招呼。

高飞很快收起看呆了的眼神，和顾映真握手寒暄。

而我的目光，自然无可厚非地落在顾映真完美的妆容、身上的包包、鞋子、丝巾、手表那些行头上，默默欣赏着她的品位，那些美丽的价格。

直到我的视线落在顾映真的左脚上，才发现她竟然在鞋子里踮起脚尖，再稍一转身，刚好可以看到她后脚踝上的伤口，掺杂着血渍，是被这双新鞋磨破的。

没有多想，我当时就从包里拿出了创可贴。

也正是这段小插曲，促使我在欣赏完办公室里众人的演技之后，点开了顾映真的 MSN 聊天窗口

我的第一句话就是："顾总，您好！我是陈可，我们见过一次，我看到您发了一条招聘的消息。"

顾映真回复得很快："陈可妹妹你好，当然记得，创可贴小美女，别来无恙？"

事实上，我很感谢那天的我做了这个选择，它直接改变了我后来的人生。

但严格来说，在面试这个环节上我还是个小学生，现在的工作原本就是因为一场饭局而误打误撞得到的。

直到现在，我依然忘不掉刚来北京四处面试碰壁的窘境，那些糟糕的经验告诉我，我还很稚嫩，我需要重新包装自己，力求在和顾映真的面试中，达到高分。

我立刻就想到了在五百强公司做人事的笨笨，然后就借着和小伙伴们的聚会，我带着笔记本，认真记下她说的每一个字。

笨笨说："通过一次完美的面试如何跳跃式进阶，也就是得到高职称高薪水，需要积极准备好这几个问题，抓住这几个经常被忽视的细节。首先，如果面试官问你——今天来的路上堵吗？你应该怎么回答？"

你还别说，这个问题虽然听上去很无厘头，但在面试那天，顾映真手下的面试官之一还真的问了。

我是这样回答的："因为我提前了一个小时出门，所以虽然今天很堵，但我还是提前十分钟到了，很幸运。"

也诚如笨笨所说，这是他们在面试的时候，认为最满意的答案。

然后，笨笨又嘱咐我，如果对方问我为什么要换工作，无论如何

都不要踩踏前公司，必须尊重前任，才能说明我的人品。

而面试那天，第二位面试官也问了差不多的问题。

面试官："看了看你的资料，你在之前的公司工作了一年多，目前做到了什么职位？"

我说："我从小组成员做到了项目组组长，现在公司在和我谈，有提升我做项目总监的想法。"

通常说到这里，面试官一定会好奇，既然一切都好，为什么要换公司呢？

我按照笨笨教我的思路说道："这是个学习的过程，学到可以拿到结业证书的时候，说明专业能力已经到了相对合格的程度了，就想去更高更远的地方再去提升了。我现在的心情，很像大四面临毕业的学生接着去考研的想法吧。"

果然，那位面试官面带微笑，说我的比喻很有意思。

笨笨还告诉我，一般到最后，主面试官都会象征性地问一个没有什么含金量的问题，但这个问题，如果我做足了准备，将凸显出我的沟通能力，有机会得到最后的定锤之音。

诚如笨笨所说，主面试官，也就是顾映真，她在面试的最后一幕，合上了我的简历资料，随口这样问："你还有什么问题想问我们吗？"

那时候我就知道，机会来了。

我笑问："我想问问，如果我有机会能来贵公司工作的话，我每天的工作日常大概是什么样子呢？"

顾映真眼神里带着一点兴趣，这样形容："互联网公司的节奏很快，可能有点忙，甚至是焦头烂额。"

我立刻用对着镜子反复练习过的笑容，回答她："这就是我想离开现在工作单位的根本原因，我希望年轻的自己，能够得到更多锻炼的机会，太轻松的工作，很容易让人发胖。"

相信任何一家公司，都会欣赏积极努力的员工，而不是安于现状得过且过的寄生虫。

自然，笨笨还特别跟我讲了关于薪酬的问题，这正好也是我来北京面试那段日子里，四处碰壁的一道坎儿。

笨笨说，如果对方公司对我有意向，问起上个公司的工资是多少，我可以不打磕巴地造假，譬如现在一个月三千块，我可以说五千三百块。如果对方说有可能加班，工作辛苦，我就可以报七千块，毕竟这是跨行业跳槽，我之前的信息很难会被知道，北京又是个标准不一的地方，我想要什么标准，就按什么标准去努力。

这一点，我真的在家练习了很久。

结果，事实证明，去面试的当天并不是我最紧张的时候，反而是面试之后，我成了热锅上的蚂蚁。

那天，我在张超家，他准备了涮羊肉。

当张超端着热腾腾的羊肉锅从厨房里走出来时，我正紧握着手机，坐立不安，好像不管是羊肉锅的香味，还是桌上摆好的几盘涮菜，都不足以唤醒我的味觉。

张超喊我吃饭，我坐下来时，他问我是不是哪里不舒服。

然后我就心不在焉地看着菜，张超不明所以地看着我。

我的手机突然响起，是一个陌生来电。

我整个人立刻满血复活，急忙按下接听键，连头皮都绷紧了："好，好，谢谢！"

电话里人事的语速很快，话也很简短，我们没有多谈，这却是我来北京之后，接到的最振奋人心的电话。

挂断后，张超问我："怎么了这是？LV打折啦？"

我说："LV才不打折呢！我去面试了一个别的公司，刚才给我来通知了！面试过了！工资七千块啊！"

我注意到，张超正在给我夹肉的手停到了半空："什么公司啊？怎么能给你七千块？为什么啊？"

我告诉他，上次和高飞一起出差，在酒店里遇到了优见网的副总裁。

没想到张超的下一句是："想辞职去别的公司，怎么都不和我商量一下？我是你部门领导啊。"

他的话里似乎掺杂了什么，我一时搞不懂。

我说："我就是试试看，也不一定就能被录用啊。"

张超依然在坚持："可我也是你男朋友。"

我继续解释："我想着有结果了再和你商量，没有把握的事，没干成之前，我不想说。"

顿了两秒，张超终于不再纠结这个问题，转而问："为什么想辞职呢？"

我吸了口气，有一说一："我不喜欢现在公司的氛围，尤其药梅突然升职，我心里不是很舒服。"

张超有点诧异："所以你也想升职？想当经理？"

怎么，这难道不是很正常的事么？没有人不想往上爬，没有人不想拿第一的。

我反问他："药梅都可以，我为什么不可以工作得更好一些？"

张超语气一转，训了我一句："女人要那么强的事业心干什么啊？你这样，很容易成为第二个药梅，被人利用被人耍！"

这怎么能一样？我靠的不是和上司睡觉。

再说，跳槽加薪原本就是好事。

我反问张超："我有事业心不对吗？"

这回，张超直接放下筷子，否定了我："不对。女人有欲望会很辛苦，我不想你以后过得辛苦，我也不想辛苦，你能明白吗？"

不明白，我一点都不明白。

我心里这么想着，嘴上也是这样回答张超的。

紧接着，便是一室沉默，我看着他，他看着我，大眼瞪小眼。

这还是有生以来，第一次有人和我说，有欲望的女人，男人不喜欢。而说这话的人，是我的男朋友。他用语言和行动表示了这一点，他害怕我因为欲望而辛苦，也害怕我的欲望之火会灼伤他。安分守己，似乎才是他认为我会幸福的样子。

说实话，那时候的我，是百思不得其解的，我也没有准确地告诉他，其实我的欲望并不复杂，只是希望一天比一天更好，这是任何一个人都期望去努力实现的事，虽然我知道，未来并不一定会按照我的期望走，我也未必能活成想象的模样，但如果让我寄居在男人的怀抱里，依附他，做一朵菟丝花，很抱歉，我也做不到。

直到很久之后，我回想起这天的一切，才意识到，原来这件事，就是我和张超越行越远的岔路口。

002

无论如何，我到新公司报道已经是板上钉钉了。

新的我，新的衣服和高跟鞋，新的胸牌，新的工资表，以及全新的工作内容，互联网公司的内容销售。

哦，对了，还有新公司的新电脑，比之前的更新，更大。

唯一不变的，是作为屏保的那款 LV 包包。

我将一个朋友从日本带回来的抹茶味巧克力拿出来，分给我的新同事们，大家欣然接受，其乐融融。我甚至注意到，这些新同事的衣着品味，都远远超过上一个公司。

今天真是个好日子，除了到新公司第一天报道之外，还是我的生日。

唯一美中不足的是，我的男朋友张超，今天要去见客户，大概要晚点回来，让我先去他家里等。

下了班，我在 7-11 买了关东煮果腹，走了没多远，就经过一家商场，旁边的橱窗里赫然就是 LV 名品店。

那之后的一路上，我都在想那个包。

直到回到张超家，一室昏暗，黑暗中却隐隐透着光亮。

抬眼一看，就见张超捧着生日蛋糕走出来，还唱着生日歌。

我不禁一怔，惊喜又感动："你今天说去见客户去了，是给我买蛋糕去了？"

张超笑嘻嘻的："是啊，祝大宝贝二十五岁生日快乐！"

在张超的催促下，我很快就许了愿，吹灭了蜡烛，心里有点甜。

然后我四处一看，问他，怎么只有蛋糕没有饭，晚上吃什么呢？

张超说："咱们一会去吃金钱豹！"

又是一个惊喜。

我开始兴奋了："啊，真要去吃金钱豹啦！走吧！"

没想到张超却让我等一下，然后回身拿出来一个大纸口袋，递给我，还说：“宝贝看看，你最想要的礼物！”

我最想要的礼物？

不就只有一个吗！

那一刻，我被点燃了，没有任何言语可以形容那种心情，又开心，又不敢置信，虽然不知道为什么，那个纸袋不是LV的。

可是……

应该不会错的！

我抖着手，接过袋子，吸了一口气，将它慢慢打开，心里扑通扑通地跳着。

直到目光接触到里面的那块布料，我愣住了……

我不知道当时的我是什么样的表情，我只知道，那一刻，我的心里是荒谬的，我是彻底傻了。

那根本不是什么我最想要的LV包包，而是一件印着LV Logo花纹的睡裙，印满了，却是假的。

张超笑得前仰后合，甚至还自以为风趣地说：“怎么样？你心心念念的LV！”

那句话像是恶狠狠地扇了我一个耳光，我不可置信地看着他，心里一片茫然，甚至还有点愤怒。

他怎么能拿这件事开玩笑？

我想要个LV的包包，就这么好笑吗，还要在我生日这天拿来打趣，自以为别出心裁？

张超接着还说：“怎么啦？不喜欢啊？全棉的呢，穿着肯定很舒服。”

我动了动嘴唇，忍了忍，终于还是什么都没有说出口，只怕自己一旦发声，就会说出再难挽回的话。

张超这时抱了我一下：“走啦，吃垮金钱豹去！”

就这样，我揣着糟糕的心情，持续了一整晚，连吃一顿奢侈的金钱豹，都让我一而再再而三地遭到暴击，争相做着压死我的最后一根稻草。

张超却显然早就做好了攻略，他端回来的水果沙拉俨然是一盆艺术品，严丝合缝地搭建成摩天大楼。

他还绘声绘色地跟我解说："你看这个水果沙拉，先搭黄瓜地基糊上沙拉酱，再搭胡萝卜支架扩展空间，这一层层放上去的可不是水果，是我多少顿必胜客吃出的智慧啊！"

我没吭声，拿起叉子准备吃。

张超却阻止了我："这个先放着，吃多了占肚子，先吃贵的！"

我笑了一下，很牵强，拿起饮料想喝一口缓缓神。

他又阻止了我："喝水也占肚子！"

然后，张超坐下来，从包里拿出一个笔记本，递给我。

那个本子正是我找笨笨做面试笔记用的那个，我问他拿我的本子干吗。

他说："我抄了一个吃自助餐的流程。我们按流程一样一样来啊。第一步，水果我已经拿完了，第二步，生鲜。吃完水果休息三十分钟后吃三文鱼！"

张超认真仔细地一条条读，我默默听着，心里堵得慌，竟然是说不出的难受。

而这时，我目光一转，恰好看到隔壁的一对情侣，他们的桌上只摆了简单的两三样食物，两个人安安静静开开心心地享受着。

女孩的座位上，刚好放着我心仪的那款 LV 包包。

那一刻，我想，如果我是她就好了。

可是张超喋喋不休的声音却将这一切打碎："香肠拼盘和鹅肝酱，南洋区的泰式小菜，日料区的炸虾天妇罗……日料区在哪儿呢？"

他开始四下张望，仿佛要连吃带拿，和隔壁的情侣相比，简直相形见绌。

我吸了口气，喊他的名字："张超。"

张超没听到，他还在说："倒数第三步喝汤，要喝红酒雪耳雪梨燕窝羹。宝贝，燕窝特别贵，对女人好，你要喝这个。"

我终于忍无可忍，提高嗓门："张超！"

张超一脸茫然："啊？怎么了？"

我看着他那张脸，静了几秒，还是把话咽了回去。

然后，我问："没事，我想喝点酒，这里有没有啊？"

张超很快说："有，我去拿，我们来点香槟！"

他很快就去拿酒了，我的耳朵也终于清静了片刻，再一转头，目光落在隔壁桌的情侣身上，心里五味杂陈。

可想而知，这顿饭张超吃得有多撑。

离开金钱豹的时候，他捂着肚子驼着背，姿势非常狼狈。

我跟在他身后，看着那模样，还听到他说："啊，我觉得我要直起来，不然就要全吐出来了。"

他扶着门走出去时，看到了对面的药店，又对我说："宝贝你等我一下，我去那个药店买个健胃消食片去。"

我应了一声，不再吭声。

他似乎也没有注意到我的异状，缓慢地朝药店走。

我呆呆地立在原地，看了他片刻，直到心里的难过再也抑制不住，我终于转过身，走了。

那一刻，我是心灰意冷的。

没有比较，就没有伤害，这句话真的很有道理，而且今天还是我的生日。

我在路边随手招了一辆人力三轮车，上了车经过药店门口，张超刚好出来。

很快，我的手机响了，来电显示是他。

我看了一眼，忍着想哭的情绪，没有接，直接将手机按了静音，扔进包里。

直到到了朝阳门，我跳下三轮车，慌不择路地追赶最后一班地铁，结果仍是错过了。

我跑得气喘吁吁，一口气没倒上来，只想吐。

我蹲下身，干呕了一会儿，什么没有吐出来，好像堵的并不是那些食物，那口气，而是……

然后，我觉得脸上一片冰凉，抬手摸了摸。

原来，我哭了。

003

第二天上午，我去了一趟银行，办了一张信用卡。

这是我第一张信用卡。

人家都说办了这玩意就会被套住，可我不管，那一刻真的什么都管不了了。

几天后，我和张超说了分手。

又过了数日，信用卡批下来了，那天我去了一趟 LV 名品店，将我小本子里贴着的那款包包图递给店员看。

店员说，这款国内没有货了，需要的话大概有一个月的预订时间，问我可以等吗？

我想了想，摇了头："我不等了，我买个别的吧！我刷信用卡分期付款可以吗？"

店员问："可以的，您要哪款？"

我想了想信用卡的金额，说："八千块以下的吧。"

店员很快介绍了几款给我。

而我，也很快为我的二十五岁，第一次刷卡、第一次狠心分期，买了我人生中的第一个 LV 包。

也不知道是不是因为多了一个它，我连平日挤公车的凶狠都没了。

我小心谨慎地护住那个包，非常明智地从人群中退出来，昂首挺胸地背着它，穿过一条大马路。

旁边一辆出租车跟在身边，司机问："小姑娘，走吗？去哪儿？"

我的心情额外好，声音额外大："不走，谢谢！"

直到夜深人静，我回了家，药梅正在洗衣服，连同我的一起。

我说："梅梅，不用帮我洗，我自己洗就行。"

药梅随口问我："没事我来吧，顺手的事，你今天活过来啦？"

我不禁一愣。

药梅接着说："前几天我看你魂儿都快丢了，哎，张超也一样，都没心思上班了，你们俩，复合吧。哎？你不是为了分手才跳槽的吧！"

关于张超的问题，我并不想多说，尤其药梅和张超还在同一家公司。

我摇了摇头，隔了几秒，我问药梅："梅梅，你为什么来北京？"

药梅理所当然道："还能为啥？为了活得更好一点呗。"

我又问："那你说，想活得更好一点，是不是就是虚荣啊？"

药梅被我问得一愣一愣的："啥意思？啊？你觉得我虚荣吗？"

我叹了口气："不是，我就是随便一说……那你想过你以后过着什么样的生活吗？"

药梅一边洗衣服，一边这样陈述："二十六岁之前就结婚，生一对龙凤胎，老公需要的时候，就打扮得美美的陪他应酬，没事的时候就在家带孩子啊。"

真是一幅美丽的画卷。

我笑了笑："那你找男朋友的标准是什么？"

药梅一顿，话里有点虚："对我好呗！那你呢？"

我又一次想起张超："我希望他想的和我差不多，最起码别完全不是一个方向。"

驴唇不对马嘴，大家都痛苦。

药梅显然没听懂，还跟我打起岔。

我没有过多解释，只是看着她那个没心没肺的样子，突然说出憋了很久的一句话："梅梅，我得搬家了，新公司离得太远了。"

离开不在一个方向的男朋友，离开这个室友。

现阶段的我，所要做的只是减法，减轻肩上的负担，轻装上阵。

药梅没什么意见："嗯，周末我陪你找房子去吧！"

我笑道："不用，我这个新领导，有四套房子，便宜租给我一套，帮她打理打理房子。"

从这个角度上说，顾映真真是个不错的老板。

但我没想到，药梅竟然问了这样一句："女的？女的为啥对你这么好？"

我简直哭笑不得。

也真幸亏我搬去顾映真其中一套房子里住。

搬家那天，我又从她身上学到了一件事。

那件高档公寓是个大开间，房内装修布置自然舒适简单，很适合做单身公寓。

顾映真从柜子里翻出一个爱马仕包，嘴里念叨着："这个包在这里啊，我找了好几次没找到。"

然后她又看了看别的，拿走了几条丝巾，就没有再拿什么，还说剩下的包包、手表、墨镜，只要我喜欢就随便用。

我有些震惊，忙说："不用，顾总您都拿走吧。我用不上。"

顾映真摆摆手，满不在乎："等姐再买个一千平米的房子，再把这些宝贝都请过去吧。现在，你就帮姐姐先照顾它们喽！"

我不禁咋舌："姐，真羡慕你，你是怎么发展到现在的啊？有这么多财富。"

顾映真的口吻十分轻描淡写："我也不算自己奋斗来的，之前离婚了两次，都是对方的问题，所以我得到了一些赔偿金，再加上工作收入也不错，就连买了几套房子，毕竟房子最能升值。"

什么，离婚赔偿金？

我没法不惊讶。

顾映真却云淡风轻："所以呀，除了要好好工作，还要好好结婚，你可要好好看清楚再谈婚论嫁，婚姻是女人的第二次投胎。"

我简直听蒙了。

顾映真又道："姐不是叫你诈啊，是教你别犯傻。"

我静了一会儿，突然又问起一直困扰自己的问题："姐，有欲望的女人，是不是男人都不喜欢啊？"

然而这个问题到了顾映真那里，却迎刃而解："那你只要遇上和你一样有欲望的男人，就不会有这种问题了。"

我想，她是对的。

张超不是那个人，我和他只是，刚好顺了一段路而已。

等我送顾映真下楼时，到了地库，顾映真又提到这里的车位，还说等我有了车，她就把车位转给我。

我笑着说，自己哪有那个本事，驾照都没有，更没有钱买车。

顾映真认真地看了我一眼，说："你听姐的，自己把生活规划好，该学车就去学车，该买房就买房，别着急，好多事啊，水到渠就成了！"

她的话，我记住了。

直到顾映真开着豪华小跑离开，我听到旁边一对刚好下车的夫妇的对话。

那妻子说，她也喜欢那辆车，真好看！

丈夫说，那就回头把原来那辆卖了吧，咱们就换这个。

妻子满心欢喜地答应了。

他们抱在一起，还亲了一下。

那一刻，我就决定，我不会再压制自己的欲望，更不会再为有欲望而困扰、迷茫、纠结。

我所要做的，仅仅是实现它，让它发光发热。

至于张超，关于他其实还有一个小插曲，是我很久以后知道的。

原来在我生日之前，张超曾托办公室同事小光从海外带一个 LV 包包回国，就是我喜欢的那款。

没想到，它被海关扣下了，走清关程序，缴费，都需要时间。

张超没办法，又觉得星光天地买太贵了，只好先随便买一个，把我的生日应付过去，等那个 LV 从海关拿回来再说。

也正是因为这段小插曲，令我和张超各行各路。

如今想来，我们是真的没有缘分。

二十五岁以后的女人开始面临保养危机

PART 6

WOMEN IN BEI JING

001

都说女人过了二十五岁，就等于开始衰老，无论事业上多么成功，在身材和皮肤上都走上了下坡路。

说实话，刚过二十五岁的我，也开始了这样的危机。

最可气的是，即便有时候我不去想这件事，身边也总会有声音提醒我。

就好比说，早上起床后，我先打开了电视，转身就去浴室洗漱，没想到电视里传来的不是什么财经新闻的报道，反而是这样两条广告语——

“二十五岁，除了体重，你什么都没有提升；除了鱼尾纹，你什么都没有增加。”

“男人的变心是因为女人的变形。”

我手上一用力，牙刷擦过牙龈，生疼。

之后在去上班的路上，出租车的广播电台也在跟我作对——

“二十五岁还不保养的女人没有未来！”

“再好的车不保养也会提前报废，更何况是女人这张脸。”

简直是扎心，我只觉得心口有股劲儿堵着，便戴上耳机听音乐，只是脑海中还忍不住想，此时此刻，不知道有多少开着车去上班路上的女人，会因为这句话而崩溃吧?

二十五岁的危机，也直接促使我办了一家美容中心的会员卡。

我的私人造型师名叫托尼，讲着一口流利的台湾腔，只是不知道出生在哪儿。

为了留住回头客，这家美容中心真可谓无所不用其极，托尼先给我换了这时最流行的欧尼头，还让我过一个月就来修剪一次，不然造型就飞了。

我还在托尼口若悬河的鼓吹之下，买了一大纸袋的瓶瓶罐罐，擦身体的要和保鲜膜一起用，泡脚的一个礼拜要用三次，水不能太热，泡完之后要用脚膜等等。

哦对了，我还在这家美容中心做了胸部护理，说是能预防和治疗乳腺增生，托尼说半个月就得去做一次，否则就白折腾了，还有那个大肠排毒，用来清宿便的，对身体好，对皮肤更好，只是做完之后一整个礼拜，都不要吃油腻的了。

临走时，托尼送我到门口，说：“姐慢走啊！”

我脚下突然一顿，回头惊诧道：“啊？你比我小吗？”

还是说，我看上去比这个托尼老？他脸上都有细纹了！

托尼也有点惊讶：“啊？没有没有，我大我大，我哪儿都大，姐是尊称，您看您不说您二十五了，我以为您才刚上大学呢！”

不得不说，这句奉承，又立刻让我躁动不安的心情安分下来，还有点心花怒放的感觉。

我一边说“哪里哪里”一边出了门。

无论真假，奉承话谁都爱听。

二十五岁的我，改变真的很大。

就好比说我从不关心的购物频道，竟然也会特意多看几眼。

里面的主持人口沫横飞，大喊着：“哪个女人不怕老？！”

我一下子就放下水杯，将音量调大，目不转睛地看他要放什么狠话。

只听主持人说："一条颈纹老十岁，女人，你需要一个 3D 枕，契合人体曲线，full 3D 维持正常 C 字曲线，均匀分散体重，预防颈纹和疼痛，3D 枕除了能有效预防和减少颈纹的产生，还能让肩部曲线变得更漂亮，让你拥有天鹅一般的脖颈。"

这番介绍简直有毒，我立刻按照电视屏幕上的电话拨过去，定了一个 3D 枕。

然后站起身，对着镜子伸长脖子，左看右看，直到我把脸都贴到镜子上了，才确定自己还没有鱼尾纹，又扒拉着头发，检查有没有白头发……

直到一切满意，我才松口气。

但话说回来，钱也不能都花在脸上，正如鸡蛋不能放在一个篮子里一样，要分散资金，分散投资，这才保险。

没两天，我就通过别的同学介绍，约见了卢家凯。

他是我的大学同学，只是同届不同专业，现在正在某家房地产公司就职。

我们约在咖啡厅，卢家凯到之前，我正在看书，这是我最近养成的习惯，用来填补碎片时间，经济简单，一个月可以读完三本实用工具书。

这时，卢家凯走进咖啡厅，我们打了照面。

他坐下说："你是陈可吗？我怎么不记得在学校见过你了呢？"

我笑笑："学校人太多了，不是一个专业的可能都不太有交集，哪像你们这种学校明星级别的同学，歌手大赛的冠军，我们都记得呢！"

是的，卢家凯在学校的时候就出尽了风头，算是学校风云人物。

卢家凯摆摆手，吐槽说："哎呦，可别提了，就我那唱歌水平还冠军呢，当时我还特别自信地报了快乐男声，海选就给我刷下来了。"

我应了一句"这种比赛都要靠运气吧"就将话题带开："我最近才听李晓芸说，你也在北京呢，房子卖得特别好。"

卢家凯说，他小姨夫在一个房地产公司干得还不错，就把他也给喊过去了，而且他小姨夫的房子都是刚需，惦记的人可多了。

话音一落，卢家凯就问我是不是也想买房。

我说："有这个想法，但还没这个实力，所以想提前了解了解，听听你的建议。"

卢家凯立刻问我："那你研究现在的买房政策和贷款政策了吗？"

我不禁一怔，不就买个房么，还需要什么政策。

卢家凯很快就露出一副"姑娘你心可真大"的表情，然后从书包里拿出一堆资料递给我，显然是早就准备好了。

那之后大部分时间，卢家凯一直在给我讲解，简直能把我说得怀疑人生。

桌上的果盘和咖啡都见了底，我却越来越沮丧，忍不住抱怨："贷款的话，每天要白给银行那么多钱啊！"

卢家凯说："那怎么是白给银行呢，这也是一种投资，也叫理财，北京这么大，全款买得起房子的还真没有多少啊！"

我调了下眉："理财？"

同时想到了顾映真，她房子多，有的空着，有的租出去，恐怕对她来说，这就是理财吧？

卢家凯笑了："你不理财，财不理你，咱们都要奔三十了，这事你得研究研究。要是有什么不懂，你随时问我，女人都这样，一说钱的事，大部分都稀里糊涂的。"

我点点头，有些泄气："的确是没有什么经济头脑，一打算盘就觉得烦。"

卢家凯倒是心宽："嗨，女人嘛，操那么多心干什么啊，房子也不用自己买啊，嫁个男人让他送！"

我差点笑出声："我哪有资本让男人送我房子啊？"

卢家凯却像是保媒拉线的："年轻就是资本啊！脸就是资本啊！你还有机会，二十五岁不算太晚！"

二十五岁，又是二十五岁。

我问："二十五岁真的不晚么？"

卢家凯跟我保证："二十五岁绝对不晚，可是再晚就真的是晚了！"

二十五岁，是我人生的转折点，这一年我遇到了很多事，经历了和几个人的分分合合，有杨大赫、张超，和高中时期就认识的死党王涛。

这一年，我还来了北京，被生活里各种不安的信息包围着，我左右摇摆，彷徨无措，心里不能稳定。再环顾四周，周围的人都在忙着给未来打地基，而我，也不甘心落后。

有时候我希望，我是李晓芸，有她的好运气，有稳定的生活；有时候我希望，我是王佳佳，能有她的潇洒，甚至是药梅，她的勇敢我也羡慕。当然，我最想成为的还是顾映真，有她的本事，她的魄力。

于是，就我在二十五岁这一年，我慌乱，但我充满野心，我决定要做一个集大成的女人。

002

我第一次跟随顾映真去见客户，她就在着装打扮上给我上了一课。

当时，我们正在一家高档酒店的洗手间里，顾映真递给了我一支唇膏，她说："这个你试试，你得随身带着口红，女人的随身化妆包比内衣还重要呢。"

我侧头一看，刚好看到顾映真的化妆包里有五六支口红。

我感到很诧异："啊？姐你出门带这么多口红啊！"

顾映真撩着头发，风情万种地说："到底还是年轻啊，马上你就知道口红对女人的重要性了，它能让你看上去气色好得不是一丁半点，什么衣服配什么颜色，都很有讲究的。你也涂一下？"

我一边听一边从兜里掏出一只唇蜜："我有我有。"

顾映真见到，笑了："你那是唇蜜，小女生们迷恋的油腻腻的东西，到了我们这个岁数，可不想让男人看了心里想，这个女孩嘴怎么水润润的，我们想让他们不由自主地吻上来。"

她的形容和比喻让我也不禁发笑。

然后，顾映真将那只口红递给我："这根还没用，送你了！"

我说："谢谢姐。"

等我们补好妆，手机上进来一条信息，我低头一看，告诉顾映真："姐，于扬助理说他们到了，在春色满园包间。"

顾映真扬起自信的笑容，最后检视了一下自己："好，走吧。"

直到走进酒店的一条过道，我跟在顾映真后面，这才后知后觉地注意到她的半身裙，剪裁优雅，还有那双一看就是经常健身的紧实小腿，在高跟鞋和半身裙的衬托下曲线动人。

想不到，这个平时看上去干练强悍的女人，竟然也可以这样妖娆。

我正在欣赏，这时，顾映真突然问："你最近谈恋爱了吗？"

真是天外一笔，我愣了："没有啊，上哪儿谈去啊？"

工作的忙碌和对未来的规划，早已让我恨不得有三头六臂。

没想到顾映真却说："这不是有人来吗，友情提示啊，于扬单身。"

我不禁失笑："人家这么厉害，怎么看得上我，姐你可别逗我了。"

顾映真听到这话，却定住一秒，只看了我一眼，就继续向前走，她那表情仿佛在说，"跟我说客套话干什么，我还不知道你在想什么么"。

我下意识问："怎么了，我脸上有东西？"

顾映真这样说："以后早点睡，美容觉睡不好，脸就垂了，你看你这泪沟都出来了。"

这句话吓了我一跳，立刻摸了摸自己的脸。

事实上，顾映真在酒店过道里的那几句话，还真有点预言的意味。

我和于扬后来果然有了一番牵扯。

于扬，他是某红酒企业的第二代传人，今年三十岁，有良好的出身和教育背景，但他没有安于现状，反而努力创业，兢兢业业地经营家族企业的副线产业，这一点让我非常刮目相看。

我奋斗，是因为我想改变命运。

那么于扬呢？大概是为了证明自己吧。

说实话，我很感谢在我二十五岁为了事业冲刺的这一年，遇到于扬这样一个"目标"。

哦，顺便一提，于扬他还是个气宇轩昂、相貌堂堂的男人，不仅是他，就连他身边的助理为为，都看着帅气可爱。

我们两方一照面，顾映真就开口称赞："难得见到甲方客户能这样准时的。"

于扬笑道："现在市场竞争这么激烈，准时都不够，巴不得更早些和顾总合作呢。"

在他们说话的空档，我站起来给几人倒水。

为为赶紧抢了过去。

只听于扬说："怎么可以让女士动手呢？"

顾映真介绍我："这是陈可，以后咱们的合作，陈可和你具体对接啊！"

于扬对我笑了一下。

我得承认，那一刻我有点羞涩，于是很快拿起桌上的两份菜单，分别递给于扬和顾映真。

为为离开包厢去找服务员，顾映真这时问于扬："我听你妈妈说，你放弃博士学位，准备回国内发展了？"

我这才发现于扬的口音有点洋派。

他说："还是想回来，以后顾总多关照我的小本生意啊！"

顾映真笑道："创业之路不容易啊，佩服你的魄力，家里的生意就彻底不管了？"

于扬谦虚至极："我爸那买卖太大了，我哪有能力接手啊，别给他添麻烦了，我自己锻炼锻炼吧。"

我忍不住多看了于扬几眼。

这个男人不仅长得帅，而且颇有素养，不骄不躁，是我从没见过的。

能跟进这样的大客户，我感到前所未有的紧张。

可是接下来的事，却有点不顺利。

我打了一记瘦脸针，脸肿得厉害，在家休病假，正好药梅来看我。

药梅进了屋子就东转西转，看看这儿摸摸那儿，我没阻止她，拿着冰包扶着脸，有气无力地躺在沙发上。

直到药梅指着一个摆件说："这个这个，我在798看见过，艺术品！八千多呢！"

我有点诧异："这么小，那么贵啊？"

药梅感叹："艺术家可真挣钱啊。这个顾大姐，好有钱啊！我们怎么努力才能有四套房，能买得起这种死贵还难看的艺术品啊？"

我搭了一句："顾大姐说，婚姻可以。"

药梅立刻来了劲儿，要跟我取经："啊？她都说什么了？你跟我说说。”

我却不想多说：“咱们出去吃火锅吧，我饿。”

药梅说不去，还说瘦脸针打完了十天不能吃辣的。

很快，我们就围绕着“微整形”这个话题聊起来，药梅说，调完了鼻子看眼睛就觉得小，额头太扁了等等，这时，我的手机响了。

我示意药梅不要说话，接起来一听，是为为：“喂？为为你好……我这高烧不退，特别难受，您帮我和于总解释一下吧，我和他下周约。”

药梅惊讶地问：“翘班啊？不是你作风啊？”

我笑笑：“一个重要的客户，不想被他看到我打了针。”

话虽如此，但只有我心里明白，不想被于扬看到，并非只是因为他是我的客户。

结果，我很快就为我这次的决定付出了代价。

等我脸上消肿，上了班，顾映真直接用内线座机电话拨给了我。

她第一句话就是：“于扬的案子为什么跟丢了？”

我顿时失去了所有臭美的心情：“啊？丢了？去哪儿了？”

顾映真说：“被上海一家公司谈走了。这礼拜我出差在外面，你也不约于扬具体跟进，你在忙什么？”

我支支吾吾的，难免心虚：“我……我发烧了好几天，疏忽了。”

顾映真没空理会这个，直接说：“据说今天签合同，现在于扬还没有收到上海快递的合同，我们或许还有时间，我把那家上海公司的名字发给你。三天之内解决好，否则提包走人。”

说真的，我虽然不知道顾映真是怎么知道这些小道消息的，但我真的很佩服她，更加为自己的前途担忧。

于是挂了座机电话，我坐在位子上冷静了几秒，立刻打开 MSN，在小群里发出这样一句话：“江湖告急，请求帮忙！”

003

事实上，连我自己都想不到，我最终会找高飞帮忙。

我和高飞一起到广州出差过，他的能力我见识过，无论他在男女关系处理上如何，就工作和专业方面，我是服气的。

何况眼下这种危机，我一个人根本搞不定。

就在我的 MSN 小群也束手无策时，我给高飞打了一通电话。

高飞仗义出手，一步步地教我。

“第一时间准备好你们需要的合同。根据上次谈判的细节，多拟几个可能性，多做几份合同，先不用请示，只要你拿得下项目，上面都会给特批。第二步，查单号和快递公司联系。”

第一步，是我们公司内部的事。

第二步，是针对对手而制定的。

我在公司里奔波着，奔跑着，来往法务和其他需要配合的部门之间，百忙之中回到办公室，听同事说，快递单号已经查到了，对方的合同正在派送中。

我心里一咯噔，飞快地说：“联系快递员，就说……哎，你把快递员电话发给我吧！”

我当时脑海里没有别的念头，只想阻止那份快递。

数分钟后，我拨通了为为的手机号，请他帮忙约一下于扬，吃晚饭，晚饭吃不上也没关系，无论多晚，无论能否一起吃晚饭，我都会在他们公司楼下等，等他忙完，见我一面。

我知道，这是我最后的机会。

不是生，就是死。

结果，于扬最终答应了我的邀请。

我安排了一家西餐厅，还精心打扮了一番，开了一瓶红酒，向于扬致歉。

举杯时，我说：“实在太抱歉了，生了一场大病，还好于总没生气，还给我们留了合作的机会，以后我可得加强锻炼了，不能在合作里掉链子。”

于扬听到我的话，明显一愣，似乎欲言又止，但最终却说：“生完这场大病之后气色更好了呢，感觉还瘦了，要早点痊愈啊！”

我微微一笑，和他碰了杯。

相隔几秒，我拿出一份文件，递给于扬，决定直奔主题：“我们公司非常重视和您的合作，今天下午刚开了会，合作的条件都可以再商量。我这边准备了三份合同，您看看，三份合同，三种可能。上次我们谈的那个你觉得 OK 的模式，在这里，这个。”

高飞不愧是老江湖，这是他教我的妙招。

三种方案，三种可能，足以让任何一个客户为之心动，甚至为难。

果然，于扬有些犹豫地接过，欲言又止。

我没给他张嘴的机会，连忙说：“顾总今天因为我生病的事情大发雷霆，当着整个部门的面，警告我搞不定这一单就自己离开公司。我真的是太愧疚了。”

这一刻，我庆幸自己是个女人，还是个会扮柔弱和委屈的女人，这是老天给我的，我没理由不用。

于是，我叹了口气，接着说：“顾总对我特别好，我真的是太让她失望了，丢一份工作其实没什么，再找就是了，如果失去一个看重自己愿意栽培自己的领导，那真的，我就卷铺盖卷自己回老家了。”

恻隐之心人皆有之，于扬很快就被我说动：“怎么就要卷铺盖卷回去了呢？不至于。我看下啊。”

我端起酒杯说：“您先看着，我先自罚一杯。我真的是太不争气了，对不起顾总。”

这红酒劲儿有点大，我喝得又猛，一杯下去，脸上已经有点泛红，便刚好用手托着腮，看着于扬。

于扬看在眼里，笑了：“千万别妄自菲薄，我们还年轻，只要努力，一切都会好起来的。”

我问：“真的吗？”

他说：“当然了，相信我。”

几秒钟后，我哭了，就当着于扬的面。

做戏做全套，既然是真的委屈，就要将委屈哭给我想让他看到的人看。

更何况，我不止会哭，只会扮可怜，我还做足了功课，准备了三份合同，无论是诚意还是面子，我都给得足足的。

我一边擦眼泪一边说："哎呀我怎么这么没出息啊，谢谢你……你刚才说的话……对我很重要，我可能是压力太大了……你不用管我，我缓缓就好了。"

于扬见状，很快拿出纸巾，给我擦眼泪。

他不会知道，我为了这场戏做了多少准备，花了多少心机，防水睫毛膏，口红雨衣……在来之前我甚至不知道自己会不会演砸，我只知道我必须放手一搏，我想要的，我就要勇敢去追求，我要挖掘自己的潜力，实现自己。

也正是这天晚上，我又一次重新认识了自己，甚至是大彻大悟，感谢这当头一棒，我已经从前几天的散漫臭美的状态中清醒过来，二十五岁又如何，皱纹要来始终要来，但属于女人的智慧，不能因此而丢失。

顺带一提，酒过三巡之后，我还是出了糗。

由于于扬就住在西餐厅所在的酒店楼上，他提议让司机开车送我。

我在他的搀扶下，勉强走出门口，对他坦白，下午是我联系了快递公司，假装是即将和他签约的上海公司的寄件人，谎称今天不便，让快递员明天再给于扬送件，为的就是再多争取一晚的时间，无论最终于扬会做什么样的选择，对我来说，都无怨无悔。

接着，就在我说"谢谢"的同时，脚下一个不稳，肚子里一阵翻腾，我就吐了。

但我为了不狼狈地吐在于扬身上，立刻打开了自己的 LV 包包，吐了进去。

于扬明显一愣，但我根本顾不上他，我这回是真的哭了。

"这可是我人生第一个 LV 包包啊！"

呵，大概是因为我舍得孩子才能套着狼吧，于扬公司的合同，最终被我们公司拿下。

合约签订的第二天，我就去见了顾映真，将那份合同轻轻落在她的桌上。

顾映真抬头一看，我正在得意地笑。

我清楚地注意到，她眼里的赞赏。

而失去LV包包的心，似乎也得到了一点治愈。

不日，我和于扬又约了一次，我到得早，坐在咖啡厅里看书。

于扬进来时，我起身迎接。

他跟我道歉，说有事耽搁，这才来晚了一会儿。

我笑了笑："没有，刚好带了书，趁这个时间，把这本书读完了，要不然平时太忙，一直都看不完。"

于扬坐下，指着我的书："平时喜欢看书？"

我说："从小就喜欢，包里无论如何要放一本书，挤地铁、坐车、等人，都可以拿出来看。"

于扬眉梢一挑："哦，那看来，我今天没有失策。"

他说话间，这时走进来的为为，拿出了一个香奈儿的包装纸袋。

我有些疑惑，又有些诧异，甚至不敢置信。

于扬示意我拆开袋子。

我便当着他们的面，拿出里面的防尘袋。

袋口打开的那一刻，于扬说："那天让你受损了，很不过意不去，本来想买一个小包的，后来想想，大一点更能装东西，所以选了一个大包给你，希望你能喜欢。"

我目瞪口呆地盯着比原来那个更贵的香奈儿包，心里扑通扑通的，知道这一局，自己已经成功挽回。

但无论如何，我还得客气一下："无功不受禄，怎么可以收您这么贵重的礼物呢？"

于扬说："……因为我工作起来非常苛刻，很怕之后的合作里多有得罪啊，所以先表达一下我的诚意！"

我不禁笑了，突然觉得，无论是生活，还是眼前这个男人，可真美好啊！

都市女人的欲望膨胀系数来自于不同等级的男人

PART 7

WOMEN IN BEI JING

001

合作案搞定了，连男朋友也有了，我不得不说，这份新工作带给我的都是好运，似乎经历每一个阶段，我都能迈上一个新台阶。

只是人生在世不称意十有八九，在我和于扬的关系里，唯一美中不足的，就是他的态度。

就好比说那天我们一起去唱 KTV，他还约了一些生意场上的朋友，特别希望我作为他的女伴出席，帮他招待客人。

我知道，在这样的场合，我需要的是八面玲珑，进退得度，不能出风头，不能抢风头，因此那天我穿得十分低调，话也不多。

于扬让我去给来客之一的王总点一首《牛仔很忙》，我起身点歌的时候，刚好有进来一波朋友，我点好歌，便去迎接，从容不迫，力求让每一个朋友都能感受到自己的重要。

再看于扬，在这方面他是个老手，游刃有余，和这些人交错聊天，没有怠慢任何一个。

我招呼服务员送来果盘和水酒，回头一看，于扬正在和一个哥们儿吹啤酒，他们喝得很猛，酒顺着于扬的脖子流进领口。

我下意识拿出一张面巾纸，递过去。

这时，那个哥们儿问："新助理啊？"

于扬很快地否认："不是。"

这两个字，令我将已经到嘴边的自我介绍，又咽了回去。

于扬说："朋友，朋友。"

我便微微一笑，有些失落地回到点歌台前，安安静静地看着这群红男绿女。

我曾经以为，只要来了北京，就会变成人上人，让人羡慕，更让人嫉妒。我曾经以为，于扬为我打开了一扇新世界的大门，只要和他在一起，我就会努力成为和他并肩匹配的女人，不是攀附，不是谄媚，而是发自内心地成为一个优秀的女人。

但事实似乎和我以为的很不一样。

我不知道，是不是自己想太多了。

对外，于扬不希望我们公开关系。

就连我下班后和几个同事一起结伴出门，远远见到开着豪华轿车等在门口的于扬，于扬和我打招呼，同事拿我打趣，说于大公子又来接我啊，去他家还是去我家啊，我都只能笑着回，只是合作关系，可不就得天天见面吗。

同事们自然不信："哎呦，这么低调呀……"

可我能怎么说？我只能带着微笑，在她们羡慕嫉妒恨的目光中，款款走上车，无论她们在背后如何毒舌，如何盼着我和于扬赶紧分手。

一上车，于扬就问我："没有不高兴吧？"

我知道他在问什么，却还是装傻："什么事不高兴呀？"

"我们的事不能和你的同事们说，你不会不高兴吧？"

男人啊，是明知故犯呢，还是只求表面的和谐？

我淡淡地回他："不会，毕竟我们在合作中啊。多一事不如少一事。"

于扬这才笑了："要是都像你这么懂事，该多好啊！"

我不由得挑了下眉，原来这不是第一次了："什么意思，看来是遇见过不懂事的女人哦？"

于扬带着一丝诧异：“啊？你这个阅读理解是满分啊！”

我佯装生气：“果然，你给我说清楚！”

于扬笑道：“那得看你今天的表现如何了！”

那后来的一路上，我们都在打打闹闹，但平心而论，我是介意的，或者应该问，会有哪个女人不介意么？

但除此之外，和于扬交往，还是有一些好处，虽然我想，他历任不能公开的女朋友们，也都享受过和我一样的待遇。

他给了我一张名品店的消费卡，我第一次去的时候，服务员只看了一下卡上的信息，就问我是不是于先生的朋友，而且于先生早已交代过，给我准备了春夏系列最新款的鞋子。

我没矫情，坐下试鞋，那服务员竟然跪在我脚边帮我穿戴，我顿时有点不好意思，让她也坐。

服务员说：“没事，我这样方便给您试鞋。”

我当时就在想，也许这些造价不菲的鞋子里，已经包含了这样卑躬屈膝的服务费了？奢侈品，消费的大概不只是工艺和设计。

这也是我第一次感受到淡淡的得意，第一次觉得自己是上帝。

直到我拎着大包小包走出名品店，那服务员一直弯腰恭送我到门口。

但事实上，我也是在很久以后才从一个朋友口中得知，这些奢侈品店的服务员们，赚的比我多得多。

在后来和桔子、笨笨的姐妹聚会上，她们两人一个劲儿地夸我皮肤又白又亮，问是去打了针还是换了护肤品。

我微微笑着，就听笨笨自问自答：“哎，爱情就是女人最好的护肤品。”

桔子也在说：“简直了，你现在整个人都在发着光，可漂亮了。”

我嘴里谦虚：“哪有这么夸张啊！”

但其实我心里明白，皮肤上的光泽只是表象，那种从骨子里散发出来的自信和欣喜，才是我目前身上最美的东西。

脱胎换骨，这四个字直到今天，我才感受到它的魅力。

女人们之间的聚会，难免会聊到男人和买买买。

笨笨问桔子，最近有什么尖货推荐，他们公司要组织去意大利玩儿，她已经做好败家的准备了。

桔子脱口而出："蓝气球，赶紧买！"

蓝气球是卡地亚的女士腕表系列，一问世就成了抢手货，它那令人咋舌的出货量就已经决定了它的江湖地位。

刚巧，我也有一块。

于是我便将袖子卷上去，带着点小嘚瑟的心情展示给她们看。

桔子眼前一亮："啊……你都买啦？！多少钱买的？"

我笑道："我也不知道啊，于扬送的。"

她俩异口同声："于扬对你真好！"

我非常痛快地将表脱下来给她们赏鉴，那种让别人羡慕嫉妒恨的优越感，几乎将我喂饱。

由于我在和于扬公司的合作案上表现出色，顾映真很快就升了我的职，如今我也算是头衔里有"经理"二字的人了。

新的办公桌，新的工位，桌上摆满了鲜花和礼物。

我随手拿起其中一张卡片，正好见到这样一行话："祝贺升职，大展宏图——于欧巴。"

然后，在顾映真的示意下，所有人都放下了手里的工作，为我鼓掌，为我祝贺。

我微笑地和大家说"谢谢"，并时刻提醒自己注意，千万不要像药梅那样喜形于色，穿得像是花蝴蝶四处发放巧克力。

因为我知道，这里所有人都憋着劲儿想取代我。

后来，我和顾映真出去吃饭庆祝，我吃得太饱，感觉裤腰都紧了。

顾映真笑道："年轻真好，明天少吃一顿就平衡了，哪像到了我这岁数，只敢吃 6 分饱，回家再跑一个小时的步，才觉得自己对得起自己了。"

我吓了一跳："难怪大家都说您的体型一看就是每天健身的，有线条。"

顾映真有点好奇："是吗？你们背后都怎么夸我的？说来听听。"

我被她那样的反应逗乐了："反正我们都把您当榜样的，以后都想活成您这样。"

可顾映真却挑着眉问了三个字："我这样？"

接着她话题一转，问我她的包好看么？

其实那个我早就看上了，忍不住说："好看！于扬也给我在欧洲订了一个限量版，就是那个酒红色的。"

顾映真明显一愣，却没说话。

可当时的我并不知道为什么。

接着，我们又去了内衣店，我穿梭在各种新款里，肆意挑选。

可是顾映真却走到了"200元3条"的打折区，还让服务员包起来三件。

我不禁一怔，凑过去小声说："姐，内衣内裤可别凑合，都贴身的，回头我送你一个法国的牌子，虽然贵，但特别舒服。国内还没有，下个月于扬去巴黎，我让他给咱们带！"

顾映真只是笑笑，没接我的茬儿。

后来想想，那时候的我，的确有点得意忘形，只是人在兴头上，往往都不会注意到自己的弊端，而顾映真又是过来人，大概对于这种早已看多了吧。

002

几天后，我又去了一趟工体大趴轰，洗手间里还遇到了桔子和笨笨。

桔子穿着阔腿裤和露脐吊带，时尚而性感。

我问："哎？你们怎么也在啊。"

桔子说："今天晚上聚会啊，群里喊你，你没说话啊！"

我这才想起来，白天一忙，把这件事忘了。

"哎，我忘记回复了，于扬晚上有个局，我得陪他。"

笨笨立刻接话："于扬在啊？我们都没见过呢。"

桔子也说："就是啊，介绍介绍呗？在哪个房间呀？过去串个场去。"

我想了想，一来是因为于扬不想公开，二来今天的桔子穿得也实在太过抢眼，身为女人，我的防范意识和小心眼，在这时冒了出来。

我说："下次吧，他现在喝得醉醺醺的。"

可桔子却撒娇说："就看一眼看一眼嘛！"

直到笨笨打圆场："喝醉了不方便，我们下次再找机会见，反正是妹夫，总要请我们吃顿饭的。"

就这样，我回到包厢里，见于扬已经喝开了，和众人推杯换盏。

我坐到角落里，翻开手机一看，有一条顾映真的短信："下午的会议记录你睡之前发我一下，还有跟欧辰公司的合约，你睡前拟好发我。"

再一看时间，已经要过凌晨十二点了，我不敢怠慢，赶紧从包里拿出电脑，在喧闹声中开始工作。

也不知过了多久，我完成了手上的任务，再一抬眼，包房里只剩下昏睡的于扬。

我收拾好东西，按了服务铃，这才过去摇醒他。

"走吧，回家吧。"

我在服务员的帮助下，带着于扬离开了。

那天晚上，我很吃力地扶着于扬回了家，而这一幕在未来数日，成了我们之间的日常。

直到有一天，正在角落里忙着工作的我，看到于扬已经酒力不支，快要倒下了，终于忍不住上前，替他挡了酒。

但我喝得太猛太急，更加不知道自己事后还撒起酒疯，让于扬很无奈。

最后，还是他让助理为为把我背出了包厢。

第二天一早，睡得昏昏沉沉的我，被于扬的电话吵醒。

他问："亲爱的，好点了吗？"

我"嗯"了一声，觉得浑身都快散架了。

于扬语气温柔："我听你这声音还没缓过来啊？一会我给你叫个粥送过去。"

我又应了一声。

接着，就听到他透露了我前一晚的"壮举"："你说你，有我在呢，你喝那么多干什么啊，一出门直接给为为都拽倒了，为为说你膝盖都磕破了，去了趟急诊，还疼吗？”

我吓了一跳，立刻翻开被窝，果然见到腿上包着纱布。

天，原来我的酒品这么差？

严重的宿醉直接导致我后来那一整天的上班状态都很糟糕，尤其是顾映真主持的那个会。

同事们在发言，我却哈欠不断，直到顾映真叫停会议，让助理去茶水间拿几杯咖啡。

我一听这话，打了一半的盹儿立刻停了。

顾映真问：“是不是感冒了？换季注意点。”

我搪塞道：“……嗯，可能昨天晚上开窗受凉了。”

顾映真直接拆穿我：“你这一身的酒气都还没有褪呢。”

我一下子不敢说话了。

顾映真说：“去我办公室躺一会吧，下午还得出去见客户。”

我点点头，那是晚上六点的局。

顾映真接着说：“柜子第一个抽屉里，有各种常备药，你找一找，我记得有解酒的。”

我小声应了，讪讪地离开会议室，真想找个地缝钻进去。

可是我刚躺进沙发里，从旁边古铜色的镜子里看到自己的倦容，手机就响了，是于扬。

他问我：“怎么样了？缓过来点没有啊？”

我应了一句：“缓过来了。没事了。”

没想到于扬却说：“晚上八点，工体，房间已经订好了啊。”

又一个局？

我一下子有些为难，只怕上一个没那么快完事。

我问：“我晚点过去行吗？”

于扬说：“香港的王董8点准时到，说坐半个小时就得走。他老婆是四川人，我想着你和你老乡可以好好聊一聊。”

我吸了口气，突然觉得自己好像做了两份工，那些奢侈品就是我的工钱：“……行……我八点到。”

说实话，我觉得体力有点跟不上了，可面对于扬的要求，我又不知道如何拒绝。

没办法，我只好给已经渐渐混熟的好朋友卢家凯打了个电话，让他晚上七点五十给我拨个电话，就说公司有急事，让我赶紧回去一趟。

卢家凯嬉皮笑脸地反问我："嘿，学会金蝉脱壳啦，我有啥好处啊？"

结果，被我用周末的一顿好吃的打发过去了。

但事实往往会出人意料，计划赶不上变化。

公司六点约见的客户，迟到了，一直到七点五十都没有到。

我和公司的助理小新一直在饭店里干坐着，不敢动，不敢走。

于扬不知道给我打了几个电话，我也不敢接。

直到卢家凯的电话打了进来："喂，是陈可吗？我是总裁办，公司董事会决定……"

我却一点配合的心情都没有："行啦别贫，先挂了，回头再说啊！"

我这边一挂断，就听小新说："陈总，我刚问了，说是堵，还有半个小时肯定到了。"

我的心情别提多糟了："客户是杭州来的，你为什么不提前提醒他们北京的交通情况呢？"

小新解释："我写了邮件专门提醒了，但是客户回复说没有那么夸张，他会掐算好时间的。"

我冷笑出声："所以我为什么要为他们的错误买单，浪费我的时间？我已经等了 1 个小时 50 分钟了！"

小新有些慌："啊……我再催一下，陈总你别生气。这个客户还挺难约的，要不是他母亲来北京住院，一般都得咱们飞到杭州去拜访他。"

我问小新："你没和他说我八点有别的约吗？"

小新嗫嚅着："……说了……可是……"

我们正说着，杭州的客户这时到了。

一照面，那客户就说："陈总，您好您好，对不住啊，你们这北京啊，太大了，太堵了！"

与此同时，于扬的电话又进来了，我却已经分身乏术，干脆将手机按下，反扣在桌面上。

客户问："怎么没点餐？都饿坏了吧，我们赶紧点吃的。"

我微微一笑，道："小新，你和尹总吃吧，我这还有别的约，尹总不好意思，事情我都交代给小新了，她会和您具体沟通。"

客户有些诧异："哎？怎么就要走了呢？这我才刚到。"

我努力压着烦躁，跟他解释："不好意思啊尹总，我和您约的是六点，现在已经八点了。我还有别的约，迟到很不礼貌，八点的客户也很重要。"

没想到那客户也急了："不是，你要是八点准时就要走，何苦一直催我呢？今天见不到没有问题啊，你说你等不及，你告诉我一声，我扭头就去陪我母亲了，也不用大老远的非跑来吃你这顿饭啊。"

我的火儿"噌"地一下上来了："您还怪起我来了？迟到的是您，不是我啊！"

客户比我声音更大："迟到在所难免，你这样处理问题，就太差劲了！你这样是要被投诉的！"

我顿时火冒三丈，站起身时扯了一下桌布，桌上的东西跟着跌落在地，碎了。

所有人都有点傻眼，小新立马拉住我。

直到我赶到工体，坐在洗手间的马桶盖上，这才渐渐冷静下来，意识到自己干了多么愚蠢的事，这简直不是我……

我面如死灰地捧着脸，听着外面包厢里闹哄哄的声音，直到顾映真的电话打了进来。

我立刻接起，不等她说话，连忙认错："对不起，我错了。"

顾映真态度严厉，每个字都见血："陈可你可以的呀！你以为你穿一千块钱的内衣，在欧洲代购限量版的包包，就可以和甲方掀桌子吗？你是乙方！"

我张了张嘴，只能勉强说出三个字："对不起。"

那一刻我就明白，我恐怕是膨胀过头了，之前的一言一行，顾映真都看在眼里。

顾映真接着道："你失去的不是一个客户，一笔生意，你失去的是你的职业操守，你让我很失望！"

我继续说着：“对不起”。

顾映真最后斥责道：“才做出一点成绩来就这样膨胀！你冷静地想一想，你有什么资本膨胀，就因为你找了一个有底气的男朋友吗？”

正是这句话，仿佛当头一棒。

我彻底醒了过来。

第二天，我就带着小新和一些鲜花水果赶到客户母亲所在的医院，我将自己的态度放到最低，立在病房门口。

客户见到我，脸拉得很长：“谁让你们来的？”

我轻声说：“对不起！我们来看看阿姨！”

小新也急忙递上鲜花和水果。

这时，里面传出一个老人的声音：“谁啊？”

那客户忍了忍，不得已只好让我和小新进门。

但这件事并没有帮我们挽回什么，直到我们离开病房，那客户非常冷淡地说：“谢谢你们来看我母亲，但我们的合作是没法进行了，我昨天向我们总部做了工作汇报，你们公司已经被拉进黑名单了，解禁期要两年。”

我没想到事情会闹得这么大，心如死灰：“是我的问题，再次和您说对不起！”

然后，我对那位客户深深鞠了一躬。

直到我们走出医院，我都佝偻着背，卑躬屈膝，直不起来。

那一刻，我又想到了在名品店里的那位服务员。

就服务态度来说，我远不如她。

这件事，也给我上了非常深刻的一课，生活或许就是这样，一时让我多姿多彩，一时又安排了像顾映真，像于扬，像甲方客户这样的讲师们为我轮番讲授，告诉我，不是所有的错误都可以被原谅，不是所有的失去都可以再回来。

当我越发明白这些道理，并为此一次次地付出代价后，我才会开始做好人生每一堂课的课堂笔记，并且要求自己一定要把这门功课修到优秀。

人，只有控制得了自己，才能控制得了人生。

很快地，我又变成了夜夜加班，独自留在深夜的办公室埋头苦干的那个我。

有时候静下心来再想，又觉得挫折可以让人清醒，挺好的。

哦，值得一提的是，除了公事，情感上的我也获得了一次清醒。

那是一个周末，我早上一醒来，翻了个身，见于扬正逆着光套上衬衫，那六块腹肌和公狗腰就像偶像剧里的欧巴们一样。

如此赏心悦目，我欣赏着，问他："欧巴，这个周末我们怎么过？"

于扬系好衬衫的扣子，走过来掀开我的被子："别赖床啦，快起来吧，我去烤面包了。"

我拽住他撒着娇："欧巴，来北京都三年了，我还没去过故宫呢，陪我去好不好？"

于扬道："故宫有什么意思？全是人。"

我歪着头说："我看桔子上个月写的北京胡同攻略里说，故宫旁边有很多小店，有特别正宗的炸酱面，还有爆肚豆汁这些，我都没吃过！"

但这显然不是于扬的兴趣所在，于扬坐在床上，搂着我，聊的都是让我心惊肉跳的事："我给你报了商务英语班和金融管理的班，你以后可能就没有周末了。"

我诧异极了："啊？你都给我报了？那我以后不要周末了，我要好好学习啦！"

于扬笑道："所以，工作日大家都在努力，周末你需要比别人更努力，才能走在别人前面啊。"

我立刻把故宫抛在脑后，同时想起自己来北京奋斗的目的和初衷："时不我待，我去刷牙啦！"

但说真的，有个工作狂男朋友真可怕。

于扬忍不住笑我说干就干，又扔下一个消息："思想觉悟这么高啊？收拾好了去打高尔夫吧，我约了英国大使馆的朋友。"

我动作一顿："啊？那今天不去故宫了吗？"

于扬没应，只是一言不发笑着看我，我便知道，没戏了。

我叹了口气，说："好吧，陪你去打高尔夫。我只是想……能不能哪怕有一天，只有我们两个人，没有其他人。我们可以有只属于我们的二人时光吗？"

但我不知道是出于敷衍，还是他的理解本来就有误，他走上前吻了我一下，这样道："现在不就是？"

亲爱的，这怎么能一样呢？

紧接着，那天上午，我就用实际行动证明了，于扬为我报商务英语班的先见之明。

高尔夫球场上，于扬用纯正的英语和外国客户聊着天，动作潇洒，浑身都发着光，而我却因为紧张和自卑作祟，迟迟不敢靠近，只能用球杆戳着眼前的小球进洞。

直到于扬用英文问我："要不要过来打一杆？给你介绍我的朋友。"

我压根没听懂，犹豫了一下，用英语回问："啊？你说什么？"

也正是那一刻，我觉得我和于扬越来越远。

话说回来，我和于扬的分歧也并非只这一件事，严格来说大概可以追溯到他不愿公开我们之间的关系开始。

我有时会想，他是享受这种单身的状态，还是脚踏几只船，还是认为我配不上他，给他丢人？

记得有一次，于扬开车来接我，我还在车里问他："你从来都没有说过我是你女朋友，原来是因为刚合作，可是现在呢？"

于扬反问我："有什么不一样吗？"

我说："当然不一样。"

直到他笑着认错："好，以后我注意。"

我点点头，并没有这么好糊弄："那你把我们的合照发网上去。"

于扬笑了一下，有些无奈："你知道我最喜欢你什么吗？喜欢你聪明，喜欢你懂事，你今天这样，让我有点诧异，你怎么了？"

什么聪明，什么懂事，我不想要。

我说："我想要个名分。"

于扬却笑起来，拉着我的手顾左右而言他："宝贝，你怎么了？大姨妈来了？"

我终于放弃和他纠缠这个话题，没有结果的。

再一转头，窗外刚好有一对甜蜜的小情侣骑着单车，还亲昵地搂在一起，那一幕像极了先前的我和张超。

现在，我虽然不再坐在自行车后座，坐上了高级跑车，却失去了光明正大相爱的权利，成了见不得光的情人。

这样的关系，难道就是我想要的么？

越是你努力攀爬的阶层越信奉门当户对的法则

PART 8

WOMEN IN BEI JING

001

我没想到，因为计划买房的事会和卢家凯成为好朋友，更想不到他很快就晋升为我的男闺蜜。

后来仔细想想，这大概是因为卢家凯既了解男人，又了解女人吧。

这个周末，我又一次瘫在卢家凯位于昌平的大房子，房子是真好，地方也大，就是太偏僻了。

当然，我们的话题也离不开房子和两性关系。

卢家凯递给我一堆房产资料，说：“这个天通苑的新楼盘，赶紧入手，你看现在四周都是空地，三年以后，市中心医院分部在这里竣工，这边是一家国际幼儿园的分部，这边是个进出口超市，前景特别好。重要的是，首付你付得起。”

我看着那些资料，忍不住叹了口气：“付得起首付，贷款还不起呀，我总要吃吃喝喝的啊。”

说到这里，卢家凯就有意见了：“所以你交的什么男朋友啊？不是富二代吗？这房子不应该是他买下来送你的生日礼物吗？”

一聊到于扬，卢家凯就没有一句好话，我便故意岔开话题："咱俩感情也挺深，要不你送我？"

卢家凯嘴上特别大方："你要跟了我，还用买房？这房子不就是你的了？"

我立刻翻了个白眼："就你这昌平区大 house，我可消受不起，每天上班进城得三个小时吧？"

卢家凯不乐意了："你看你，还搞地域歧视，哪儿用得了三个小时啊，俩小时差不多。"

我叹道："那我还是在我单位隔壁买个地下室吧。"

卢家凯又把话题绕了回去："你这简直是侵占公共资源，跟了个富二代，你什么都不要？他什么都不给？你要不要把资源让给别的姑娘？"

我说："这叫真爱至上，你懂什么？"

卢家凯继续毒舌："我是不懂，每天跟着人家吃燕窝鲍鱼的，只有趁人家出差的时候来我这蹭冒菜吃，你就不是那富贵的命。"

在他眼里，我和于扬就不是一个世界的人。

我却一个字都不想听："行了行了，别诅咒我的幸福！赶紧给我做冒菜去，我来研究研究这个楼盘和我卡上的余额。"

就怕他那个大乌鸦嘴，一语成谶。

也不只是听者有意，经过卢家凯的乌鸦嘴洗脑之后，我还真有点好奇，在房产投资这件事上，于扬是个什么态度。

正巧，后来有一天和于扬一起出门，我们坐在车子的后座，为为在前面开车。

我问于扬："你觉得天通苑的房子值得投资吗？"

于扬一怔："投资？"

我解释道："就是卢家凯那里有个新楼盘，价格挺合适的，我想买一套，以后自己住或者租出去或者再卖出去，都不亏啊。"

于扬有些不解："怎么混北京就得买房吗？为为也要买房呢。"

为为憨憨地笑着："我女朋友一直在老家呢，买个房子好接她来北京结婚嘛。"

我问他："你买了吗？"

为为道："买了，付了首付，我家出房子钱，她家出装修的钱。"

我吓了一跳，感觉自己又晚了一步："规划得这么好啊！在哪里买的呀？"

为为一脸憨厚："潮白河畔，靠近河北，远了点，房价便宜嘛。"

我点点头，想到那边的房我也付得起，便说："那倒也是，你们那还有房子吗？"

为为说道："上次就帮亲戚问了，没有了。"

我不禁一愣。

怎么，连那么远的房都没了？连为为都比我更有远见？

于扬这时插话："房子有这么重要吗？为了个房子，缩紧裤腰带，太辛苦了吧？"

我叹了口气，有点失落："你这叫饱汉子不知道饿汉子饥。"

于扬问我："房价这么贵，你哪儿来的那么多钱啊？"

我有气无力地说："借钱、贷款……"

于扬立刻数落起我来："你说你们这是何苦呢！简直是被现实绑架了，难怪都说北漂不容易，给自己身上背那么多包袱，能容易吗？"

为为憨厚地笑了笑，没说话。

我也没吭声。事实上，我并没有指望他能买房给我，那毕竟是一栋房，不是一块表，不是一件衣服，但听到于扬的话，我心里仍是不免有点凉，至于为什么，当时的我还说不太清。

无巧不成书的是，几日后，我在姐妹淘的聚会上翻看桔子新写的专栏，一下子就明白了什么。

那专栏的名字挺长的，叫《一个男人爱不爱你，看他愿不愿意为你花钱》，桔子还说，这里面有我为原型的段落，但是用了化名。

我有点诧异："啊？写了我吗？"

桔子的言语中难掩赞美之词："是啊，写了你男人送的爱马仕香奈儿和蓝气球！告诉姐妹们，按这个标准谈恋爱！"

我忍不住为自己辩解："你这说得也太拜金了，人家只是交了个男朋友，恰好男朋友是有钱人。"

笨笨站出来打趣："你这简直是拉仇恨，桔子小姐还在不停地倒贴男朋友呢！自己舍不得买这买那，昨天还给男友换了个手机！”

桔子立刻护短：“他手机有问题嘛，我老联系不上。”

笨笨继续揭短：“是吗？那上次的电脑呢？”

桔子很快反驳：“他一搞 IT 的，没电脑怎么工作！”

笨笨反问：“那你想要什么他都假装听不见看不见呢。”

桔子摆摆手，简直是个男友奴：“哎呦，男人跟咱们想的不一样，买口红这种事情，怎么好意思让大老爷们帮你买嘛。”

笨笨“啧”了一声：“说左的也是你，说右的也是你，怎么说你都有理，真是个天秤座。”

桔子笑起来：“不指望男人真的为我们花钱，但是态度要有嘛！你说是吧？”

桔子问话的对象是一直插不上嘴、看她俩你来我往有点蒙的我。

我连忙附和：“是是是。”

没想到桔子话锋一转，落到了我身上：“你买房子钱不够，你跟于扬说呀！”

笨笨立刻阻止，不愧是在五百强企业的人事：“别听她的，没结婚之前财务最好撇清，容易有经济纠纷，后患无穷。”

桔子说：“不是让他真的给钱，就是让他表个态嘛，女人要的就是个态度嘛。”

笨笨也点了点头：“要是这个出发点的话，可以提一提，促进一下感情。不过说实话，我个人观点啊，一个男人如果想和你一起置业安家，这人还真的是挺靠谱的。”

我“嗯”了一声，思索着她俩的话，半晌没言语。

如果说一个男人想和自己一起安家置业就等于靠谱，那么反过来呢，又等于什么？

无论如何，卢家凯和桔子、笨笨的话，或多或少都在我心里投射出一些影子，这也直接促使我尝试将房子的话题，带入我和于扬的日常中。

那天，我起了个大早，正坐在梳妆台前化妆，于扬还赖在床上。

他问我怎么起这么早，我说：“约了卢家凯去看房子，早点去能多看几套。”

于扬一愣："啊？真的要买房子了吗？"

我说："是啊，想在北京能有一套自己的小房子，以后把我妈接回来住。"

说也奇怪，于扬竟有些迟疑："……哦，长远打算，自己买一套也挺好的。那你今天不陪我去雪茄会馆了？"

我透过镜子看了他一眼："看情况吧，不知道看房子要看到几点了，而且我不太适应雪茄吧里那个味道，进去就昏昏沉沉的浑身不舒服，我今天可以不去吗？"

于扬笑笑，伸伸懒腰也要起床："好吧，下次教你怎么品雪茄。"

你说逗不逗，我在说房子，他却绕到雪茄。

我又把话题拐回来："你有房地产的朋友吗？能有折扣什么的吗？"

于扬当即道："我？没有。"

接着他就说要去冲澡。

我"哦"了一声，忍不住叹气，他又过来抱住我，问："一大早的怎么叹气呢？"

我望着他的眼睛，这样说："还要和银行贷款，估计付完首付，我就家徒四壁要喝西北风了，还得喝二十年。"

于扬笑笑，并不是很认真："怎么会呢，我养你啊。"

我继续"哦"。

于扬非常自然地又将话题转开："下午正好见个画家，我问他讨一幅画送你，挂在你的小房子里，艺术品最增值了。"

怎么，艺术品增值比房子还快么？

我又给了他一个"哦"。

于扬却好像全然没注意到我的几个"哦"背后表达的情绪，转身走进浴室。

我看着他的背影，心里有点不是滋味儿，这还是我第一次对于扬有了别的看法。怎么，难道我们不是男女朋友么，为什么他听到我说去看房，连一点房子的信息都不问，甚至也没要借我钱的意思，哪怕只是个客套话也好啊。

很快，我又遇到了无巧不成书的事，依旧关于于扬。

我没想到，我竟然会从顾映真口中听到于扬的八卦。

话题的开始，还是因为顾映真问我最近和于扬的关系如何，我不想把私事说得太多，还是做了一下处理，只说于扬对我特别好，也努力，家里有钱，却比谁都拼，让我深受感染。

顾映真听到颇为赞同："所以说，另一半影响你的人生，另一半的素质和心态，决定了你人生后半段的方向。我说你最近这么努力呢，这样挺好的。"

我笑笑："他就是太拼了，我们都没什么太多的个人空间，他每天排得太满了。"

顾映真却有不同看法："这就看你的选择了，他要忙着搬砖，就腾不出手来拥抱你，他有时间抱着你，就没有时间出去挣钱。世界是公平的守恒的。年轻人，奋斗期，辛苦一点好，年纪大了真心拼不动了，到时候拿辛苦拼来的财富享受人生，二人世界多的是。"

我忍不住说道："是，那也得能走到结婚那一步啊，我感觉他也不着急结婚。"

顾映真诧异极了："哪有？嗨，跟你说了也无所谓，前年吧，他和一个女孩求婚，当时这一圈人都知道，阵仗很大，在世贸天阶求婚的。抬头那个大屏幕上，全是告白，地下铺满了玫瑰花。"

我听得一愣一愣的，顾映真描述的完全是另一个于扬啊！

顾映真接着说："以后跟你求婚，一定比这个更酷炫。"

我问："那女孩人呢？"

顾映真摇头叹气："求完婚，女孩去欧洲留学，跟别人又好了。"

我更诧异了。

难怪于扬一个字都没提过，已经订婚才被绿，心里得多难受。

顾映真那边接着说："所以，他能开始和你的这段感情，应该也是真的喜欢你。"

是么？原来在别人眼中，于扬会和我开始，就代表了他已经从过去走出来了？

说实话，这种情况是我完全没有遇到过的，相比于扬，杨大赫和张超都更单纯，好像和他们比起来，这次的爱情更像是一场博弈。我得承认，于扬的过去挑起了我的好胜心，我不想屈从于任何法则，只想做那个让其他女人羡慕的灰姑娘，为了博得王子的迎娶努一把力。

002

几天后，我买了机票，把我妈妈接到了北京小住。

跟我一起去接机的是为为，为为帮我妈拿包的时候，我妈问他是不是于扬，得知不是之后又问于扬去哪儿了。

为为解释道："昨天很晚才接到消息，我们在福建的一笔生意出了问题，一大早五点半于总就去机场了。"

我也说道："临时有事，开公司都这样，每天都跟打仗一样。"

我妈没说话。

接着，为为带我们去了停车场，我妈一路都在说我瘦了，成熟了，我却有点心不在焉，满脑子想的都是，怎么于扬福建的生意出了问题，却没有跟我说？

当晚，我妈一直没闲下来，做家务，做饭，整理我的衣柜，还说我太懒，换季不收拾。

我一边尝试拨打于扬的电话，一边应着："啊……我有阿姨，一个礼拜来一次。"

我妈说："有钱烧的！"

与此同时，电话那头也出现语音提示，于扬没有接电话。

几天后，我妈都快要回攀枝花了，我连机票都买好了，于扬也没出现，他的电话更没通过。

我妈问，在她回去之前能见到于扬不？

我只好说："不知道，为为说确定不了，事情解决完就回来，但是什么时候解决完，算不准。"

我妈说："那就遗憾了，来一趟不容易，也没发挥作用。"

说这话时，她的眼神有些意味深长，我一下子就读懂了那眼神的意思，顿觉难堪，立刻避开。

那天下午，我去了一趟小区里的二十四小时便利超市，买了一大堆东西。

结账时，那服务员跟我聊了两句，那一瞬间，我竟然突发奇想地让他帮我一个忙。

我让服务员给于扬的手机打了个电话，而且打开了扬声器。

没响几声，电话就通了。

服务员按照我提前教好的话说："是于先生吗？有一件雪茄礼盒要给您送去，您一小时左右在公司吗？"

于扬很快道："我在呢，送来吧，是威廉让送的吗？"

服务员道："嗯，是！"

手机很快挂断，我已经无话可说，此时此刻，任何解释都不能掩盖我心里熊熊燃起的烈火。

但最终，我还是微笑着和服务员说了句"再见"，算是把这笔账记下了。

直到去机场的路上，出现的依然只有为为，他对我妈说，于扬还在福建出差回不来，特意嘱咐了准备了点北京特产，都在后备箱，待会儿帮我妈一起办理托运。

我妈也跟为为客套着："有心了，出差还惦记着，可可，帮我谢谢于扬。"

为为接着撒谎："于总惦记得紧呢，特别后悔不能回来陪您，那个出差又推不掉。"

我妈笑笑："没事，你们年轻人拼事业太辛苦，以后见面有的是机会。"

为为道："阿姨您有空就常来北京玩啊！"

我妈也跟着寒暄："好，下次挑个于扬在的日子！"

"于扬在的日子"这几个字深深刺伤了我，我全程都没怎么说话，黑着脸，看着为为面不改色地帮于扬扯谎编瞎话。

后来，我妈还跟我说，冰箱里包了一百个饺子，分了五格，各种味道的，都给冻上了，让我不想做饭的时候就煮着吃。

那一刻，我觉得自己真是太没出息了，我妈把我捧在手心里当宝贝，我却偏偏因为一个男人的忽冷忽热无法自控。

我算什么东西？

我靠在我妈怀里，心里五味杂陈。

等我妈上了飞机，我二话不说就拨通了于扬的电话。

他的口吻一如继往的轻快："妈妈飞走啦？"

我直截了当地说："别躲了，你该现身了。"

这句话，等于戳破了于扬所有底牌。

那天晚上，我们就在他家里谈判了，结果谈判失败。

我忍不住，我没出息，哭了。

于扬有些沉闷，坐在我对面，递给我几张纸巾。

他说："我觉得我们可能是沟通上出了点问题。我对婚姻一直都不是很向往，我一直觉得婚姻可能不太适合我，我很怕我做不好。"

我问他："那你为什么不早说？"

于扬解释："我们本来好好的啊。"

我反问他："恋爱不就是为了结婚吗？"

于扬竟然又反问回来："难道你和我恋爱，就是为了和我结婚吗？"

我震惊地抬起眼，看着同样震惊的他。

那一刻，我无话可说。

我没有多待，很快离开了于扬家，一个人去了 KTV，扯着嗓子发泄。

我再也没有和于扬联系过，或许是因为自尊心作祟，或许是因为已经无力挽回，或许是因为自己很清楚地发现，我和于扬之间，不仅仅是不婚主义者和要结婚主义者的碰撞吧。

他所谓的"恋爱和结婚，本来就不是一回事"，一点都不像是在众目睽睽之下对前女友求婚的那个他。

大概错就错在，我不值得，我不是那个她吧。

和于扬分开后没多久，卢家凯就催促我买房，说他们公司下个月初开盘，要的话赶紧办手续，他还和家里人商量过了，要买两套再转手。

而且，这是内部放风，过了这个村就没这个店了。

我连犹豫的时间都没有，立刻算自己手里有多少钱，就算只付首付还得借点，加上银行贷款，再跟我妈和顾映真借点才够用。

我不敢多耽搁，立刻冲向银行，二话不说就申请了贷款。

没想到过了不久，卢家凯的电话又来了，他说："银行你别去啦！限购啦！"

我立刻傻眼。

只听卢家凯在电话那头说："你没有买房资格啦，买房的事，以后再说吧。这一通白忙活了！”

我站在银行门口，苦笑着。

也许早几天，只要早几天，不用理会于扬的话，我擅作主张地买了，或许也就真的有房了。

一个多月后，我和顾映真一起吃了一顿饭，我们还聊起我失恋的事。

顾映真很诧异我怎么还没缓过来。

我说：“总感觉像吃了个苍蝇一样，不是滋味。”

顾映真说：“谈恋爱和打游戏一样，长技能都是需要通关的。在森林里冒险，误吞下的不只是苍蝇，可能还有蜥蜴。”

这话里似乎别有玄机，我不明所以地看着顾映真，还看着她从包里掏出一张鲜红色的请柬。

顾映真说：“看看吧，小傻瓜。”

我打开请柬，赫然见到于扬和一个叫方思的名字，我的手在颤抖，我浑身都是冷的，像是被人当头浇了一盆狗血。

我的大脑一团乱，但就算再傻也能算得过来，我和于扬刚分手一个多月他就要结婚了，恐怕当初就是脚踏两只船。

所以，这就是他不能公开和我关系的原因，也是他不能承诺婚姻和躲着不见我妈的原因。

顾映真这时说：“一家公司的总裁，父亲是方长林，含着金汤匙出身却比我们还努力的千金小姐。”

尽管已经明白了一切，我却仍是问：“他们什么时候认识的？”

顾映真说：“这已经不重要了，他不是不想结婚，是不想和你结婚，这个女孩，是比他家资产更雄厚的千金，这才是关键词。”

我简直不能相信我的耳朵，赫然想到在那些晚上，我陪着于扬去工体接待他的客户朋友，我那么辛苦，熬夜陪伴，仅仅是因为他的正牌女友是个娇滴滴的大小姐，不该吃这份苦……

我羞愤交加，恼羞成怒，第一时间就冲向了方氏企业的大楼，跟前台秘书要求约见方思。

秘书问我是谁，我说我是于扬的朋友，姓陈。秘书拿起电话拨通了内线，很快就告诉我，方思没时间接待我。没想到，当我提出预约第二天的时候，那秘书竟然又说：“您是陈可吗？方总说，没什么见面的必要，请您回吧。”

我一下子愣住，张了张嘴，什么都没说。

于扬，已经将一切都坦白给方思了，我要揭穿他底牌的打算根本无用武之地。

哦，或者说，恐怕方思一早就知道于扬和我的事，反正结婚之前，男人玩玩，玩够了，就该收心了。

最起码，于扬对她承诺了婚姻，这就是最好的说明了，不是么？

顾映真的话再度响在我耳边：“感情和工作不一样，不是努力就会有结果的。但是不努力，就根本不会有结果。我走了那么多弯路才明白，感情方面，尽人事，听天命，不回头，别计较。放下执念吧，你想依靠感情往上走，就要允许别人也一样。”

说实话，顾映真的每一个字，我都无力反驳，而且无比同意。

感谢于扬的身体力行，感谢顾映真的言传身教，我又上了深刻的一课。但话说回来，负面的情绪该发泄还是要发泄。

我选择运动，花了一下午的时间奋斗在跑步机上。

跳下跑步机，我又去跳格子，我的健身教练 Jack 一直在旁边帮我打节拍，在我累得快要放弃的时候，还对我说：“再坚持一下，一斤肉就和你说拜拜。要不要再坚持一下？”

我咬牙切齿地说：“要要要！”

直到我体力不支地瘫在地上，Jack 拿着毛巾蹲在地上帮我擦头上的汗。他说：“啊，运动过后的皮肤真的水汪汪的呢，不过你素颜真的超级好看，我那么多会员，你绝对素颜第一。”

我自嘲地笑了：“哪有，我这累得都披头散发的了。”

Jack 很体贴地伸出手：“你躺好，我帮你拉伸放松一下。”

然后，他掰着我的腿呈拉伸状，我们的身体靠得很近，近乎鼻息可闻。

Jack 说：“今天的课就到这里啦，回去一日三餐都要拍图给我报备哦，如果被我发现偷吃，那我就要加倍虐你喽！”

我向他保证：“好的，我一定控制好食量。”

Jack 继续督促着："如果自己控制不住自己，就给我打电话，我陪你吃饭，监督你哦。或者哪天我带食材去你家，给你做一顿标准的健康餐，你以后就按我给的标准自己弄喽。"

我上气不接下气地答应着。

直到我洗完澡，在更衣室吹头发，刚好听到隔壁两个女人的议论声，她们的话题正是 Jack。

女人甲："我听我教练说，那个 JACK 可会勾搭了呢，那天我来上课，和咱们一起练瑜伽的那个大姐就和我说，快把你的卡地亚收起来，Jack 看见了就要把你当猎物了。"

女人乙："那你收起来没有啊？"

女人甲："当然没有啦，结果你看，我都没报他的课，他还搞到我手机号码给我发短信。"

女人乙："发什么了，快给我看看。"

我看了那两个女人一眼，忍不住笑出声。

等我走出更衣室，来到前台，接待员请我做个调查问卷，还承诺是匿名的。

我看这问卷上的第一个问题——"您对您的私教满意吗？"

选项——"非常满意，满意，基本满意，不满意，非常不满意。"

我问接待员："这个问卷会对私教有影响吗？"

接待员道："会的，会影响他的业绩。"

然后，接待员又悄声引导我："您作为 Jack 的会员，如果有一些不方便说的内容，也可以致电我们的这个客服电话，最近一些会员对他的投诉就是这样处理的。"

我笑笑，没说话，拿起笔，只想了一下，就在"非常满意"上面画了一个"√"。

顾映真说得对，"你想依靠感情往上走，就要允许别人也一样"。

在这个游戏规则里，没有人是干净的，因为大家都一样脏。

相亲是个
技术活

PART 9

WOMEN IN BEI JING

001

又是一个周末，我泡在卢家凯家里。

没多久，就接到顾映真的电话，以及她空投来的红色炸弹。

等我震惊地挂断电话，从窗边走回来时，卢家凯也放下 Xbox 体感游戏，问我怎么了。

我说："怎么办，顾姐又要结婚了。"

卢家凯也是一惊："什么？这都三婚了吧？"

我念叨着："是啊，我们有个汽车客户，老外，对姐一见钟情，狂追不舍，终于把姐追上了。"

卢家凯竖起大拇指："姐，真的，厉害，服！"

我却笑不出来："问题是现在姐要把所有的房产收回去了，要凑一套别墅的钱结婚。"

卢家凯立马仗义地给出第二套方案："所以你要重新找房喽？不行来我这住得了，我不收你房租。"

我态度坚决："不，我宁要城里一间地下室，也不要五环以外大别墅！”

卢家凯一脸鄙夷：“行吧，故宫的 99 间房子都空着呢，你上那儿租去。”

他话音刚落，我的手机又响了，是我妈，但我没接。

卢家凯问我怎么不接，我说：“我妈觉得我婚恋观有问题，想和我谈谈。”

卢家凯反倒不懂了：“那你就接啊，你就说，妈我在我新男朋友家里展望未来呢，不方便跟你闲聊。”

我哀叹一声：“我妈要是那么好糊弄，我估计她跟我爸就走不到刚把我生出来就离婚那一步了，我妈性格就是太认真了。”

卢家凯摆摆手：“都一样，老家的同学都结婚生孩子了，我妈也催我。”

我简直哀莫大于心死了：“李晓芸催得比我妈还急呢，动不动给我说，快生个孩子吧，孩子太可爱啦！”

卢家凯乐了：“行了行了，再说咱俩该哭了，实在不行，到了三十，你嫁不出去我娶不上媳妇，咱俩凑合得了。”

我立刻恼怒：“什么叫我嫁不出去你娶不上媳妇啊，是我挑花了眼，而你屡次被踹吧？”

卢家凯一拍脑门，怪叫：“哎呦，我刚才从你脸上看见我姐的影子了。年轻的时候忙事业，梗着脖子说要当单身贵族，现在四十了，事业也没干出个名堂来，对象也难找了，又突然开始害怕自己老了谁给她送终，就拽着我这个弟弟开始培养感情。”

卢家凯的姐姐也是个神人，这点我颇有感受。

我说：“难怪她上次突然和我说，要我去冻卵子呢。”

卢家凯问：“你说她矛盾不？”

我却还认真起来：“冻卵子这事很多人都在说，要不我也备一手？”

卢家凯一脸受不了：“你还是把那钱用来打扮自己吧，有那心思多捕捉几个实体活物！”

顾映真第三次结婚的事，也直接促使我将看房子这事再度搬上日程，当然，是为了租房而看。

只是我看上的那套，哪儿都好，就是价格不太好，客厅很大，整个屋子都沐浴在阳光中，一切都很完美。

但我觉得，虽然它贵了点，却贵有贵的好，贵有贵的理由，如果和别的户型房子一个价，反倒不正常了。

再者，房子好，风水就好。

所以我二话不说，就租了。

嗨，你还别说，刚换了新房子，工作上就旺了一把，我很快就帮公司拿下一单大合同，对方是一家红娘相亲网站。

签约那天，我和对方代表负责人黄琳在咖啡厅闲聊寒暄，我再三跟黄琳保证，一定会把他们优质红娘相亲口号推广出去。

黄琳还拿出几张 VIP 卡，说让我转送给身边的单身贵族朋友。

单身贵族？不知道我算么？

我不由得笑了："哦？还有这个福利？那我可要私藏一张了。"

黄琳立马夸起我："你这么优秀，怎么会没有男朋友呢！一群人在挂号排队吧？"

我摇了摇头："我都不知道去哪儿才能认识更多单身男青年，你帮我介绍介绍？"

黄琳倒是痛快："行啊，这事我最专业了，你说说你的要求？"

我不假思索道："以结婚为目的的、收入不低于我的、长得顺眼的。"

黄琳笑了："爽快！我就喜欢你这样不矫情的！最怕说又要感觉，真是要难为死我了。"

感觉？呵，大多数时候，它不如面包和牛奶靠得住。

合同签订后，我也在公司里升了职，高级经理，办公室门上换了新的门牌，助理小新还送进来新印的名片。

小新汇报说："陈总，这是您的新名片。还有就是我们这次加上我，有十个应届毕业生，都会进您的新媒体小组，三个月后由您出考核成绩。这是名单。"

我看着那份名单，不由得想起自己当初："这一届毕业生运气真好，到处都是要上市的公司在扩招员工，赶上了好时候，我们那阵啊，工作机会好少，找个工作简直要挤破了头。”

小新：“嗯嗯，我们会努力的。”

小新边说边将资料放在了我的桌子上。

我注意到她的目光，刚好落在我电脑旁边那只新的香奈儿包包上。

是啊，香奈儿包，现在的我，已经不再局限于 LV 了。

黄琳动作倒是快，没几天就领了一位男士和我相亲见面。

为了慎重，我特意打扮了一番，穿了一身价格不菲的套装，脖子上系着香奈儿丝巾，落落大方。

黄琳说：“一会到点我和他碰个面就先撤了，你们喝杯咖啡互相感受感受，初次见面，喝杯咖啡的时间最好，有感觉的话顺势约晚饭，感觉没到位只聊一杯咖啡的时间也不尴尬。再往下约饭呢，建议约一顿火锅，等位，打小料，点菜，一个桌子上锅碗盘碟的腾挪转移，都非常见一个人的习惯和性格，能把一顿火锅吃得非常舒服的人，过日子一定也不会差。”

真是听君一席话胜读十年书，黄琳三言两语就整出一堆门道。

我说：“你这是科学相亲，都能出教科书了。”

黄琳接着介绍：“他是一家势头很好的国产手机的华东区销售总监，平时喜欢冲浪、滑雪，未来想移民新西兰，很讲究生活品质的。”

冲浪、滑雪？这些我一窍不通。

这么一说，我倒忐忑起来：“我真的是一点都不会生活的人，一会和人家聊什么好？”

黄琳给我出招：“嗨，你就听他说呗，鼓励他多说，你就夸他啊，哪个男人不喜欢被女人夸，尤其你这种事业成功见过大世面的女人一夸，更开心！说实话，我每天介绍男男女女，还挺现实的，女人嘛，要么有让男人中意的脸，要么就是自身很有价值，男人一看就不会怠慢的。不见得谁都能爱上有能力的女人，但谁不愿意和一个事业不错的自信女人做朋友呢？”

黄琳的话句句在理，就算我和这位男士最终没成好事，就当多交一个朋友也不错，那毕竟是一个事业有成又懂生活的男人，权当累积人脉了。

我和黄琳介绍的男士喝了一杯咖啡，算是相谈甚欢，等我出来时，黄琳立刻迎了上来，问我情况。

我说："一杯咖啡的时间，我们聊得非常好，我拿到了他们新款手机的商务代理合作。"

黄琳很诧异："啊？这么厉害！恭喜你啊！那人呢？看上没有？"

我笑笑道："相见恨晚，只是都没有想一起吃晚饭的感觉。"

说实话，当面包和牛奶都有了之后，感觉还是很重要的。

黄琳叹道："看来是相亲失败了。"

我说："怎么会？正好留出时间让我请你吃顿大餐啊，帮我找男朋友，还帮我介绍了优秀的合作伙伴。"

我一抬手，就挎住黄琳的胳膊向前走。

黄琳这时说："亲爱的，我给你一个建议呗？相亲的时候尽量避免带着 Logo 的名品，很多男人很介意的，不论懂还是不懂这些品牌的，买得起买不起的，大部分都会觉得有压力，你看你今天这一身，女人们看见了多羡慕啊，男人们看了，感觉你身价上亿不好驾驭。"

我低头一看，怔住了："啊？这样啊，那我今天真是失策了。挑衣服的时候，光想着款式和色系搭配了。"

黄琳开始跟我科普："男人哪里懂这些啊！审美到不了这一步呢！大部分来相亲的男人都不喜欢涂着口红的女人。当然，不相亲的场合，他们是喜欢的。"

我更诧异了："啊？我这还是托人从韩国带回来的呢！那素颜来吗？是不是太不礼貌？"

黄琳接着支招："要化那种若有似无的妆容，裸妆最适合相亲了。"

什么，裸妆？

巧的很，我们办公室里就有个叫 Mary 的姑娘，化着所谓的裸妆。

第二天，我悄然走进办公室时，刚好听到 Mary 跟另外几个小女生抱怨："北京可真土，大马路上看不见一个会穿衣服的，反正等公司上海分部搞起来，我就要求调回上海去。"

小新问："那你毕业的时候怎么不在上海找工作呀？"

Mary理所当然地说"文化中心在北京呀，没办法呀，你当我想来呀，哦呦，连个生煎我都吃不到，要气死了。"

Mary这样的人我也见过、听过不少，嫌东嫌西，却还是来了，非但来了，还要在这里扎根。

同事甲说："生煎真没有，锅贴也很好吃啊！"

Mary气得直翻白眼："那是什么啊，名字都土死了啊！"

这时，其中一个看到了站在门口的我，咳嗽一声，那几个小姑娘立刻如同老鼠见了猫，各回各位。

我看着她们那样，觉得有些好笑，便走到Mary旁边，问："你是Mary吧？上海来的？"

Mary自信地站起来："对啊。"

我又向前凑了一步，仔细地看着她的五官，反倒把她给看慌了。

我若有所思道："你这个妆……挺好的啊……裸妆？"

Mary："对啊。"

我又问："跟哪儿学的？"

Mary："网上教学啊，上优酷看！"

我很快就把这手技能学会了，那之后的时日里，从里到外，从穿着打扮到处理公事，我也能独当一面，面面俱到，无论是在下属面前立威、纠正错误，带她们见客户，都渐渐有了当代都市女性干练强悍的一面，或者说，我越来越像顾映真了。

就连我说话的神情和语速，都刻意放得有条不紊。

偶尔，我和顾映真在公司遇见，顾映真会给我竖一个大拇指以资鼓励，那一刻，我就像是表现得好被贴了小红花一样满心欢喜。

或者应该这样说，男人之间有惺惺相惜，女人之间也有。

002

只是人一旦站得高了，难免就会遇到一些让人心烦、不着调的下属，就好比说那个Mary。

说实话，如果换作当初我还是个初出茅庐的小姑娘，大家平起平坐，她再二五眼，我都能忍。

但如今，呵呵……

这事还得从我在办公室接待一位客户赵总说起。

我让助理小新特意准备了爱尔兰咖啡，都是手工磨制出来的。

结果小新刚出门，赵总喝了一口咖啡，就问："你们那个上海来的小姑娘呢？"

上海来的，除了 Mary 还有谁？

赵总又问："今天怎么没看到她啊？"

我笑了笑："您和 Mary 见过？"

赵总说："怎么没见过啊，我们第一次见面，在楼下那个西餐厅。"

我这才想起来："哦哦哦我想起来了，她帮我送资料。您怎么知道她叫 Mary？好像当时你们没说话啊。"

赵总："当时有给你们名片嘛，她就加了我，蛮可爱的女孩子，我家是昆山的呀，她在我们那里上过高中呢，那个高中就在我家隔壁。"

这么说，Mary 私下里倒是没少做"功课"？

赵总的事，或多或少在我心里起了化学反应。

没想到没过几天，我就在一个相亲 Party 上再度和 Mary 狭路相逢。

按照黄琳的嘱咐，我那天特意没有穿着一身名牌，还选了一件减龄的粉红泡泡袖，搭配毛茸茸的耳环，背个时尚感强的双肩包。

黄琳见了我说："我们没有任何仪式，就是吃吃喝喝聊一聊，有投缘的就自己加油吧。都是 VIP 客户，入门费都挺高的，算是各行各业的精英们了。"

等黄琳离开，我环顾四周，见场内大概有四十多人，一半男一半女，因为都是 VIP 会员，所以品质卖相都是上乘。

我在原地站了一会儿，见没有人和我打招呼，便拿了一杯香槟，走到沙发区坐下。

又等了一会儿，见场内已经有人三三两两地聊起来了，只是我依然落单，心里难免不踏实。

直到场内的很多男宾客的目光，齐刷刷地聚到一处，我也跟着看了过去，就见一个露着长腿，穿着破洞流苏牛仔短裤，长款卫衣，带

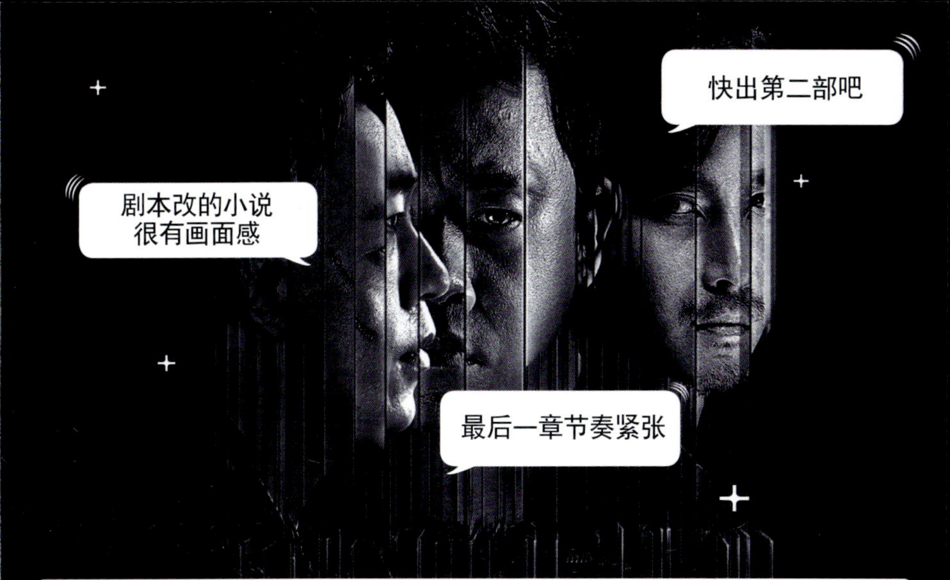

白夜追凶 热评

“读过最好的国产侦破小说。”

“**构思匠心独具，想法精彩绝伦。心思缜密。**每出一个状况都看似万劫不复，却又在主角的斡旋之下柳暗花明。摆平问题的过程就是人物丰满的进化。太棒了，好的故事总是让人大呼过瘾，欲罢不能。”

“**去年第一时间追了剧，现在再看书，很多情节台词读着读着也会笑出声来。**最喜欢兄弟两人的性情对比，一个冷淡沉稳缜密，一个幽默能打会撩妹，戏剧性很强。”

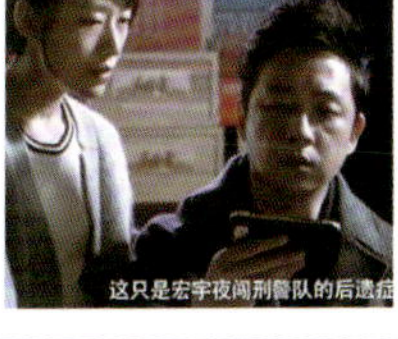

SINCE

白夜追凶

DAY & NIGHT

影视剧纪念版

豆瓣9.0高分作品

剧本原著　指　纹
小说改编　谢十三

悬疑罪案小说界

烧脑神作！

优酷同名热播剧原著小说！

“我是警察，我只相信证据。”

《心理罪》导演**五百** / 著名演员**潘粤明**
新晋小生**王泷正** / 专业律师**指纹**鼎力推荐

2017年7月，揭开重重迷雾！

着棒球帽，捧着冰激淋的女孩突然出现，吸引了在场男士们的眼光。

但男人们看的是她的青春时尚，而我却震惊地发现，那赫然是Mary！

片刻后，Mary也发现了我，大呼小叫地凑过来："陈总！咦？你怎么在这啊？"

那一刻，我只想找个地洞钻进去，却还得硬着头皮问她："你怎么在这儿呢？"

Mary大喇喇地说："我妈给我报的这个，说挑好了早点结婚。"

我挑了下眉："哦……入门费那么高，都是你妈妈付的吗？"

Mary叹了口气："那倒也不是，她说我要学会自立，所以给我付了一半，另外一半都是我从牙缝里省出来的。陈总你不会也是来相亲的吧？"

现在的小女生可真不得了，难怪有那么多姑娘报名去上商学院。

我笑了下："怎么，奇怪吗？我也想早点结婚啊。"

这时，一位男士走了过来："两位美女聊得这么开心啊。可以认识一下吗？"

我知道这个男人是冲着Mary来的，便礼貌地站起来，说："我去接个电话，你们聊。"

在相亲Party上狭路相逢的事，很快就成了Mary和其他女同事在洗手间里的八卦话题。

巧得很，那天我也是听众，刚好早一步进了隔间。

隔间外，Mary边洗手补妆，边说："我昨天去那个相亲的自助Party了。"

同事甲问："怎么样？有没有好货？"

Mary难掩嘚瑟："就还行吧，去相亲，谁不是表现得人模人样的呀？留了好几个人的电话，看他们怎么约吧，反正这半个月的晚饭肯定是有的忙啦。"

同事乙给意见："那你一定挑个好点的，择优录取。"

Mary得意非常："那必须的呀，我入门费花了那么多，一定得挣回来啊！哎哎哎，我要说个正经事，你们猜我昨天在那遇见谁了！活见鬼了呀！”

同事甲忙问：“谁啊？陈可啊？”

Mary 一惊：“啊？你怎么知道？”

同事甲：“小新偷偷和我说的，说老女人的备忘录上写着去相亲，一个月三次相亲。哈哈哈哈。”

同事乙问：“什么？陈可还用相亲？她条件不差吧！”

Mary 理所当然地说：“可是她岁数大啊！表面上不急，估计回家都挠墙了吧！”

同事甲：“就是啊！”

还真是……呵，呵，呵！

Mary 接着说：“而且你知道她穿了个什么裙子吗？粉色泡泡袖！毛球耳环哦！我 18 岁都不穿那些了呀！哇，那个怯粉色哦，土得呦！”

同事甲：“那人家总要打扮得显年轻一点啦，要不然怎么嫁得出去啊！”

接着就是一串刺耳且肆无忌惮的笑声。

我没有冲出隔间，给那几个小姑娘一个下马威。

对付这样的小姑娘，我有的是办法，角度和高度，身为上级，我可以给她们穿小鞋，也可以决定她们的前途和去留，她们也很快就会知道，除了年轻，她们一无所有。

而眼下这份年轻，要不了几年，也会离她们远去。

一转眼，就到了实习生转正的审核会议。十个实习生齐刷刷坐着，都很紧张。

我翻了翻资料，抬头微微一笑：“紧张什么？在我小组做事，做得好，就给糖，做不好，就大棒。我可以教你，前提是你能跟得上我的节奏；我可以帮你，但你要对自己的决定负责；我只负责在职场上为你们领路，走多远，全凭自己的本事。”

所有人都沉默不语。

我接着道：“其实我个人都想你们能留下来，这三个月，你们的到来，让我看到了青春的朝气和力量，也看到了懵懂和不谙世事。回忆起自己刚入职场的种种，你们让我很有感慨，和我同入职场的很多同龄人，为什么有的人升职了，有的人却被忽略甚至被炒鱿鱼？职场就是一个微型社会，这里折射着你的品性和三观。”

我话音刚落，众人就面面相觑，有的人脸上挂着心虚，像是懂了，而有的人则一脸茫然。

我收起笑，将档案夹翻开：“好，我来念一下被录用的名单，被录用的人听到名字后去人事办理入职手续。郑伟、王子乐、许昕亮、张影儿……”

听到名字的人兴高采烈地起身出了办公室，很快就走了一大半，只留下 Mary，同事甲乙和小新四人。

我合上档案夹，慢条斯理地说：“现在留下的几位，经过人事部门的审核，可能不太适合我们部门，当然大家都很优秀，或许有更合适的地方可以得到更好的发展。”

她们四个都很震惊，更多的还有慌张。

小新率先哭了起来。

我看了她一眼，想到她对我的三字评价“老女人”，不禁一笑：“小新，很感谢你这一年多对我的照顾，你大三就来我身边工作实习，我和你感情最深，我把你当亲妹妹，很遗憾你当我是表姐。”

但这几个女孩子都没听懂这隐喻。

小新委屈道：“老师，我很努力的，我不知道自己哪里做得不好，您可以再给我一个机会吗？”

她到底在我身边久了，难免会有点心软。

我说：“我抽空会写邮件给你的。”

同事甲和乙也纷纷站起来求情。

我扫过两人：“我负责传达，有什么事情可以去问人事经理。”

Mary 这时不服气地呛了我一句：“哼，你是因为那天见完我，觉得丢脸，所以不想看见我了吗？”

她指的自然是相亲 Party。

我心里觉得好笑，双手按住桌子，凑到 Mary 眼前，声音很轻：“你知道公司为什么肯花很多钱让我去参加那种相亲活动吗？你钓金龟婿，而我寻觅客户。”

Mary 显然没想到是这样的答案，张着嘴，说不出话。

半晌，Mary 问："所以，你是为了工作去的？"

我淡淡笑了，起身往外走："我为什么要给你一个交代呢？"

我想，在那四个小姑娘眼中，我一定不仅是个老女人，还是个强悍的老女人，简称女强人。

而关于我女强人的形象，卢家凯第一时间就提出了反对意见。

那还是因为我在他家叫外卖，结果餐馆延迟送货，让好好的一顿午饭变成了下午茶，我大发雷霆，在电话里骂了餐馆负责人一顿。

只是再给送餐员打电话，却不接了。

卢家凯说："你都给人训成那样了，还敢接电话啊？"

我正在气头上："送错地址了就赶紧送过来啊！怎么又拿回餐厅去了呢！这个工作流程是什么逻辑啊！这不是浪费我的时间嘛！"

卢家凯劝我："哎呦你看你，这不是一堆饼干吗，你先吃两口，消消气，能怎么办呢，只能等啦。"

我说要投诉他们。

卢家凯反问："上哪儿投诉啊？餐馆派出来的服务员，你投诉了还是餐馆解决啊，你觉得餐馆老板会向着你吗？没有造成他们的损失啊！"

我气恨道："永久地失去我这样一个客人，就是他们的损失！"

卢家凯说："行了行了，你这是成功学的书看多了吧。"

这时，门铃响了，我立刻跑去开门，果然是送餐员。

就在我咄咄逼人地指责送餐员时，卢家凯也冲了过来，一把将我抱起，拿脚关上门，还将我摔在沙发上。

他说："你干吗呀！你瞧你刚才那个样，女强人的那个样儿！多讨人厌啊！"

卢家凯的话，让我记了很久。

正巧几天后，公司宣传部写好了我的专访，准备放在官网上，还特别将预览链接发到我的邮箱，让我先看一下有哪里需要修改。

我点开链接一看，那文章跃入眼帘，还有我的一张写真照。

文章标题：《陈可——通往女强人的成功密语》

我皱了皱眉头，拿起电话回拨过去：“喂您好，文章我看过了，没有问题，非常感谢，但是您看这个标题是不是可以再改动一下？”

宣传部的同事问我如何修改，我说：“把‘女强人’三个字去掉吧。”

对方又问我，去掉了改成什么呢？

我笑笑道：“嗯……就小女人吧！我本来就是个小女人嘛，算不上什么女强人，帽子太高了可不敢戴啊。”

附带一提，关于小新，我后来还真发了一封邮件给她，大约是因为她从大三就开始跟着我，或多或少有点感情，让我也愿意多说两句体己话，希望她能醒悟。

小新：

此刻的你应该哭肿了眼，不知道今天发生了什么事，也不知道明天要怎么爬起来吧。我想于你而言，今天一定是很艰难的一天，我想起了我的第一份工作、第一次泪水和一路走来的挫折和委屈。写下这封信，希望它能帮助你度过今天，迎接明天。

我知道在你眼里，我这种要奔三的女人已经老得如同隔夜菜了，四十岁的女人可以去死了。没关系，我不介意，因为我二十岁时也是这样想的。可是亲爱的，比老去更可怕的是人老了心智却还像个孩子啊。

好好工作吧，这是一切并非天生公主的女孩成为公主的最快捷方式。你不需要在我走近的一刹那赶紧关掉聊天工具，你也不应该在我要求你加班的时候编造出五花八门的理由去小姐妹的聚餐和 KTV 包夜，你更不可以到处吐槽我的工作 bug，你糊弄的、你不重视的、你负能量处理的，都将作用在你的未来上。

你是如此的幸运，还没毕业就来这么好的公司和岗位实习，可你却只羡慕我的名牌包包和我的钻石耳环，我想起我拼命攒钱买到第一只 LV 包包那天的心情，不是为我终于买到了 LV 而高兴，是为我拥有了可以买到 LV 的能力。你想要的，只要你努力，岁月都会给你，你能犯的错，也属于只有二十岁犯了才可以被原谅的错。

亲爱的小新，希望可以让你深刻地懂得如何去成长，祝你好运。

谁的一生中还没经历过几个渣男

PART 10

WOMEN IN BEI JING

001

时间过得很快，一转眼，我带领的小组又进来三个小年轻：许昕亮、张影儿和王伊萌，我们坐着商务车，一路赶往目的地。

除了我，他们三个都因为舟车劳顿而困倦地睡着了，我拿着刚上市的 Ipad，翻看着上面的《影视剧组广告植入营销方案》，心里真是一点底都没有。

不知道什么时候，张影儿睡醒了，说：“陈总你也休息一会儿吧，还得一个小时才能到剧组呢。”

我摇了摇头：“没事，一会到了剧组就要工作了，睡着了妆就花了，头发也没有造型了。”

事实上只有我自己清楚，我是因为担心这个案子而睡不着。

张影儿诧异道：“啊？我都没想到，那我也不睡了。”

我“嗯”了一声：“咱们小点声，让他们好好休息休息。”

张影儿便将音量放小：“好。陈总，你去过剧组吗？”

我叹了口气：“我也没有，完全没有接触过他们这个行业的人，咱们公司也是刚成立这个影视剧商务植入部门，还需要慢慢地摸索。”

慢慢摸索，瞎子过河。

张影儿的心思却在另一件事上：“那我见到明星，我能合影吗？能要签名吗？”

我没应。

直到我们赶到剧组拍摄现场，我站在监视器旁，旁观着场内剧组人员的工作进程，每个人都各司其职，根本顾不上我们几个。

我也没有出声打搅，既然不懂，就先看。

这时，张影儿按照我的要求，把手机递给其中一个员工并和正在补妆的男演员嘀咕了两句。

那男演员正在看剧本，心不在焉地点了点头。

张影儿回来时说：“陈总，没问题。”

我小声告诉她：“把广告飞页给导演组和演员看看，和他们解释一下，不用口播，只需要展示手机即可，导演给的镜头多停留 2 秒，演员接电话的时候，手指避开 Logo，让 Logo 显示出来就好。”

张影儿很快去了。

我便又往四周看，扫了一圈，刚好对上一个男人的目光，那男人一身日系装扮，有点品位，相貌俊朗，个子又高，衬着气质也好。

我们四目相交，互相回以微笑。

这时，执行导演喊道：“各部门准备啊，12 集 24 场啊。来，请演员到位！”

正在补妆的男演员起立，走到实拍的地方。

张影儿立刻递上了手机，没想到那演员却突然翻脸。

“我演的是个总裁，你觉得总裁应该用国产手机吗？他手里拿的，难道不应该是那种排队买不到的限量版手机吗？”

张影儿显然对这种情况没有经验，慌了：“导演……导演说可以啊！”

男演员便对着导演喊：“导演，怎么回事啊，不能这么没有要求吧！咱得讲点品质吧？”

那导演一看形势不好，直接将锅甩给张影儿：“怎么回事啊，最烦拍你们植入的戏了，要求那么多，你们跟制片人聊去吧！我这没接到制片人的命令，这场不拍了啊！过过过！”

张影儿一下子愣住了。

我就站在导演身后，立刻回身打了个电话：“许昕亮，给你半个小时，去星巴克，买三十杯咖啡来现场，要快，记得开发票啊！”

许昕亮动作利索，很快就拎着三十杯咖啡回来了，我和他一起逐个给大家发放。

结果发到男演员那里，却被助理拦住了：“我哥在默戏。”

我笑了一下，多拿出一杯：“你也喝杯咖啡提提神吧，真的是太辛苦了。”

演员助理顿时有点不好意思，接过两杯咖啡，转身给了男演员一杯，并在他耳边嘀咕了一句。

男演员没好气地对我说：“那个我解释一下啊，刚才的确是不太清楚你们植入是怎么回事，我对事不对人。”

我依然在笑，轻声说：“没有，您说得对，是我们工作没到位，昨天和制片人卢总通宵开会，做了飞页，太晚了怕打扰您休息，就没有给您拿过去，想着今天到了现场再和您说的，没想到第一场戏就要用手机，是我们经验不足疏忽了！”

男演员有点诧异：“哦？卢总同意了？”

我接着说：“卢总觉得国产品牌需要支持，她觉得您演的那个总裁，从海外归来，更多一分爱国的情怀，执意要用国产手机国产电脑，也鼓励自己做出类似的虽然是国产，但在国外很受欢迎的顶尖国货品牌来。”

听到这话，男演员的态度渐渐平缓，话锋也转了：“哦，这么说，这个人物比原来还饱满了些，人物就是得有劲儿，心里有信念，他就能吸引观众。”

我笑道：“卢总也是这么说的！看来是英雄所见略同，我们也是第一次做影视剧植入，也是向你们多学习！”

男演员说：“所有的设计，都要遵从人物，从人物出发。”

我便趁热打铁："是的，对了，我们代理了这个品牌，现在正在寻找国内代言人呢，国外代言人拟请贝克汉姆，年底将全线投放广告，因此手机品牌非常重视这次和您的合作，还委托我们私下和您的团队再谈一谈商务上的合作可能呢。"

男演员明显有些心动，却又对我拿乔，让我去和助理谈。

我又寒暄两句，终于让他松口，将刚才过掉的戏，安排在下下场拍出来。

一转眼，我就在剧组拍摄现场外找到了正在委屈掉眼泪的张影儿。

我叹了口气说："好了别哭了，眼泪解决不了任何问题，还会让人看笑话。"

张影儿赶紧背过身去不让路过的人看见。

"好，我不哭了。陈总，代言人这件事不可以呀，手机已经定了代言人了，据说都在走合同了！"

我不由得笑了："那只是缓兵之计，要不然今天这场戏就拍不了了，我们的损失和剧组的损失都会很大。"

张影儿有点茫然。

我接着说："好了，你和厂家迅速联系一下，让他们加个急，在手机壳上刻上这位爷的名字，最好在我们离组之前就能送过来，我们送给演员，后面的戏他就不好意思不配合了。"

所谓礼多人不怪，面子给足了，就等于给了他台阶下。

张影儿立刻去了，我又让王伊萌把刚才演员拿着手机的画面发给我，我要转给厂商看。

谁知，王伊萌竟然说："陈总，我……我刚才光顾着检查 Logo 画面，忘了拍了……"

我的火顿时拱了上来。

只是还没发出来，这时，走过来一个男人，正是刚才在场内和我相视一笑的那位。

他叫黄越彬。

"我拍到了，来我这儿拷吧。"

我有些意外："谢谢你。伊萌，算你走运，你得拿没被扣掉的工资请帅哥吃饭。”

但黄越彬的目光却一直落在我身上：“不必客气，小事一桩，不如收工去坐坐？”

不知道和黄越彬的意外相识，算不算是一场艳遇？

自然，黄越彬英俊帅气，又有品位，我也没有拒绝的理由。

那天晚上，我和黄越彬一起去了酒吧，他换了一身清爽的休闲服，更添几分魅力，就连他剪雪茄的姿势，都格外从容。

说实话，我心里或多或少有点心动，尤其是说话时，他会一直盯着我的眼睛，那里面还诉说着会让女人胡思乱想的东西，让我无处可躲。

我还记得，黄越彬是这么形容我的：“你们今天一来我就注意到了你。因为你走路带风，呼呼的。”

这话直接逗笑了我。

后来，我们交杯换盏，聊着彼此的人生和背景，我这才知道，黄越彬是从美国留学回来的，专业是广告导演，还在国外得过无数奖项，只可惜在中国没有发挥之地，只能暂时在剧组做纪录片导演。

而且从他的言谈中不难知道，他是个博学多才的男人，他可以从天文地理谈到哲学音乐，再谈到人文关怀，哦，还有因为坚持艺术梦想而不得不面对的穷困潦倒。

那一刻，我突然明白了什么叫怀才不遇，更有股冲动，想竭尽我所能的向这个郁郁不得志的男人伸出我的全部援手。

走出酒吧后，我对黄越彬说：“虽然我不在这个行业内，但是我知道，大艺术家都需要时间。”

越是有真才华的人，往往越晚出头。

黄越彬突然说：“你等我一下。”

然后，他就起身走到路边，蹲低身子用手机去拍一只蜷缩的流浪狗。

我就站在那里，看他专心拍摄，心里荡漾。

直到黄越彬走回来，给我看他拍的片子：“我正在拍一个关于流浪狗的纪录片。流浪狗的背后折射的是当下城市人的漠然与孤独。”

我抬起头，看着那双深邃的眼眸，不自主地点了下头。

话说回来，黄越彬这个男人，和他相处越久，越能认识到他身上的才华，过了没几天，他就给我拍了一系列十分有气质的照片，我很喜欢。

他还带我去 798 看展览，跟我讲解那些艺术品。

在着装上，他更给了我不少意见，有时候明明是我挑衣服的眼光出了问题，他却说："亲爱的，我能说这家店里所有的衣服都配不上你吗？都太没有质感了，让他们远离你吧，以后你买衣服，必须经过我的同意，我给你搭配每天穿什么，好吗？"

听得我是心花怒放。

但我也得承认，女人在被男人迷惑时，或多或少也会做出一些倒贴的行为，尤其是对黄越彬这种男人。

他在女人眼中，既是极品，又是艺术品，既帅又忧郁，很容易就会让女人不自觉地掏出钱包。

当然，他也是有技巧的。

就好比说那天在一家男装店门口，黄越彬站着不动，一直看着里面，脸上的神情还有点忧伤。

我说："这家店装潢得真有感觉，进去看看？"

黄越彬道："真想把这个店里的衣服都买下来，每一件都是艺术品。"

我笑着要拽他进去，他却有些黯然神伤地拒绝了："买不起，走进去感受的都是绝望和侮辱。"

我一下子就有些不落忍，便说："我去个洗手间，你能帮我去楼下买杯咖啡吗？"

等黄越彬一走，我就从包里拿出卡和钱，直奔收银台办了一张储值卡。

一万块，让黄越彬不那么难受，当时的我认为这是值得的。

直到黄越彬端着咖啡回来："喏，咖啡。"

我也递上了那张卡："喏，艺术品。"

他抱着我大喊着爱我，还说从来没有人对他这么好。

_002_

后来那一段时间，我身边的同事都在说，最近的我越来越有气质。

唯有卢家凯，对我的改变有点嫌弃。

那天，我请他来家里，还让黄越彬亲自下厨。

没想到卢家凯进门后环顾一圈，见到墙上的电影海报和摆放的那一堆洋酒，直皱眉头，还问我那些电影我都看过吗?

我说："你管我呢。"

卢家凯啧啧有声:"这怎么还酗酒了呢！哎，这瓶我知道，可贵啦！"

我淡淡地说："挣钱是干吗的，不就为了花吗？"

这时，黄越彬系着围裙从厨房里出来，手上还端着一大盘生鱼切片，往餐桌上一放又回厨房了。

黄越彬喊道："稍等一会儿就开饭。"

卢家凯又有看法了："你家这做饭都不用开火，好么，都是冷餐，吃了不拉肚子吧？"

我忍不住啐他："你懂什么啊，这可是奥地利运来的葡萄酒，法国运来的鹅肝酱，日本空运的鳗鱼，这个是德国的香肠火腿。"

卢家凯问："这坚果哪儿来的？"

我说："算你识货，这叫鲍鱼果，坚果之王，加州空运而来！"

卢家凯边说"我看看跟通州的坚果有什么不一样"，边捏了一块要往嘴里送。

我立刻说他："你能不能有点餐桌礼仪呀！"

卢家凯却挑剔起背景音乐："大姐，您这放的什么丧葬音乐啊，能不能换个喜庆点的？"

我立马制止他："你小声点！这是日本的歌舞伎音乐，歌舞伎你知道吗？"

卢家凯乐了："你也是昨天才知道的吧？就别跟我这展示学识渊博了。"

我"哼"了一声，决定讨厌他三分钟。

没想到卢家凯又问我，黄越彬住我这里掏不掏房租，这些吃的喝的，到底是我买的还是他买的。

我差点对他下逐客令。

直到卢家凯打道回府，我送他到大门口，一抬眼，就见他对我一个劲儿使眼色，我没办法，只好找借口对黄越彬说，我送送卢家凯，顺便到楼下买东西。

一下楼，卢家凯就寒碜我："你瞧你刚才那个小妾的模样，都不像个正室。"

我问他到底怎么了。

卢家凯说："这个黄越彬，和你不是一路人。"

我又问怎么就不是一路人了。

他说："一个四川人，为了爱情，连火锅都不吃了，你可真卑微。"

我完全不以为意："这叫伟大好嘛，为了爱情，我一个四川人连火锅都不吃了。"

卢家凯没好气道："你就不能找一个你处起来不费劲、我们处起来也不费劲的男朋友啊？"

回想起来，好像卢家凯对我的男友们都很不满，以前对于扬也是。

我说："太简单的事没挑战性，我不愿意干，没意思。"

卢家凯冷笑："那就祝你早日踏平北京，改变全世界！"

就这样，卢家凯没好气地走出小区。

我当时心里就在想：卢家凯，你个神经病，暗恋我吧？！

话说回来，黄越彬的艺术家气质，有时候也挺磨人，透着一股矫情。

就好比说有一天晚上，我们在家里一起看电影，那电影的内容晦涩难懂，又沉闷，我真是困得不行，却又怕黄越彬介意我打哈欠，只能强撑着。

直到我的手机响起，将我惊醒。

我立刻按断电话，再一抬眼，黄越彬已经打开客厅的灯，怒瞪着我。

我问他怎么了。

他说："看电影手机静音，是对电影最起码的尊重！你让这部电影的质感打了折扣！"

我立刻跟他道歉："对不起对不起！我下次注意，我们继续看好不好。”

黄越彬却不依不饶：“我的情绪都打乱了，它衔接不起来了！”

我有点手足无措：“啊？那……怎么办，我们换个片子看？看周星驰的电影好不好？我真的对不起，你再生气我都不知道怎么办了。”

没想到黄越彬态度一转，又放低了声音：“……对不起，我刚才激动了，尊重艺术，是我的底线，我希望你能明白。”

我点头如捣蒜，一直跟他保证我明白。

黄越彬握着我的手说：“我希望你能成为更好的人，虽然你现在就很好。”

我很快就顾左右而言他：“对了，就那个手机，他们要拍广告片，我们公司接了这个案子，我可以请你……帮忙拍这个广告吗？我实在不认识人，按理说找你真的大材小用了，但我真的不……”

没想到没等我说完，黄越彬就一口答应了：“我可以！你的事就是我的事！”

结果，黄越彬却在这件事上留给我一堆烂摊子。

拍摄现场我没有去，后来也是听人家在电话里跟我抱怨、问责，才知道原委。

听说那天，黄越彬的艺术家脾气又上来了，四处挑毛病，第一个就拿美术开刀，要把红苹果换成青苹果。

哪怕美术告诉他，这个方案已经定了，不能改，而且红苹果和手机是同色系，很匹配。

黄越彬却偏要撞色，还说实际操作中发现问题，就需要改。

就连客户代表都看不下去，上去规劝，说方案是公司会议上通过的，最好不要动。

美术一看客户代表都说话了，更有底气，两人一唱一和，直接把黄越彬刺激到了，当场就拿起桌上的苹果砸在地上，还指责人家，既然拿了钱就要努力做事，一定要尊重自己的职业。

美术也不退让，也不认为自己不尊重职业，而且方案是客户定的，这又是在怀柔，上哪儿给他找青苹果去。

没想到黄越彬却扯起好莱坞。

两人吵得不可开交，最后直接引发众怒，几个小伙子围上去，黄越彬才怕了。

翌日，我就接到了客户蔡总的投诉电话，一个劲儿地跟人家赔礼道歉，还要负责租用场地和各部门的损失，还承诺对方，一定安排好第二次拍摄。

等我好不容易劝住了蔡总，刚喝了口水润润嘴，蔡总的电话就又打进来了。

蔡总说，无论如何他们都不会再和黄越彬合作，而且今天他们公司就会发一个严正声明，还会将他的名字写进行业黑名单。

我一时摸不着头脑，问他："蔡总，您这不是刚挂电话么，怎么就……"

蔡总冲我喊："你自己看看他刚才在网上发了什么！点名道姓辱骂嘲讽我们公司！"

我心里一咯噔，立刻点开微博，见到这样一条："悲愤交加！国内广告业的阳痿都是因为客户屁都不懂还爱瞎 BB！"

附图还是客户的手机摆放在一盘红苹果里。

我简直目瞪口呆，第一时间给黄彬越打电话。

但黄越彬根本不接电话，直到赶回家里，才见到他给我留的那张纸条，写着："对不起，我想我还是没办法适应国内的生态圈，我不能再拖累你了，再见。"

就这样，黄越彬收拾包袱走了。

我气得一把抓起纸条，撕成渣。

我和黄越彬的关系，就这样无疾而终了。

那之后几天，我一直忙着给他擦屁股，百忙之中才抽出一点时间跑到上次和他一起去的商场，要求停掉那一万块的储值卡。

没想到，已经刷光了，呵呵。

话说回来，这次失恋对我造成的伤害并不大，也不知是年纪上去了，还是经历得多人都麻木了，只要第二天早上闹钟响起，我的身体就会自动自发地从床上站起来，进洗手间收拾自己。

再出来，便又是那个朝气蓬勃的上班女郎。

这就好像前一晚我才看了一场让人心碎的电影，晚上还梦到光怪陆离的梦境，但是一觉醒来，这些都被我抛诸脑后。

生活，似乎已经教会了我如何适度悲伤。

至于黄越彬，我后来在那家商场里又见过他一次。

那天，我带着几个手下，依然是为了工作忙碌。

王伊萌不再丢三落四，按部就班地订好了包间并和客户确认好时间。

我夸她长记性了，她说："这点小事再犯错，我就自己要求离职啦。"

我点点头，笑道："慢慢来，工作初期都是打杂的琐事，但是细节里藏魔鬼。"

自然，细节也能决定成败。

这时，许昕亮递给我一个报表。

"这是一会要给客户看的报表，您再确认一下？"

就在我正要接过文件夹时，眼皮一抬，赫然看见黄越彬，他正和一个女人手拉手地从前方走过。

我没动声色，目光落在那女人手上的限量版爱马仕。

那女人自信而优雅，正在和黄越彬聊天，十分亲昵，充满了魅力。

我不由得愣了一会儿，心想着，黄越彬啊黄越彬，你怎么就这么渣，这么无耻呢，干脆改叫黄鼠狼算了！

是啊，黄越彬就是黄鼠狼，而我就是被拜年的那只鸡，他没安好心，我却还沉醉其中。

嗯，还真是活到老学到老，没想到爱情场上经历这么多，我还是被这样一个男人上了一课。

我好一会儿没吭声，一直到黄越彬和那女人的背影走远了。

许昕亮这时问我："陈总？看什么呢？那是我们的客户吗？"

我轻笑一声："不是，你看她背的包，特别贵。"

这件事，我后来也没忘记在姐妹的聚会上吐槽，我还从网上找到那个包包的图展示给桔子和笨笨看。

"那天我看见黄越彬和一个女的搂着，我才知道他在跟我一起的时候就找好下家了才和我分手的，我本来气血攻心都想上去打他了，结果我看见了这个，那女的背的这个包，我回家一查。四十五万一个！四十五万！”

桔子和笨笨看我越说越激动，赶紧拉住我的手安慰。

桔子：“宝贝儿，万一是假包呢？别放心上。”

我几乎把牙齿咬碎了：“不！那女的有背真包的气质！她撬走了黄越彬，我服！”

笨笨一头雾水：“啊？你是不是气糊涂啦？”

我摇头：“不！我服！输得心服口服！是我技不如人！”

是的，我心服口服，但我服的不是黄越彬的登高望远，踩着我的肩膀往上爬，一山还有一山高，而是服那个女人。

那个比我优雅，比我有气质，还比我有钱的女人！

这场战争，我输的不是黄越彬，而是那个只露一个背影给我的女人。

桔子和笨笨面面相觑片刻，半晌才似乎明白我在说什么。

桔子劝我：“这就对了，咱也挣个四十五万的包去！咱也培养背这么贵的包都不怯的气质去！”

笨笨也说：“我刚看了一句话送给你，你若盛开，清风自来！加油！”

我用力点头，四十五万，四十五万，四十五万……

我满脑子想的都是，什么时候，老娘也要风轻云淡地买一个四十五万的包，谈笑间樯橹灰飞烟灭！

对了，还有感谢黄越彬，谢谢这个混蛋，让我长了一回见识！

北京的月亮真的比老家的圆

PART 11

WOMEN IN BEI JING

001

我们公司要团建，下个月去香港的迪士尼，得知消息后，整个小组都兴奋了。

我预备给下属们几天时间回老家办好手续，却没想到一问之下才知道，除了我之外所有人都办完了。

我觉得有点尴尬，却也没有办法，只好请三天假，回老家一趟。

一下飞机，还没进家门口，我拉着行李箱走在街上，就忍不住打电话给家乡的朋友们，要约火锅，要约串，要聚会，要 High。

回到家，我心满意足地睡了很长的一觉，感觉像是一辈子都没睡过这么久了，而且怀里还抱着童年时代就一直陪伴我的大熊玩偶。

直到我妈走进来，拉开窗帘，让阳光透进来，说："起来吧，吃点东西，这么干睡十二个小时不饿啊？"

我愣了："啊？我睡了十二个小时？"

我妈说："睡得可沉了，你们工作这么辛苦啊？"

一说到工作，我就紧张，连忙四处摸："天哪，我不会睡失忆了吧？

我是谁，我在哪儿，我的手机呢？”

我妈从她的兜里拿出手机：“给你充满电了。”

我嘴里碎碎念着：“我同事肯定找不到我，急疯了。”

只是当我打开手机，见到的却是一片空白，里面居然没有一个未接来电或者短信。

我问我妈：“妈你帮我接电话了吗？怎么一个显示都没有。”

我妈说：“没有啊，我没动，它一直也没响。”

我简直不敢相信，又仔细看了一遍手机，直到我妈喊我出去吃饭。

临吃饭前，我坐回床上盘着腿，点开命名为“奔跑吧，大家伙儿！”的微信工作讨论组。

“大家早上好。”

立刻有同事跳出来回：“陈总，现在已经下午一点啦！您是刚醒吗？”

我说：“没有没有，一早爬起来忙到现在，哈哈午安午安，有什么需要我看的吗？”

那同事说：“暂时没有，我们努力自力更生，您就安心休假吧，Have fun!”

我回复了一个“OK”，下床去吃饭。

没想到，我才离家几年，就对这里的一切都不适应了。

比如洗个澡，我手里抓着家里一瓶不知名的洗发水，用了半天劲儿也挤不出东西来，没办法，只好对我妈喊：“妈！妈！没有洗发水了！一点都没了！”

我妈的声音很快传进来：“你往瓶里灌点水，还能用几次！”

“啊？！”

没办法，我只好往里面灌点水，结果根本搓不出沫儿来。

我妈又着急上厕所，急急忙忙地催我。

我只好加速洗头，连头皮都要挠破了，三下五除二地洗完，赶紧将洗手间让给她。

我妈还念叨着：“你吃了饭再洗澡不行啊？”

我没说话。

事实上，起床之后立刻洗澡，早已是我这几年养成的习惯了，每天一觉醒来，意识还模糊着，身体已经会自动做出反应，按部就班地做它该做的事。

一旦节奏打乱，我会焦虑。

再说老家这边入境大厅的办事效率，又慢又艰难，简直令我无法想象。

我在稀稀拉拉人数不多的队伍里焦灼地站着，时不时就往前看着，心里火焦火燎，再看别人，一个个都很悠闲，好像大家都早已习惯了这样的办事效率，只有我是热锅上的蚂蚁。

我念叨着："怎么这么慢啊！办个证件怎么还聊上家常了？"

但是根本没人搭理我。

直到排在我前面的人渐渐散开了，我往前一看，见牌子上写着"休息中"。

我惊讶了，上前问："啊？这怎么就休息了呢？这还没到五点呢！没到下班时间呢！"

窗口人员说："我们不得整理一下今天的资料啊？明天来吧！"

我更加着急了："啊？你给我加急办理一个好不好，我从外地回来办的，还得回去上班呢！"

但窗口人员理都没理我，直接离开了。

我顿时气涌如山，立刻拨电话给李晓芸。

李晓芸很快就在入境大厅里给我找人单办，只是她拉着我去那人的办公室时，我还拉着脸，心里有气。

李晓芸劝我："干吗呀，不许掉脸，咱们这儿都这样，不找人都办不利索。"

我忍不住吐槽："真费劲！"

李晓芸笑道："你们北京是国际化大都市，肯定哪儿都比这好，你就适应一下，适应一下好不好嘛！"

我终于没再吭声。

李晓芸敲开办公室的门，问：“朵朵，你在吗？”

原来那个窗口的服务人员叫朵朵。

“啊，晓芸你怎么来了？”

李晓芸说：“我发小来办港澳通行证，特别着急，明天就得回北京上班去了。”

朵朵回道：“这么着急怎么不早回来办嘛。在北京怎么不能办？没弄个北京户口啊？”

我心里的火又腾地一下涌上来，差点就飙了。

但李晓芸一把把我拉住：“就说的是啊！他们公司变态！周扒皮！早不说！不让人活！折腾死人了！只好来找你帮忙了啊！”

朵朵说：“哎呦。那不然办个加急？”

就这样，李晓芸拉我进了办公室。

那天下午，我和李晓芸去看电影。

看到一半，我又开始焦虑了，直接从电影院里走出来。

李晓芸跟在我后面，问我：“干吗呀？这还没放完呢！”

我忍无可忍道：“这电影院里聊天接电话我都忍了，怎么居然还有人撸串，嗑瓜子！这都什么素质啊！”

李晓芸说：“他们干他们的，我们看我们的呗。”

我接着抱怨：“哎，最可气是我隔壁那男的，一直跟他女朋友剧透刷存在！”

李晓芸回道：“我听到了！他说‘你猜他怎么着了，跟男主作对，肯定要死，哈哈’。”

显然，李晓芸也早已习惯了这一切。

我顿时有点无奈：“算了，时间也差不多了，咱们吃饭吧。”

我和李晓芸手挽着手走在路上，正准备赶去和同学们约好的局，我问她都有哪些人要来。

李晓芸说：“不晓得，骁骁在张罗。哦对了，王佳佳和你联系了吗？”

我说：“没有啊，她也在吗？”

李晓芸说：“她在深圳啊，她去年离开北京到深圳了，你不知道吗？”

我有点惊讶："不知道啊，没和我说，她去深圳干什么了？"

李晓芸给我描述："说在北京待得压抑，挣得太少，花销太大了，去深圳换个环境重新来。"

我更意外了，王佳佳还真有魄力。

李晓芸接着说："我发现你们在北京的老同学，怎么还没我们联系紧密啊！"

我还能说啥?

只能说，北京真的太大了……

聚会上来了不到二十个同学，一个大包间，坐得零零散散，还有的人推着婴儿车直接把孩子带过来了。

李晓芸一向人缘好，和大家谈笑风生。

这时，这几年都没照过面的王涛，带着一个女人出现了。

他和大家寒暄了一圈，直接坐到我对面，他身边的女人看上去落落大方，颇有气质。

李晓芸问："王涛你给介绍一下呀，这让我们怎么喊啊？"

王涛笑道："我媳妇，万芳，做实时翻译的，北京人。"

李晓芸嘴可甜了："嫂子好！那你是电视上那种，国家领导人出去访问，旁边站着的那种翻译吗？"

王涛颇为得意："对，她经常陪同领导人出去访问，也做一些比较重要的国际会议的实时翻译。"

万芳也跟着道："我俩上周刚领完证，这次请假回来见王涛爸妈，明早回去后天要飞美国。"

除我之外，所有人都发出了"哇呜"的惊叹声。

王涛却只是对我投来一个眼神，透着炫耀，透着鄙夷，让我一下子有点消化不良。

我也一下子体会到了同学会的意义和存在价值，它就是我们长大之后的一味兴奋剂，混得好的人在这里刷存在，混得不好的也在这里找存在。

算起来，我们毕业也才五年，男同学们大多已经谢顶，有了啤酒肚，女同学们抱团讨论着鲫鱼汤到底能不能帮助下奶。

我在旁边，根本插不上话，我和他们格格不入，只是表面挂着融合的微笑，内心里却难免鄙夷他们的生活。

但也许，他们也是这样看待着我。

这就是我的老家，攀枝花，是我土生土长的地方，有我融入不了的尴尬，我知道我再也回不来了，事实上，我也真的不想回来了。

还有件事，值得一提。

就是那天我和李晓芸去做美甲，我们正挑选着样式，那美甲小妹看到了我的苹果手机，便问我："哎，你也是苹果的手机啊？"

我说："哦，是啊。4 代。"

美甲小妹说："我也是！"

然后，她拿起了自己的手机，又看了一眼我的手机："哎？你的手机怎么才一个摄像头啊！"

这话把我问愣了："啊？苹果都是一个摄像头啊。"

美甲小妹咋呼起来："怎么可能呢！两个啊！你那是假的吧？"

我当时就震惊了。

李晓芸这时说："怎么可能嘛！她是在三里屯苹果店里买的呀！我老公的都是她帮买的呀！"

美甲小妹立刻一副"哎呦我是不是说错话了，这个用假手机的女人怎么回事，还骗自己姐妹呢"的神情。

然后她笑了笑，说："哎呀，我也不太清楚啦，我给你们拿色板去啊！"

等她离开，李晓芸问我："苹果到底几个摄像头啊？"

这话直接把我问得更不爽了："一个啊！我能骗你啊！你上官网看看啊！"

李晓芸忙说："哦，没说你骗我，你看你现在脾气怎么这么大啊，一会做个带钻的好不好？"

我吸了口气，还是有气："带钻的干活不利索，我就纯色好了。"

这时，美甲小妹的手机响了起来，那来电声音的音质堪比音箱，而且还放着歌曲《爱情买卖》。

我忍不住说："你听她那个手机声音，就是个山寨手机啊！"

李晓芸问："声音有什么不一样吗？"

我说："苹果手机怎么能放这广场舞的音乐啊！不支持这个功能啊！"

可李晓芸压根听不懂，疑惑地看着我。

当时的我，只觉得生无可恋。

002

第二天，我去了家楼下的小卖店，以前经常光顾，那老板和我很熟，一见我就打招呼。

"呀！丫头回来了？"

我说："嗯，回来办个港澳通行证。"

老板："要买点啥子？"

我不假思索地问："有欧莱雅的洗发水吗？"

老板一脸茫然："啥子牌子？没听过，好像没得卖，看看其他的呗。"

只是我浏览了一圈，一个都不认识，反复仔细看了半天，拿了几瓶准备结账。

结账时，老板问我："丫头，你这一年也就回来一两趟，你妈妈不想你呀？"

我说："她有时候也去北京陪陪我。"

老板眉开眼笑："上次你妈妈回来，还给我带北京的那个点心了，好吃得很。"

我也跟着笑："喜欢吃的话，下次还给您带！"

老板突然问："北京是好啊！丫头，北京的月亮就是比咱们这圆吗？"

这个问题可问住了我，我不知道怎么回复，也不想回复，只好赶紧拿钱包，习惯性地抽出一张银行卡付账。

老板说："不能刷卡，有现金不？"

我又开始找现金。

等我付完钱走出门口，刚好听到老板和正从后面出来的老板娘的对话。

老板说：“北京回来的就是不一样，说话都是您啊您啊的，真有礼貌！”

老板娘搭话：“那以后让小川也去北京。”

老板又说：“北京都不用现金了，都用那个机子刷银行卡的，我们也弄一个？”

老板娘舍不得：“弄那个干吗？一个机子好几千。”

买完洗发水和沐浴液，我第一时间就回家里洗了个澡，都是全新的，心情也跟着好起来，听着水流声，都想跟着哼首歌。

我妈在外面喊：“怎么又洗澡啊，上午不是洗了吗？”

我愣了一下：“啊？回家洗一个，睡得好啊。”

这也是我这几年在北京养成的习惯，晨间洗澡对我来说是充电，是让人迅速恢复精神，而晚上，是为了解乏，为了冲掉在外面沾了一天的污渍和疲倦。

我妈这时说：“不洗就睡不好了？”

我说：“哦，不洗就睡我会失眠！”

没一会儿，我妈的声音又追了进来：“你床头放个蜡烛干吗？又不停电！”

我说：“那是香薰，辅助睡眠的！”

我妈抱怨着：“还搞起失眠来了！哪儿那么多毛病啊！”

是啊，我怎么这么多毛病啊？

不知道什么时候，工作上的压力和紧张，让我成了睡眠困难户，睡得浅，睡得慢，有时候还彻夜不眠。

在家几天，我妈眼里的我，身上毛病越来越多。

就好比说吃饭的时候，我习惯性地一手拿筷子，一手翻看手机。

我妈数落我：“吃饭就吃饭，拿着个手机干什么啊？”

我头也没抬：“我刚淘宝买了洗发水和沐浴露，三天到货啊。”

我妈有点惊讶：“怎么又买洗发水沐浴露，你不是买了吗？”

我说：“那是应急用的，不好，用了起头皮屑。我买的这个国外的，纯植物提取的。”

我妈说：“我用了怎么就没事，你不用给我买国外的那些。”

我回道：“我回来的时候用啊！”

我妈的声音扬了起来：“你一年才回来几天啊！”

我也不由自主地提高音调：“回来几天也得洗干净头发啊！”

我妈很无奈：“吃饭吃饭。”

我放下手机，又开启一个新话题：“我明天给你安装个路由器，把 WiFi 装上，这样手机就可以上网了。”

我妈说：“我不用上网，那个路由器我知道，报纸上说那玩意对身体有辐射，不要。”

这下，换成我感到无奈了：“那都是谣言！你每天给我发的那些微信养生链接，全是谣言，你也信？”

我妈理所当然的：“怎么不信呢？大家都在发啊！”

我说：“妈，你怎么跟广场舞大妈一个套路了呢，你怎么拒绝更好的生活呢！”

我妈的道理一套一套的：“我现在的生活就是最好的生活啊，是你在干扰我！你原来过的也是这样的生活，去了几年北京，就不知道自己怎么回事了！在首都，就比我们高级是吗？”

我这才词穷了。

怎么，原来的我，过的也是这样的生活吗？

受到我的感染，我妈也开始用淘宝了。

那天晚上，我和我妈一起在客厅的沙发里看手机，心不在焉地听着电视剧里的声音，谁都没有看进去。

我妈问我淘宝网怎么关联银行卡。

我头也没抬：“你就把银行卡号输入就行了。”

我妈又说：“可是要上传身份证，我拍了身份证了啊，可是怎么在相册里找不到呢？去哪儿了？”

我依然聚精会神在工作上：“你那手机我也没用过，你自己找找。”

我妈说：“我要能找到我问你啊？你给我看看。”

我失去耐心：“妈你等会行不行！我这看一个合同呢！错了就麻烦了！”

糟了，刚才看到哪里了？

我妈连忙将电视关小声。

我盯着合同，说：“妈你不用管我，你看你的电视，我一会给你弄手机。”

我妈说：“没事没事，好好工作。”

我对着微信讲语音：“合同我看了一下，我一会把几处要修改的写好回给你，稍等一下。”

我妈又将电视的声音关得更小。

我看了她一眼，起身去了洗手间。

我坐在马桶上，干脆把电话打了过去：“我妈看电视呢，我挪厕所和你说，其实这次合作我们要强调的几个重点不外乎是要把权益最大化，我前几天把剧本都看完了，总结了几点，你拿笔记一下，第一，女主人开的咖啡厅，可以用商品名字命名。第二点，剧本里出现的所有等车的戏，你找出来，在车站放产品广告牌……”

只要一聊起工作，我就经常忘记时间，忘乎所以。

也不知道聊了多久，我听到手机的提示音，看了一眼，连忙说：“我手机电量不足百分之十了，你先把刚才说的那些做个记录，我把手机充好电之后我们继续往后说。”

我边说边站起身，一开门，把我吓了一跳。

我妈就站在门口，看着我。

我问：“妈你站这儿干吗？要上厕所你敲门啊！”

我妈说：“你怎么进去那么久啊，半个多小时啊！给你，用用这个。”

她说完，就递了一个东西给我。

我定睛一看，居然是开塞露……

天哪！

“妈！我没便秘！”

“没便秘你蹲那么久！”

我被我妈问得哑口无言。

第二天，我又和李晓芸一起去了出入境办事大厅，结果被当头泼了一盆冷水。

那个叫朵朵的服务人员前一天家里突然有急事，急忙就走了，根本没有交接工作，眼下又是周末，办不了，最快也要下礼拜了。

我诧异极了："什么？！她为什么不交接工作啊！"

对我来说，这简直不可思议。

可那办公室里的大姐却理所应当："人家家里有急事啊！"

我郁闷极了。

就这样，我错过了这次香港迪士尼的团建活动。

当我送同事们奔向机场时，我将自己的空行李箱递给张影儿，嘱咐她帮我代购。

张影儿满口答应。

我和大家拥抱告别，又立在原地一会儿，看着大家的背影。

李晓芸的电话这时打了过来："你的港澳通行证在我手里呢，我给你发最快的快递，明天肯定让你收到！"

我又好气又好笑："不要了！我都已经目送同事们飞走了！我去不了啦！"

李晓芸说："哎呀反正都办下来了嘛，就先寄给你，以后去就方便啦。你看你的工作多好，还能有机会去香港呢！我连个飞机都没坐过呢！羡慕死你了！"

说起香港我就来气："唉！你说咱们那这办事效率，慢得跟乌龟一样啊，我原来没觉得北京有多便捷，现在觉得真的……幸福是个比较级，我爱北京！"

几十分钟后，我灰心丧气地回到小区，老远就见到门口聚集了一群人，叽叽喳喳地讨论着，还挡着路口。

我有点好奇，走上前，正听到大家围着小区内停放的一溜车议论着。

"什么人啊"，"缺德"，"什么素质"，"报警""划的都是外地车牌"，这些声音不绝于耳。

再走近一看，起码连续的五六辆车，都被人恶意地拿锐器划了很明显的一条，可见是有人一路走一路划的，而围在一起的有车主们，有围观的大爷大妈，还有电视台的记者。

这时，记者举着麦克风，后面跟随着摄影小哥，向我走过来。

记者对我说："您好，我们是生活频道的，今天小区里发生了外地车普遍被划的事件，您是怎么看这件事情的？"

我立刻挡住脸："不好意思，我还有事，您采访别人吧。"

与此同时，一个义愤填膺的大爷在一旁喊了起来："记者同志，我要说两句！就我们这个小区里，有很多外地合租户，把好端端的一个房子隔成五六间，非常的不安全！不卫生！我住在他们隔壁，每天被扰得睡不好觉，外地人来我们北京，我们欢迎着呢，可咱不能坏了规矩啊！你瞅瞅，这一溜停的都是外地车，你都买得起车，你干吗不买正规的停车位啊！"

身为外地人的我，一句话都没说，默默走开。

三十岁没有床伴是可耻的

PART 12

WOMEN IN BEI JING

001

三十岁以前的我，一心都扑在事业上，感情也屡屡受创，我还以为，大家都是如此，把心思放在一边，另一边就会疏忽。

就好比说男人、感情，甚至是一夜情。

忙碌工作之余，偶尔我也会去酒吧小酌几杯，自然会有艳遇，会和异性有交流。

那天晚上，就是一个在工作上和我有过短暂交流的男人，把我送出的酒吧，还一路送我回家。

等我醉醺醺地从出租车上下来时，他还扶了我一把，说："你喝多了。"

显然，这句话背后的意思是，我喝多了，走不了，他得一直扶着我回家。

我说："没有，谢谢你帮这么大的忙，以酒明志啊！你帮我这一回，以后我能出什么力，你尽管找我，我就住这儿，你随便找我。"

这话也很明白，请他止步。

男人说："你可不是这么随便的人。"

我觉得好笑，带着醉意上前一步，眯着眼看那个男人："谁说的？别假装很了解我，我们才见过几次？"

男人说："三次，第一次在你公司，第二次在我公司，第三次在今天的酒吧。"

我问："然后呢？"

他说："每一次，我都清楚地记得。"

暧昧的气息在我们之间弥漫着。

我很直接地问："你是不是喜欢我？"

他反问："你说呢？"

然后他一把搂住我的腰，问我："我可以把你送上楼吗？"

我呵呵笑着，同时思索着这种可能性。

直到出租车司机等急了，喊道："还走不走啊？！"

我一下子醒了神，把他的手从腰上拿开："师傅等急了，快回家吧。晚安！"

就这样，我第 N 次拒绝了艳遇，拒绝了和男人的可能性。

在经历过前几次感情上的挫折后，我把心思都放在了工作上，结果证明，这种选择似乎是对的，我在工作上得到了很大成就，代价只是牺牲和那些渣男的纠缠，以及浪费时间。

女人要奔事业，就要牺牲家庭和爱情，这天底下没有两边都占便宜的好事。

只是我没想到，我的属下居然可以两者兼顾，啪啪打我的脸。

那天，我带着张影儿、许昕亮、王伊萌和客户见面，来者是一家母婴用品公司的二人，他们还带了一桌子的产品。

合作敲定之后，客户被张影儿送了出去，我对许昕亮和王伊萌说："这些产品，伊萌，你问问公司里有没有人需要。问问有孩子的女员工，送给大家吧。"

许昕亮突然道："别啊！都给我吧！我用得着，这牌子纸尿裤质量好，可贵了！"

我当时就震惊了："你要这个干什么啊？倒卖了挣钱？"

许昕亮理所当然地说："给我儿子用啊！"

这事可真太玄幻了，我说："什么？！你儿子？你什么时候有儿子了？"

许昕亮说："我一直有啊，我大学毕业就结婚了，我儿子一岁半啦。"

我已经开始怀疑人生了："你才多大啊？你怎么都有儿子了？"

许昕亮说："我二十四了啊，结婚生子是合法的。"

二十四，二十四，我二十四岁的时候刚来北京吧，那时候我才和初恋杨大赫分手，连住的地方都很简陋，三餐不饱，更不要说结婚生子了……

更何况，许昕亮的孩子都一岁半了，这就说明他老婆二十三岁就生了，二十二岁就怀了！

这时，王伊萌说："太紧迫了，我得赶紧找对象。"

我又诧异地看着她："你不也才二十三？"

王伊萌叫道："可他儿子都一岁半了啊！"

拜托，该叫的人是我好不好！

一股巨大的压力从办公室倾泻而来，将我整个人都笼罩进去，怀孕生子，我足足晚了人家八年。

那天傍晚下班后，我站在门口等出租车，四周都是人，出租车要靠抢。

这方面我抢不过，早就被挤在外面，没想到这时高飞打来电话，又刺激了我一把。

他问我最近药梅有没有和我联系。

想到药梅，我们有小一年没联络了，我在忙工作，而药梅呢？

高飞说："她生了个孩子，查着我老家地址，给我妈送去了，说是我的孩子，可我给她打电话居然停机了，跟我玩消失，我不知道该怎么办了啊！"

这太让人震惊了！

药梅居然给高飞生了个孩子，而且还满不在乎地带着孩子失踪了？

我诧异地叫出声："啊？药梅生完孩子跑了？"

我怎么记得，当初药梅给高飞当情人，图的不就是他的钱和在公司的升职加薪吗？

高飞也很费解："是啊，这到底是不是我孩子啊！她这是什么意思？要钱还是要人，怎么都不交代一下啊？我彻底傻眼了！"

我也傻眼了……

挂上电话，我冲出重围，拦下一辆出租车。

没想到那位师傅却摇下车窗说："收车了！不走了！"

我说："师傅，我加一百！"

就这样，我才有机会上车。

北京的的哥司机很多都爱聊天，我和今天这位司机师傅聊的就是车，堵车，以及买车。

那师傅说，我们公司在的地段太堵了，大家都不爱过来。

我说："难怪，上个月有一天怎么都打不到车，我实在没办法了，在公司附近酒店睡了一晚，隐形眼镜带了一晚上没换。"

师傅说："你瞧瞧，受这些个委屈，要我说啊，自己有一辆车，还是比打车方便！尤其遇上有个急事，你说自己有车多好。"

自己有车，我还没驾驶执照呢……

我说："嗯，我得先去学车。"

师傅却说："姑娘不是北京人吧？那你得有买车的资格啊！"

我又愣住了。

好像除了现在的职位，我什么都没有。

生育比别人晚，学驾驶执照比别人慢，连办个港澳通行证都能把我累成狗。

哦对了，还有婚姻。

我很快又在姐妹的聚会上受了一圈刺激，因为笨笨要闪婚了。

我们找了一天，凑在一起商量婚礼细节，桌子上摊的都是我们找来的资料。

桔子说："你可给我们安排俩帅气的伴郎啊，要不可不去了。"

笨笨说："这我哪儿能决定得了啊，我到现在还没见过我老公的哥们呢。"

这主要是因为笨笨和她的老公才刚刚认识一百一十七天。

我说笨笨有魄力，笨笨说："缘分来了挡不住，那就遵循天意啦。"

我却没那种好心情："这个五一假期，我要参加五场婚礼，钱包大出血！"

在我这个年纪，身边的关系户差不多都在结婚，要么生子，像我这种单身的，只有出钱凑热闹的份。

桔子笑了："那你庆幸吧，本来我也想这时候结婚呢，我妈不同意，我也没招儿。"

我问她妈为啥不同意。

桔子说："你觉得一北京老太太能同意闺女嫁给一个搞摇滚的呀，我男朋友上我家吃了顿饭，一撸袖子，嘿！一胳膊文身，我妈端着饺子过来，连连后退。"

笨笨说："那等你妈缓过劲儿来再说吧，北京老太太接受能力也强。"

桔子耸耸肩："可不是么。"

然后，桔子话题一转："哎，这邀请名单上怎么没有王佳佳啊，要不要喊她？"

笨笨真是语不惊人死不休："我都联系她了，她在香港呢，回不来，给她老板生了个私生子，正坐月子呢。"

我和桔子一起尖叫出声："什么？！"

笨笨却很淡定："佳佳想得开啦，知道自己需要什么，也挺好的。"

的确想得开，之前才听说她在深圳，这么快就跑到香港去了。

不过想来也是，私生子在大陆不好上户口，去香港生，去美国生，这样的事还挺多。

桔子那边还在念叨："可我就干不来这事，我还是内心不够强大。"

我却一句话都说不出来，连王佳佳都比我快了一步。

俗话说，福无双至，祸不单行。

老天爷刺激我还不够，还要来个双响炮。

在接到李晓芸电话的前一刻，我才从医院出来，手里拿着检查诊断单，心情有点沉重。

接起李晓芸的电话，她兴高采烈："宝贝，跟你说个好消息。"

我有点心不在焉：“啊？说。”

李晓芸：“我又怀啦！感觉这次是个儿子！”

我一愣，我记得李晓芸和老公田子一直在做避孕：“怎么又怀了呢？”

李晓芸却喜上眉梢：“老天爷送礼了呗！我又有一年什么都干不了啦，本来还要去泰国玩呢，都没出过国，这下又去不了了。”

我边听着电话里李晓芸开心的声音，边往车站走，途经公交车站的广告牌，抬眼一看，见到的是芭莎关爱乳腺的红丝带广告海报，我脚下一定，站住了。

李晓芸问我：“怎么不说话？你在哪呢？”

我有气无力地说：“我刚才去拿单位体检的单子去了，说我有乳腺纤维瘤，你说我可怎么办啊！不会把我胸给切了吧！”

李晓芸飞快地说：“哪有那么严重，你说的那是乳腺癌！你这是小毛病！”

我还是有点不能接受：“我怎么会长这个瘤呢？”

李晓芸安慰我：“你说你不找个男朋友，你也不说去做做胸护什么的！你别害怕，女人到岁数就这这那那的，生个孩子，就什么毛病都没有了！”

我问：“真的？”

李晓芸回答：“真的呀，你这就是阴阳调和出问题了，赶紧找个男人啦！就算没有男朋友，你也得有个暖床的呀宝贝！”

尽管如此，莫名的恐慌依然扑面而来。

好像一夕之间，世界上所有的人都在忙着安居和繁衍，除了我。大家都说，女人得结婚，得生孩子，无论结果是什么，过程必须有，而且开始得越早越好。

但这激烈的抢椅子游戏到头来总会留下一个落单者，我不想成为那个可怜人，更不想被人当作怪人。

无论如何，在三十岁之前，我也要完成婚姻大事！

只是，我找到一个男人之前，要先参加笨笨的婚礼。

那天，笨笨穿着婚纱，哭得稀里哗啦。

我和桔子穿着伴娘礼服，也哭得一塌糊涂。

看到笨笨和新郎紧紧抱在一起，我说：“太感人了，笨笨这老公，真不错，这么细心这么浪漫。”

桔子也抹着眼泪说：“都是笨笨调教出来的，你以为笨笨真笨呀，御夫有术着呢！”

我点点头：“回头跟她讨教讨教。”

在这方面，我的确技不如人。

桔子一针见血地指出问题：“首先，你要有个男朋友。”

我依然看着笨笨，说：“我感觉他已经在来的路上了。”

这时，笨笨拿起话筒，突然宣布：“下面的环节是扔手捧花的环节，本来是应该把这个祝福扔出去，给有缘人的，但是今天，我有个私心，我想把这个祝福直接送给一个人。”

我有点愣，和桔子面面相觑。

然后，就听到笨笨接着说：“很可爱，很善良，非常有能力，是我的好闺蜜，可是她还没有遇到一个好男人，我希望我的福气可以带给她运气，现场的单身男士，也希望你们能够抓住这个机会！不要错过这个好姑娘！她的名字叫陈可，她是1985年生的，她属牛！摩羯座！”

我听得一愣一愣的，这不是我的资料吗，不好的预感扑面而来。

但笨笨一说完，就拼命朝我招手，全场的人齐刷刷地看着我。

我下意识往后退，想要跑，桔子却一把把我抓了回来。

然后就在大庭广众之下，笨笨一手举着话筒，一手递着捧花，哭得梨花带雨，大声喊着：“陈可，你一定要幸福啊！”

我满脸黑线，瞬间石化，连个表情都挤不出来了。

台下发出了雷鸣般的掌声，我却觉得，自己身处的是个玄幻片。

都说人一走好运，就容易得意忘形，恨不得洒遍人间都是爱。

刚结婚的笨笨就是如此，而我恰好是那个被爱砸中，更被爱刺激得体无完肤的倒霉蛋。

在笨笨的婚礼上，我成了大家争相围观的中心，丢了一圈的人，晚上回到家里，我躺在床上，孤枕难眠，翻来覆去，抱着我的枕头，腿间夹着被子，扭来扭去，整个人都很不好。

还是睡不着，我只好起身从床头柜里拿出香薰和香薰专用打火机，点燃。

接着，我目光一瞥，看到被我放在床头柜里的女性情趣用品。

人家枕边有男人，而我枕边只有它……

我恶狠狠地打开手机，发了一条朋友圈："我要找对象！欢迎给我介绍！大我十岁以内的都能接受，收入在我之上的，北京户口优先！接受闪婚！"

那条朋友圈上，还配了一张图，正是笨笨送给我的捧花。

但是没过几天，我就把这件事抛诸脑后了。

一天早上，我睡眼惺忪地走进卫生间，点开 Ipad 上的新闻节目，刚好听到这样一个名词：空巢青年。

"当人们还在为缺乏陪伴的'空巢老人'唏嘘不已时，最近流行起来另一个词却让人更加悲凉——'空巢青年'。他们大多背井离乡，独居生活，长期缺乏感情寄托，缺少家庭生活，虽然在大城市奋斗打拼着，但大城市的繁华和压力让他们有着难以言说的孤独和艰辛。他们一个人起床、一个人吃饭、一个人逛街、一个人睡觉……"

我听着那段新闻，机械性地刷着牙，洗脸，护肤，然后坐在餐桌前吃早餐，有点木然的脑袋这时才醒悟过来，有点纳闷儿地发现，新闻里说的就是我……

这时，我妈打来电话，她说："起床啦，问你啊，你还记得几年前给你介绍的赵胜斌吗？就是赵局长的儿子。"

我慢了半拍才想起来。

我妈又说："我前不久才听说，他现在也在北京，做生意呢，据说混得还不错。"

我问："所以呢？"

我妈试探："我安排你们见见？"

我立刻起了逆反心理："哎哟你这一大早的操啥心呢，不见不见！"

我妈念叨我："你看你，朋友圈都发了，还清高个什么劲儿，我听说他现在……"

我很快将她打断："妈，我约了学车来不及了，得出门了，回头再聊啊，拜拜拜拜。"

说起催婚，就不得不说这个我新认识的男人——何志。

我们是在驾校认识的，我们一起上的第一堂课，一起看教练怎么演示倒库。

何志问我："你也第一堂课？"

我说："是啊，我原来都没有摸过车。"

何志说："没事，我也零起点。"

这时，教练从车里下来，训斥我俩："我让你们观察车胎的走向和我打圈的方向，你们俩倒自己聊起来了！看明白了吗？"

我和何志一起偷笑着，没吭声。

教练又说："来吧，上车，我带你们练几次！以后你们俩一辆车啊！一起上课，学的东西一样，不用再换人浪费时间，还能互相督促着点。"

我们一起说"好"。

然后，教练拿出粉笔在地上画线："看好了啊，一会倒车到这个地方，向左打轮，一圈半赶紧停，然后回半圈。"

何志却突然问我："我能留你个电话号码吗？以后看看怎么凑一起上课？"

正合我意，我说："好，我叫陈可。"

"我叫何志。"

我们很快换了微信。

我问："那明天你能来上课吗？"

何志说："明天不行，周日我必须得回我爸妈家去。"

我一下子明白了，这是个北京人。

我说："哦，这样啊……你北京口音不是很重啊。"

何志说："这不是还没说几句话呢么，再说几句就出味儿了。你哪儿人啊？”

我刚说了一句“四川人”，那教练就又开始训人：“你俩学车来了，还是聊天来了？”

我和何志又一起笑了。

没两天，卢家凯又来我家，跟我推荐通州的房子，他还带了一张展示图。

他说：“通州，未来的副中心。”

我却有点发愁：“房子是好房子，可我没有那么多钱，而且我在海淀上班，买个东边的房子，不合适啊。”

卢家凯劝我：“你换个思路，把它作为你的投资产品，房价一涨你再卖掉，这笔钱，你不挣？”

我说：“这地段的确挺吸引人的。可我没有那么多钱啊！”

卢家凯突然说：“我有个主意，咱俩AA买这个房子，以后卖完了的钱也AA，怎么样？”

我一怔，问他算不算违法。

卢家凯保证合法，还在我的催促下拿出计算器。

卢家凯：“来我给你算笔账，多年经验传授给你，让你知道什么叫投资和稳赚。”

我全神贯注地听着，毕竟在房子这件事情上，我也慢了人家一步，不敢怠慢。

我决定买房子之后，第一时间就给我妈打了电话。

那天，我妈正在上老年人大学的书法班，和班上几个老姐妹切磋技艺。

我和我妈说了这事之后，她说：“啊？我这练书法呢，啊？要买房啊？好事啊！妈妈支持你！妈妈赞助你一笔！装修用不用我过去盯？拎包入住的呀，太省心了。好好好，妈妈明天给你赞助一笔钱啊，我先挂了啊。”

然后，我妈就在大家羡慕的眼光下，云淡风轻地拿起毛笔，接着写，好像一点都无所谓四周发出来的赞叹声和那些艳羡的目光。

自然，这也是我妈后来跟我形容的。

几天后，我和卢家凯一起去了房地产公司。

我也签下了人生里第一份买房合同，这意味着以后在北京，我也有房产了，心里难免激动，有点想哭，有点想笑，真是五味杂陈，百感交集。

卢家凯问："你那是什么表情，想笑还是想哭？"

我形容道："就是刚才签字的一瞬间，我心里那一大块空地，感觉都快被填满了。"

卢家凯一愣："啊？空地？心里为什么还有空地？"

我说："就是突然觉得，有了安全感。"

卢家凯点头道："还有紧迫感，赶紧挣钱吧，房贷等着你呢。"

我摆摆手："那都不是事，我现在知道了，只要我努力，就可以过得越来越好，所以也不慌了。以后我一定有一天，可以住上带花园的大房子，花园里种花种菜，再养只狗。"

卢家凯开始贫嘴："到时候您要不介意的话，把我也养进去，我可以和狗一个屋，我不挑！"

我斜了他一眼："不好意思哦，我，挑！"

卢家凯翻了个白眼："大姐，您别忘了，我也是房主之一，这房咱俩合资投资的！"

哼，我才不理他！

我很快就拿着属于我那份的房产合同，挥手离开了。

那之后的日子，我一门心思都在学车上。

磕磕绊绊，吃了不少苦，受了不少罪，考试的时候也提心吊胆，不知道自己将来会不会是马路杀手。

哦，在这期间，我和何志也培养了一点革命情谊。

排队拿驾照那天，我在队伍里遇到了何志，何志已经拿到了驾照，见到我又返回来，陪我一起重新排队。

他说："驾照拿下来可真不容易，一起吃顿饭，庆祝一下？"

我遗憾地摇了下头："今天不行啊，今天公司例会，一群人等着我回去开会呢。"

何志说："哦，看来是个领导呢！难怪每次练车你电话都好忙，你做什么工作的啊？"

我说："说来很复杂，大概算是新媒体、网络方面吧，也会接触影视行业。"

何志眼前顿时一亮："都是最时兴的职业啊，前途无量！"

我笑笑，问他："那你呢？"

何志说："我是税务局的。"

听上去也不错，我说："哦，那蛮稳定的，金饭碗！"

何志抱怨道："嗨，就是无聊，那今天不行的话，咱们再约一个日子庆祝？"

就这样，我们敲定了下周的某一天。

有了房产证，又有了驾驶证，我的心一下子踏实了不少，好像偌大的一个空缺，终于喂饱了。

为了训练上路技巧，卢家凯充当了我的上路老师，我开着他那辆破车，带着他，在北京马路上兜着风。

卢家凯特别能咋呼："压线了压线了！直着走！哎呀看镜子看镜子！你怎么开车不看镜子啊！"

我说："你怎么跟教练一样啊，你在旁边喊着我都不会开了！"

卢家凯理直气壮地说："这是我公司的车，可不是我的，你爱护点！"

我懒得理他，转移话题："好久没有认真仔细地看看北京了，原来北京还是那么好看，不对，是更好看了。我记得我刚来北京的时候，国贸这块还没都盖起来呢，你看现在，多好看哪！"

卢家凯念叨老黄历："那会还叫大北窑呢，我第一次听这地名我还以为是那种地方呢。"

我哈哈乐了："那你听公主坟小西天你不得浮想联翩了啊？"

卢家凯接着道："我听到奶子房骚子营我就想上厕所。"

我简直乐不可支："你确定你听到奶子房只想上厕所？！"

卢家凯没好气地转开话题："前面出口右转，上四环溜达溜达去！"

我说："你这车也不是个敞篷的，要不然你还能站起来把头伸出去喊两嗓子呢，电影里都这么演，可热血了。”

卢家凯立刻顺杆爬：“那还得有个小手绢，迎风挥舞着，大声吆喝着：北京，我终于来了，北京，我爱你！”

他表演得声情并茂，看得我一乐一乐的。

我也跟着喊道：“努力挣钱！买车买房！马上我们就算是北京人了！”

卢家凯却当头一盆冷水泼下来：“我们只是在北京有资产的外地人，没有北京户口，你就不是北京人，未来你孩子的教育，享受的都不是北京人的待遇。”

这番话，又立刻将我打回原形。

车窗外那原本灿烂的日光，似乎也黯淡下来。

卢家凯手里好像时时刻刻都准备着一个小锤子，只要我稍微有点得意忘形，那小锤子就会“噼里啪啦”地在我头上奏乐。

哎，你说，怎么就有这么讨厌的男人呢？！

爱情和面包你
只能二选一

PART 13

WOMEN IN BEI JING

001

今天，北京的雾霾额外大，窗外灰蒙蒙的。

张影儿、许昕亮和王伊萌正在给我的办公室放绿萝和炭包。

我听到张影儿说“今天雾霾可真严重”，就有点焦虑：“再找人问问，除了炭包、绿萝，还有什么解决方法，我们多买点，办公室里给大家都分一分。”

三人异口同声：“好。”

这时，有人敲门。

我说：“有客人来了，你们先去忙吧。”

她们三人这才放下手里的东西，鱼贯而出。

而门口刚好站着一个男人，正是魏奇，李晓芸的堂哥，比我大几岁，人长得又高又瘦，相貌堂堂，今日还穿着一身休闲西服，笑容里满是真诚和亲切。

我将人请进门：“您好，是魏奇吗？请进来坐。”

魏奇说：“对，是我，不好意思，今天这天气，路况不好，来晚了。”

我笑笑："这种天气您还专程来一趟，我心里实在不好意思。"

魏奇拿出名片递给我："不知道晓芸和你介绍过我的情况没有？"

我看了一眼，说："她简单地说了一下，说你来北京一年了，经营一家空气净化系统的公司？"

魏奇接话："是的，小本经营。"

他可是及时雨啊，我说："哪有，你这可是现在的刚需。"

说话间，魏奇从包里拿出一本画册："希望天气能逐渐好转，也希望我自己能尽点微薄之力吧。"

我接过来看着："雾霾可真是个大问题，这类型的产品，应该更快地推广出去，给大家一些解决方法。"

魏奇笑了："谢谢谢谢，我初来乍到的，寻找渠道很艰难，幸亏晓芸帮我介绍了你。"

我说："我们的工作就是把好产品推广出去，从这个角度看我也得好好感谢晓芸！"

别说推广了，就是此时此刻的我，也很需要啊。

几天后，我就感冒了，咳嗽得厉害。

我正在家里歇着，手机就响了，是何志的信息。

"小可，咱的驾照庆功宴得提上日程啊，明晚有空吗？"

我有些意外，也明白何志主动邀约是什么意思，窈窕淑女君子好逑嘛。

就在我正想着要不要接招的时候，突然有人敲门了。

我将门打开，原来是房东，还带了些水果来。

无事不登三宝殿，我心里有点诧异。

我说："嗯？阿姨您怎么来了？快您进来坐。"

我边说着，边咳嗽。

房东阿姨说："是不是感冒了？给你拿了点水果，你们年轻人工作太辛苦了，要多补充维生素。"

我一看那些水果，突然升起一种不好的预感："嗯，您这是……？"

房东阿姨直奔主题："哎！阿姨要和你说对不起！儿子要结婚了，这个房子要收回去当婚房了，所以想来和你商量商量。"

我有点傻眼："啊？什么时候想收回去呢？"

房东阿姨扔下一枚重弹："想下周，因为还得再装修一下，儿媳妇怀孕了，我们想在孩子生之前，把这个家收拾好。之前咱们签了两年的约，你看我赔偿你一个月的房租，可以吗？"

这个房东阿姨还真是个急作风，弄得我措手不及。

我有些为难："……阿姨，您别急，儿子成家是好事，我可以搬，但是下个礼拜，有点太着急了，我时间上可能没有那么充分。"

房东阿姨却说："儿媳妇怀孕了心情不好，就一直说这房子的事，儿子就跟我们急，我们也想表个态，就想加快点处理好，我也知道这是给你添麻烦了，所以我这有这个小区里可以租的房子的资料，我跟好几家中介公司打听来的。"

房东阿姨说着，还从包里拿出一张纸来，记录着别的租房信息，等于帮我把退路都想好了，这让我简直无话可说。

我叹了口气，说："行，我看看，谢谢阿姨想得这么周全，那我在小区里，找好新房子就搬。"

房东阿姨又一个劲儿地道歉："不好意思啊，实在是不好意思啊！谢谢理解！"

等我将人送走，回到屋里立刻给何志发了条信息："没问题，吃啥你定？"

等我大病初愈，恢复上班，办公室里已经焕然一新，不仅多了几台空气净化剂，还有送给我的一大把花束。

我正在惊讶，还没抽出卡片看，这时电话就响起来了，正是魏奇。

"是我，魏奇，你到办公室了吗？"

我说："嗯，我刚到。"

魏奇声音和煦："想和你说声谢谢，有个叫笨笨的，说是你的朋友，在我这里订了一个家庭空气净化，还订了一百台净化器给他们公司。"

我说："哦，她有和我说，她最近比较关注雾霾的预防问题，我就把你的产品推荐给他了。"

对我来说不过是顺手的事，姐妹之间互相推荐，举手之劳。

但这对魏奇来说却是巨大的惊喜："这可是一大单啊，谢谢你！

可以请你吃饭答谢吗？"

我笑道："不用太客气，我刚到办公室，已经看到你的心意了，我们是朋友，你又是晓芸的表哥，都是自己人啦。"

我边接着电话，边摆弄着漂亮的鲜花，顿觉心旷神怡。

这时，我挂在电脑上的 QQ 突然震动了下，点开一看，是李晓芸的留言。

"两个事。第一，我老公要去北京出差了，去了让他请你吃饭啊！第二，我极力撮合你和魏奇，我问魏奇了，他说喜欢你，你喜欢他不？你们好般配啊。"

我有点诧异李晓芸的迅速，事实上，我也的确感受到魏奇对我的好感，一手拿着电话，一边看着李晓芸的留言，心里觉得美滋滋的。

电话里，魏奇接着说："自己人更应该多走动啊，明晚可以吗？我过两天又得出差，刚好晓芸老公田子也在，咱一块儿热闹热闹。"

其实我心里已经答应了这个局，但是无论如何还得拿拿乔，便故作沉吟地说："明晚……我看一下啊……哦，行，明晚没问题！"

魏奇的声音听上去高兴极了："好的，那我订好餐厅发给你。"

等我挂上电话，心里阳光明媚，想了想，转而又给何志打了个电话。

电话一接通，我就开始编瞎话："喂，何志，我得跟你道个歉，公司临时安排了一个公关局，我明晚必须得在，咱约的饭再改个时间好吗？"

何志有点失望，却仍是说："没问题，反正我一直在北京，你有空随时约。"

你看，这就是桃花运，要么不来，要么一来来两个。

晚上，我低调地赴了魏奇和李晓芸老公田子的饭约，只是没想到田子还带了一个女同事，也是邻家可爱女生的感觉，和李晓芸同一类型。

我忍不住多看了那女同事一眼，咳嗽了几声。

魏奇问我："怎么咳嗽了？吃药了吗？"

我说："没事，我一换季就咳嗽，吃着药呢。"

魏奇说："行，多喝热水啊。"

他边说边给我倒了一杯热水，同时目光专注地看着我。

我笑笑，把话题落在李晓芸身上："田子，晓芸这胎反应得厉害吗？"

田子说："厉害，就每天躺在沙发上嗑瓜子看电视，一动不动的，上一胎也是，一躺十个月。"

魏奇笑道："这以后你们就儿女双全了，有福气啊！"

田子却有点犯愁："嗨，我现在更羡慕你啊，一人吃饱全家不饿，又有自己的事业，啥时候在北京买房啊？"

魏奇说："北京的房价实在太惊人了，我这儿还是创业初期啊，一步步来，反正我相信房子会有的、车子会有的、爱情会有的……"

这时，田子的女同事起身给我们续水，但很明显她经验不足，杯子里倒得满满的。

田子的脾气一下子暴躁起来："你倒这么满，一会手稍微一动就洒出来了。"

女同事弱弱地说："哦，不好意思……"

我说："没关系的。"

但田子依然在生气："注意点！这杯给我吧！"

魏奇也说："没事没事，好兆头，说明圆满，就像田子和晓芸的生活一样，来我们以水代酒，敬一杯田子和晓芸圆满的生活。"

这客套话说得才叫圆满，终于把尴尬圆过去了。

田子继续说："别光羡慕我了，你们也得加油啊，晓芸每天就惦记着你们俩的终身大事啊，你们俩……要不……合并个同类项啊？"

这个田子，果然不会说话，又一下子把场面弄得更尴尬。

我和魏奇互相看了一眼，他尴尬地笑，我笑得尴尬，谁也没接茬。

等酒足饭饱，我们一行人站在路边打车。

魏奇说："陈可我送你回去吧，我的车就在马路对面。"

我有点诧异："啊？不用不用，我自己打车就好，我还得去望京那边见个客户，不太顺路。"

田子帮腔魏奇："什么顺路不顺路的，只要想送，哪儿都顺路。"

魏奇也说："对，就给我一个顺路的机会吧！"

但我还不想这么快把关系往前推进，便说："真的不用了，我自己打车吧，下次有机会请大家去我家做客啊！"

魏奇有点失落。

这时，田子说："行吧，那晓芸啊，啊不对，悦悦，你去拦辆出租车。"

田子喊错了名字，那被称作悦悦的女同事立刻露出一个奇怪的眼神，看了田子一眼，十分不情愿地去拦车了。

那个眼神，也让我感到很奇怪。

但具体是什么，我却说不上来。

等我上了出租车，已经备感疲倦，轻声咳嗽着靠着后座，正准备歇歇，李晓芸的微信就追过来了。

李晓芸："田子说你都没让我哥送你回家啊！你为什么拒绝他，没有道理啊！"

我慢吞吞地回："我没有拒绝，只是没有靠近。"

李晓芸问："什么意思呀？听不懂。"

我想了想，才说："我也说不清现在的心情，可不可以过几天再和你说？"

李晓芸这才感觉出不对："宝贝，你怎么了？"

我说："这几天有点累，缓缓就好了。"

李晓芸说："嗯，不是逼你，我表哥绝对是一等一的好男人，超级大暖男，你多接触试试嘛！"

我叹了口气："我没说他不好，我就是……忽然不知道自己到底要什么了，觉得……我是不是年纪大了，变得瞻前顾后畏首畏尾……"

是啊，这要是换做以前，无论是和杨大赫、张超一起，还是后来的于扬、黄越彬，恐怕我都不会像现在这么犹豫，感觉来了，就开始。

至于现在，连我自己都不知道为什么，好像在这方面，我越来越慢热，越来越保守，警惕心也越来越强。

我是否还有精力再去应付一次感情的来来去去，再来一次和以前一样的新陈代谢？我不知道。

李晓芸听得一头雾水："完全听不懂你在说什么，哎我先不跟你说了，我要去给闺女洗澡了。"

带孩子，做家务，这就是李晓芸现在的日常。

挂上电话，我望着窗外的夜色，脑子渐渐放空了。

002

只是，我还没来得及想明白自己要不要开始一段新感情，就突然成为了目击李晓芸是否要结束一段感情的证人。

一天后，我在商场里看到了田子和悦悦，他们手拉着手，亲密甜蜜地依偎在一起，还互相喂着爆米花。

我的身体快速做出条件反射，立刻扭头离开，找了一个足以隐蔽的地方，拿出手机拍照。

但等我掌握了物证，走到大马路上，却又犹豫了。

我看着手机里那些证据，面临着要不要充当刽子手的决定。

等我反应过来，我的电话已经拨了出去。

李晓芸很快接了："啊什么事？"

我却沉默了。

李晓芸"喂"了两声，我才如梦初醒："哦，没事没事，我就是突然想起来，田子是不是胖了啊！"

李晓芸说："啊，是胖了，咋啦？"

我说："你得管管啊。"

李晓芸说："我管他？我一天到晚都要忙死了，我这儿给闺女讲睡前故事呢，我不盯着，一会儿婆婆又要念我啦。"

这时，我就隐约听到电话那头李晓芸的女儿在喊"妈妈，妈妈"，奶声奶气的，我决定还是不要说了。

李晓芸突然问我："你这又给我打电话干吗呀？"

我反问："你还记得当初为什么选择田子吗？为什么嫁给他？"

李晓芸说："嗨，你还不知道我，谁对我好就嫁给谁呗，反正到最后都只剩下柴米油盐过日子。诶不是，你这大半夜的发什么感慨啊？"

我想，既然对她好就行，田子的确对她不错。

我说："没事，就想你了。"

李晓芸那边很急："哎行啦行啦，我晚点儿再给你打，我去给闺女洗澡，先不跟你说了啊！挂了！"

很快，她就率先挂断了电话。

而我，却呆呆地站在原地，定格了。

来北京快七年了，我和晓芸遥遥相对，时而彼此羡慕，时而彼此抗拒，我们总觉得别人的花园里充满荆棘，而自己的泥沼里暗含宝藏，这大概是所有女人共同的姿势，我们希望每个人都过得很好，更希望过得最好的、选择最正确的那个人是自己。只是那时，我陷入面包和爱情的选择里不能自拔。

就在我犹豫要不要开始一段新感情的同时，我的感冒也突然加重，将我打败。

我裹着厚衣服缩在沙发里，感觉自己实在坚持不住了，便拿出手机，找一个可以送我去医院的男人。

先是何志。

但我看着他的电话号码，想了想，却放弃了。

我很快打给魏奇："喂，你在北京吗？"

魏奇说："我昨天刚来湖南，这边有一个推介会，就待两天。"

远在湖南，看来是远水救不了近火了。

我说："那你先忙着，没事。"

魏奇却不放心："啊，你没事吧，听你好像还是有些咳，我给你快递一些药过去好吗？"

我觉得好笑，快递过来还不如我下楼买得快："哦不用不用，没事，不行我一会儿去趟医院得了，好得快，没事。"

魏奇感到很抱歉："对不起，不能去医院陪你，我一回去就去找你。"

我说："……不要紧，你先忙工作，拜拜。"

我很快挂了电话，接着就把憋着没咳的几嗓一股脑咳了出来，越来越严重。

我又一次翻出了何志的电话，但最终还是没打。

后来，我是一个人去医院的，挂了急诊，在点滴室挂吊瓶。

挂到一半，我想去洗手间，便拿着吊瓶去了。

只是洗手间没有挂吊瓶的地方，我左手高举着点滴瓶，只用一只右手，却怎么都解不开牛仔裤的扣子。

我感到很烦躁，只好打开隔间门，正见到一个同样很虚弱的老奶奶。

我请那位老奶奶帮我解扣子，同时“吸溜”着鼻涕。

可等我走回到隔间前，里面却已经有人了，另外几个也都满员，我没办法，只好一手举着吊瓶，一手抓着裤头，再狼狈不过。

除了感冒，还有很多时候，很多事情，是一个女人应付不过来的。

感冒病菌还没有远离我，我就已经开始登高爬低地收拾起行李，房东阿姨催得紧，这对我来说简直是雪上加霜。

搬家，是我一个人推着三轮车独立完成的，我的咳嗽仿佛更严重了。

我撑着最后一口气，一直到新房子里，将最后一个箱子搬上楼，拖进屋，然后一屁股坐在地上，只觉得整个脑袋都大了。

我发着呆，仰着头，空前的绝望。

然后，我“哇”的一声哭了。

那两天对我来说，简直是一场噩梦，仿佛永远都不会醒来。

直到很久以后，我才意识到，我不是请不起搬家公司，也不是没有人陪我去医院，但那一刹那，我潜意识里选择了孤独，选择了一个人。

我哭到一半，电话进来了，是张影儿。

她问我，感冒好点没。

我吸吸鼻子，故作镇定，说我没事。

张影儿说：“刚刚魏奇魏总来找您了，他说他出差刚回来，我和他说您请病假了。他带了好多蛋糕过来给我们吃，都是那种一小块要四十多块钱的那种，买了好几盒。”

与此同时，魏奇的微信也发了进来：“感冒好了吗？我陪你去医院看看吧？”

如果这些慰问能早一天，我大概会感恩戴德。

一天前，正是我最脆弱、最需要被人扶一把的时候，哪怕只是帮我解开牛仔裤。

可现在，这种迟来的安慰，我一点都不觉得开心。

后来，还是卢家凯来帮我收拾好乱糟糟的新屋。

而我，穿着衣服就躺在浴缸里，看着他收拾。

等他收拾告一段落，我忍不住抱怨：“你说你关键时刻回老家，你都不知道那板车有多沉。”

卢家凯居然还吐槽我："我觉得你还行，还没有活到不需要男人，你还是个女人。"

我又沮丧又无力，觉得整个血槽都被放空了："我一直梦想有个浴缸，这么多年，换了那么多房子，我终于有了一个浴缸，可为什么一点都不开心了呢？"

卢家凯继续吐槽我："嗨，原来听到快递敲门都激动，现在收什么礼物你能跳起来啊？年纪大了，见得多了，哪儿还能每天都充满好奇充满热血啊。"

我看着他："见过世面了，就矫情了，自己的心啊，就难伺候了。"

卢家凯说："你的快乐已经建立在你更努力得到的更好的东西上去了。"

更好的东西？更努力？

他的话让我若有所思，那些是什么呢，我感到很迷茫，可我想，卢家凯说的对，我的确越来越贪心了，所以再看到以前那些"小愿望"，连心动都不会了。

这之后，还有两段小插曲。

一个是那天，我正在发愁为什么考下驾照又摇不到号，生活对我来说为啥总是死循环，卢家凯又开始了他的老生常谈。

他说："你赶紧找个好人家嫁了吧，然后生个 baby 巩固下地位，孩子让爷爷奶奶外公外婆带着，你还能再战事业，你的烦恼就会降到最低值。"

我有气无力地说："哪儿有那么好的事呢？面包和爱情，现实和理想，你永远只能二选一。"

一样，也是死循环。

卢家凯说："有一样就选一样，总比什么都没有强。"

这时，门铃响了。

卢家凯把我从浴缸里扶起来，我病恹恹地去开门。

快递送来了一个礼盒，拆开后里面有一个可爱的招财猫摆件。

卢家凯还翻出一张贺卡，大声朗读起来："乔迁快乐，很是想念，何志？你可以的呀！是不是那个北京人！"

那瞬间，我突然觉得，我的人生又满血复活了。

至于另一个小插曲，是有关迟到一步的魏奇。

我没有告诉他我搬家了，他跟李晓芸要了我以前房子的地址，拿着水果和花去拜访，却扑了空。

后来，他给我打了个电话，我没接。

作为聪明人，我想，他已经明白了什么意思。

至于那些鲜花和水果如何处置，那是他的事，这个人再与我无关。

嫁人别嫁妈宝男，只当妻子不当妈

PART 14

WOMEN IN BEI JING

001

我和何志结婚了。

婚后，我住在何志北京的房子里，就像大多数夫妻一样，将结婚照挂在我们的床头。

刚结婚，一切都很新鲜，干劲儿十足，我沉浸在新婚的甜蜜中，每天都洋溢着饱和的幸福感，准备早餐，打扫家务。

尽管，何志的房间布置，一看就是没有生活情趣的直男，丑，旧，空。

何志在家的时候，我也会让他参与干点活，比如将苹果和水果刀递给他，让他削皮切块，我要做个水果沙拉。

可何志却像是削土豆一样把大苹果削成了小方块。

我问他，怎么不削皮。

他说："我没弄过这个啊！我吃苹果不削皮啊！有皮都是我妈削啊！"

何志是个名副其实的妈宝。

但不管怎么说，我总算结婚了，就在我三十岁这年，就连做梦都能笑醒，多年的高压终于让我松了口气，那是种一个大龄女青年嫁出去了，还嫁得不错的心情，胜过彩票中奖。

这时候，我还几乎认定自己人生趋于圆满了，甚至逐步开始规划自认为更美好更圆满的未来。

这个圆满的未来，自然包括怀孕生子。

我时刻关注着备孕的事，连在公司里上洗手间都会用手机百度“备孕须知”。

当然，洗手间依然是每家公司内部八卦的集散地。

这不，我坐在隔间里，听着外面两个女员工在聊我。

女员工甲：“听说陈可嫁了个北京人！”

女员工乙：“是啊，还是个公务员呢！”

女员工甲：“命可真好！”

女员工乙：“人家自己也厉害啊，他们部门的业绩多吓人啊！张影儿跟我一起进的公司，她的奖金都快超过我工资了。”

女员工甲：“咱们老大就不行，工作能力不行，长得也没有人家陈可好看。”

听到这话，我忍不住摸了摸自己的脸。

人哪，总是只能看到别人好的一面，各种心酸苦楚，往往都只有当事人自己知道。

洗手间里的两个小姑娘对我艳羡不已，事实上只有我自己知道，何志这个妈宝到底是什么样。

那天晚上，我带着两个下属去见客户，期间给两个小姑娘挡酒，喝得有点多，是她们把我架出了酒店。

何志就等在门外，迎上来。

他说：“我带她回家，你们也赶紧回家吧。”

他还把我接过去，让我靠着他的肩膀。

何志还安慰我说：“媳妇没事啊，咱们回家，我来叫个车。”

然后，他掏出手机，打开页面。

只是过了很久，我都没等到本该到来的车。

我只好睁开眼，一看，何志竟然玩起了手机游戏。

我说："老公，你不是要叫车吗？"

何志这才如梦初醒："啊？对啊，我怎么叫车叫得打起游戏来了，嘿！叫车叫车啊！"

没两天，我要回一趟攀枝花。

等我提着箱子准备出门时，何志还在打游戏，他跟着我走到门口，目光始终没离开过手机。

我看着他拔不出来的样子，问："老公，你真不送我去机场啊？"

何志随口说："你们公司打车不是能报销吗？你打车去吧！"

我只好说："好吧。那我走了啊。"

何志依然没抬头："去吧。到了告诉我一声啊，问咱妈好，问晓芸和田子好啊！"

我看了他一眼，皱了下眉："那你……这礼拜，照顾好自己啊。"

何志让我放心，让我尽管走。

李晓芸刚生完第二胎。

我回到攀枝花第一时间就是去妇产医院看她。

李晓芸面色惨淡，毫无生气，我拉着她的手，帮她捋好略凌乱的头发。

旁边，是田子在削苹果，他手法娴熟，整个苹果皮都没断过。

田子将苹果递给李晓芸，李晓芸说："我不想吃苹果，我想吃橘子。"

田子说："那我下楼买。"

田子前脚走，我后脚就说："生个孩子可真受罪。"

李晓芸笑道："放心好了，多疼你也能忍，身为女人的强大，你自己都不敢想象。"

我对她竖起一个大拇指："为母则强，我现在啊，真的服你。"

这时，有人敲门进来。

见到来人，我登时一惊。

竟然是悦悦！

这胆子也太大了吧？！

李晓芸热络地跟悦悦打招呼：“悦悦来啦？悦悦快坐。”

悦悦将手里的鲜花放在床头，乖巧地坐下：“嫂子辛苦了！”

李晓芸说：“不辛苦，我只负责生，田子负责养，最辛苦的是他。”

悦悦就乖巧地听，乖巧地笑，脸上看不出一点猫腻来。

我默默观察着，看看李晓芸，看看悦悦，我心里明明知道一切，却一个字都不敢说。

悦悦这时问：“嫂子，宝宝呢？”

李晓芸说：“抱去体检了，一会就抱回来了。”

悦悦自来熟道：“哦，行，我还挺想看看宝宝的，起名字了吗？”

李晓芸说：“田子太不靠谱了，点灯熬油地翻了好几天新华字典了，今天说孩子不如就叫田爱芸。你听听，多土啊！”

我听到这话，笑了：“不土啊，挺有寓意的，爸爸爱妈妈，多有爱啊。”

李晓芸说：“也是啊，那就依他吧。什么田爱芸，谁不知道他爱我啊，还非说出来。”

我继续笑，同时还注意到悦悦脸上的尴尬。

李晓芸突然问：“悦悦，找着对象了没啊？田子那天还和我说，让我帮你想想呢？”

悦悦一愣。

李晓芸接着问：“你喜欢什么样的，咱这还有北京的姐姐呢，北京的也给你介绍介绍。”

悦悦有点迟疑：“我……我就在这找就行。”

李晓芸却把悦悦当成自己人一样嘱咐：“在老家找其实还不如在北京这些大城市找呢，在老家啊，抬头不见低头见的，你家里什么情况，你从小学到高中的表现怎么样，你耍过哪些对象，你爸妈都怎么回事，你这人什么脾气性格，大家都太知根知底了，更不好谈。”

悦悦迟疑地应声。

李晓芸又道："是呀，要不大城市离婚率怎么那么高，小地方的离婚率就很低啦，父母都在后面盯着看呢，谁敢轻易辜负谁呀。你说是吧？"

悦悦讷讷吐出三个字："好像是。"

李晓芸滔滔不绝地说："所以在老家更得规规矩矩做人，等到哪天想离开这儿了，也没那么容易的，起码得像这个姐姐这么优秀有能力，才好出去闯啊。"

听到这里，我心里已经明白了一切。

原来李晓芸早就知道田子和悦悦的丑事，她不说明，却在话里话外都暗示透了，我这个看上去傻乎乎的闺蜜，原来自有自己的一套生活智慧。

我突然对李晓芸有点刮目相看，更多的还有心疼。

不一会儿，田子买橘子回来了，见到悦悦突然造访，脸上明显挂上了不悦。

悦悦站了起来："田子哥，我来看看嫂子，看看宝宝。"

田子声音很冷："哦，那个报表你做完了吗？"

悦悦小心翼翼地："还没呢。"

田子说："今天必须做完啊，做完了给老杨，他等着呢。"

悦悦嘴里说着"行"，人却没动。

直到田子瞪了她一眼，悦悦才像是突然明白了："那我先回去写报告吧。嫂子，我过几天再来看宝宝吧。"

李晓芸也笑道："行，你随时来啊！"

悦悦说："嗯，那我走了。"

田子语气依然不好："走吧一块下去，我正好去交个费。"

说着，田子和悦悦就一起走出了病房，我压着火儿看着他们两人离开，吸了口气，又假装不经意地看向李晓芸，她已经若无其事地剥起橘子了。

这时，我的手机响了，是何志的电话。

他第一句话就是：“老婆你啥时候回啊，我想你啦，你不在我一个人都不知道吃啥。”

我说：“冰箱还有炖好的牛肉，你弄着吃啊！”

何志声音委屈：“我懒得弄，跟我爸妈这儿吃呢。”

我“嗯”了一声说：“我再陪晓芸两天就回去，你好好的。”

何志说：“嗯，你也是，想你呀。”

我没吭声，挂上电话，刚好对上李晓芸扫向我的目光，但她也没吭声。

我回攀枝花的这两天，我妈一直变着法的给我煲汤，还说要想生孩子，就得坚持喝汤，滋养身体。

自从我嫁给了北京人，压在我妈心里几十年的大石也终于落下了。

我接过我妈煲的汤，说：“难得您下厨，我可不得尝尝吗？我还挺想赶紧生一个，以后我和晓芸的下一代还能一起长大。”

我妈有点小得意：“哎呦，那就难了，你在北京，她在老家，孩子们都见不着啊，让他们家孩子努力往北京考吧！”

瞧瞧我妈如今的心气儿，还真是不同往日。

我看着好笑，刚好喝了口汤，立刻皱起眉：“妈你这是在哪儿学的？”

我妈说：“网上啊，你不是给我装了 Wifi 吗？”

我感到很无语：“您这哪儿是助孕汤啊？您这是不孕不育汤啊！您怎么泡银耳都不洗啊？里头都是沙子！”

饭后，我挽着我妈的胳膊走在马路上，街坊四邻投来的都是羡慕和夸赞的眼光，我妈昂头挺胸，我也觉得骄傲、自信，幸福感简直爆棚。

街坊四邻们都知道，我妈把我养大，我独自北漂，没几年就在北京奋斗成大公司的高管，还自己买了房，更嫁给土生土长的北京人。

而如今的我，看着自己土生土长的家乡，好像突然才发现，这座城市建设得更繁荣了，原来这里这么美，为什么我以前没有一点感觉呢？

我想，那大概是因为以前的我，没有像现在这样沉浸在幸福里吧？

幸福的人，看什么都是美的。

002

几天后，我拎着大包小包回到北京。

何志没有来接机，我依旧是一个人打车回的家。

一进家门，我本以为迎接我的是一室温暖，是何志的笑容，是一杯温水，结果迎接我的，却是一屋子的烟雾缭绕。

那味道简直可以呛死人。

我一路往里屋走，赫然看到客厅里，一群何志的狐朋狗友围着饭桌在打麻将。

我愣了一下，迅速恢复镇定。

何志抬了下眼，说："回来啦？我以为你明天回来呢。"

他那几个朋友看到我，客气地喊了一句"嫂子"。

我说："哦，我给你打电话了，你手机是不是没电了？"

何志说："嗯，没电了，没找到充电器啊！你带走了吧？"

我无奈道："还有一个在卧室抽屉里。"

何志说："哦，没找，没电就没电了呗，你给我充一下吧。"

他边说便抬手，把手机递给我。

我看了一秒，无力地接过："那我去卧室收拾一下行李箱啊。"

然后，我就提着行李进了卧室。

刚下飞机，大包小包，风尘仆仆，我只觉得疲倦、劳累，只想睡觉，只想休息。

可是直到第二天凌晨一点，那桌麻将还没有散，而且搓麻将和说话的声音都太大了，不知道有没有吵到邻居。

我从床上直起身来，拿手机给客厅的何志发了条短信："老公，明天都要上班呢，你们早点结束吧。"

但好一会儿，何志都没回我，也没有要起身的意思，我在屋里听着，依然在打牌，好像还新开了一局。

没办法，我只好戴上耳机，打开电脑，开始修改工作方案。

没想到笨笨居然还在 QQ 上。

我问笨笨："你怎么还没睡啊？这都几点啦？"

笨笨说："我跟我老公在夏威夷呢。你怎么还不睡啊！"

瞧瞧人家，再瞧瞧我。

我说："我老公喊了一帮哥们在我家打牌呢，声音巨大，我睡不着，心情不好，真想给他们轰出去。"

笨笨劝我："在家里打牌，总比他在外面找女人强啊！亲爱的，婚姻得忍耐。"

我抱怨道："可我早起有个提案的会啊，很重要啊，何志也得上班呢。"

笨笨接着劝我："那现在你也不能出去折他的面子啊！解决问题需要讲究点方式方法的。"

我只想大吼大叫："睡不好的我浑身烦躁，没有心情讲究方式方法。"

笨笨说："那就跟我聊会，转移一下注意力，我给你看夏威夷啊，比图上还美呢！"

说起夏威夷，我就忍不住抱怨何志："我也想去旅游，可是何志最讨厌旅游了，我总不能一个人出去吧。"

笨笨说："那下次和我们一起呀，爱好不一样的夫妻有很多的。"

刚说到这里，何志突然进了卧室，当着我的面拉开抽屉拿现金，那是我们这个月预备的生活费。

他还问我："你怎么还不睡，不用等我啊！"

我诧异地看着他："你拿钱干什么啊？"

何志理所应当地说："用啊！哎，几个哥们难得能凑齐，小赌怡情。"

我一阵无语："何志，你们几点能散？"

他说："再玩几把的，你要是睡不着，给我们煮点吃的吧？这么晚了没有外卖了，饿得我胃疼。"

说实话，我当时真想一个大耳刮子扇过去。

可是一转眼，我就想到笨笨让我忍的话，没办法，我又起身给他们煮泡面、切水果，还拿出我接待客户时的落落大方，微笑应对。

这次，我算是给足了何志面子。

这天晚上，我是戴着耳机，带着烦躁的心情入睡的。

第二天一早，又要照常早起，开始新一天的奋斗。

但我没想到，第二天早上，我打开房门的刹那，看到的根本不是收拾好的客厅，而是一地的人仰马翻。

何志他们四个人有的睡在沙发上，有的干脆躺在地上，一个个呼噜震天，旁边的烟灰缸里早就塞满了烟头，还有好多直接插在西瓜皮上，甚至是吃饭的碗里。

我皱着眉，忍着恶心，去了洗手间收拾自己，准备上班。

这一晚的事，在我心里留下了不小的阴影，却没想到这不是偶然事件，而是日常。

之后的数日，我经常在晚上下班回家后看到雷同的一幕，我结束一天的工作，很累，却还要里里外外地端茶送水。

第二天起床，还要在客厅里翻山越岭，蹑手蹑脚。

如此周而复始，他们连轴转，片刻不停，而我脸上厌恶烦躁的表情也越来越深。

我问自己，这就是我要的婚姻生活么？我开始怀疑了。

到了周末，我好不容易抽出点时间去美容院做 SPA。

给我按摩的小姑娘看着瘦小，力气却很大，把我按得吱哇乱叫。

她说："姐，这是肝经不通畅啊，你是不是最近睡得不好啊？没有按时睡觉吧？"

我说，最近休息得是不好。

小姑娘又问我几点睡。

我说："凌晨一两点能睡着吧，但是睡得不踏实。"

那小姑娘很惊讶："那可不行！晚上十一点到凌晨一点，是肝脏排毒的时间，一定要休息，肝脏不好的话，很容易得肝炎、肝癌、肝硬化、糖尿病、乳腺增生。"

我听了更加心烦："行了行了别说了，说得我更疼了，我一定好好睡觉，好好养肝护肝。"

小姑娘说："是的呀，姐，一定要爱惜自己的身体呀！"

结果，等我回到自家楼下，抬头一看，窗户打开着，从里面冒出阵阵青烟。

我就知道，这帮人还没走。

我知道，我不能再沉默了。

我在职场上杀伐决断，遇到过无数难题，都被我一一解决，这样一个我，怎么能在家里这点小事上就失去了果断，瞻前顾后?

笨笨说，婚姻要忍。

我却觉得，这种忍耐最终会将我杀死。

我忍耐的结果是什么呢，只是我的一忍再忍，是何志的变本加厉。

想到这里，我做了个决定。

我先到小区外的小卖部里买了一瓶红星二锅头，拧开瓶盖，将酒精倒在手心，在胳膊上擦了一遍。

然后，我就面无表情地回了家。

我带着酒气，装出醉醺醺的样子进门。

那些何志的兄弟见到我，依然客气地喊“嫂子”并和我打招呼。

我问：“都在啊？”

何志张嘴就来：“我们还没吃饭呢，你给做点吃的吧？”

我忍着心烦，忍着差点脱口而出的尖叫，哑着声音说：“啊……我今天应酬去了，喝……喝多了，不好意思，我得先睡会，胃难受。”

何志这才说：“行吧，那你躺着吧。”

我看了一眼桌上散落的现金，没吭声，回了屋。

客厅里打牌的声音越来越大。

直到夜色降临，我给何志发了条短信，这是我给他的最后通牒：“老公，我实在胃疼，你们今天就散了吧。”

但何志的回复却是：“乖，别闹，赶紧睡。”

我吸了口气，知道这个男人已经无可救药了。

我缓缓举起手机，拨打了110：“喂，我要举报。”

数分钟后，外面传来了敲门声。

“开门！警察！”

紧接着，客厅里就响起一片嘈杂声，很快警察就进了门，像是抄土匪老窝一样将何志四个人连锅端了。

客厅再度恢复了宁静祥和。

由始至终，我都坐在卧室里，没有出去，假装酒醉睡了，同时感觉自己终于顺了口气。

然后，我又一次想起了远在攀枝花的妈妈，和她身边那些邻居对她的艳羡、对我的夸奖，以及公司同事们在背后的议论。

我对自己说，这个男人是我千挑万选的，是在我最脆弱的时候找到的那根稻草，如果他经过这次的事可以改过，不再聚赌，我还会原谅他，原谅他那些生活上的无能。

房产证上的名字不是那么好加的

PART 15

WOMEN IN BEI JING

001

警察来过家里后，我和何志还聊起过这个话题。

那时候，他一如既往地瘫在沙发上玩游戏，而我正在刷淘宝。

我将语气放软："老公，这事闹得多不好啊，以后就别玩了呗？"

何志却恶狠狠地："肯定是对门举报的，非得找机会收拾了他！"

我心里一咯噔："不是对门吧？"

何志反问："那还能有谁？这人太不敞亮了，有本事来敲门啊，打什么 110 啊！"

我心说，这不是和你说了多少次都不听吗？

我叹了口气，替对门说话："……我觉得应该不是对门，对门邻居人还挺好的。"

何志却斩钉截铁："一梯两户，不是他是谁！我就不信了，今天晚上还要打，气死对门！"

我傻眼了，完全想不到何志居然是这个态度。

"啊？今天晚上还打啊？"

何志说："打！不过不碰钱了！"

我感到很无力，便坐到何志旁边，柔声说："老公，其实这段时间，我身体挺难受的。"

何志立刻放下手机，关切地看着我："你怎么了？哪儿难受了？是不是怀了？"

我小声说："……没有，可能是因为老休息不好，最近工作上老出错。"

何志问："为什么休息不好呢？"

哎，这不是明知故问么？

我说："……老公，咱家隔音不好，你们每天打牌，连续打了半个多月了，我有点吃不消。"

何志一愣："啊？那你不说，抽屉里有耳塞啊。"

我有点无奈了："……我带了耳塞了，但是还是休息得不太好。"

听到我这话，何志仿佛才突然明白了点什么。

他问我："你是不是不喜欢我那些哥们啊？"

我的语气很艰难："每天家里乌烟瘴气的，你那些哥们有的光着膀子，我真的……"

何志恍然大悟地说："你说吴俊呀？你直接说呗，让他把衣服套上啊！要不你和我说，我跟他说，你怎么憋在心里都不言语呢？"

我言语？我怎么言语？我没有言语过么？

我直接或间接地说过多少次，不要再打了，听过么？

我很无奈地说："……咱俩商量一下呗？你看这样可以吗？我给你们找一个环境更好的棋牌室怎么样？有那种专门的棋牌室，设备齐全，通风啊，抗噪音条件都比家里好。这钱我出！"

没想到何志却急了："不是，你什么意思啊！折腾我们干吗？那你怎么不去开酒店住呢？"

我目瞪口呆地看着何志，这个逻辑完全出乎我的预料。

怎么，他还有理了？

何志见我愣了，直接把话语权抢了过去："媳妇儿，那都是跟我打小光屁股一起长大的兄弟，吴俊要出国了，后半辈子就不在北京待着了，他就好打个麻将，这要去了新西兰，谁陪他玩啊，我们这才凑一起连着玩几天，给他玩吐血了他以后也不惦记了，明天给他送机场去，以后就再没这事儿了。你怎么就不能迁就一点呢？有几次你跟我兄弟掉脸子，我也不舒服啊！”

我听他这么说，也有点来气：“那请问我怎么做，你能舒服呢？”

何志说：“你跟我们一块玩几局不行吗？你给大家教教四川麻将怎么打不行吗？”

我笑了一下，是气笑的：“我从来没有摸过麻将，我不会打，今天晚上我正好加班，就不回来了，祝你们玩得愉快。”

然后我就站起身。

何志看我不高兴了，就走过来抱住我亲了一口。

“你看你干吗呀干吗呀，多大点事儿啊，高兴点。”

他一哄起人，又是另一副样子。

我一想，毕竟我们才是两口子，那些都是外人，我何苦因为一个要远行的外人跟自己老公置气？

就这样，我很快就被何志哄好了。

这天晚上，我直接约了顾映真，一起去了酒吧。

酒吧里，我把自己的事儿一说，听顾映真给我出谋划策，这方面她是过来人，比我有经验，也比我有话语权。

顾映真这样说：“遇到困难，征服它或者放弃它，不要被它压制出更多的烦恼。”

我“嗯”了一声，心里渐渐定了。

顾映真接着说：“别发散情绪，想解决方法。”

听到这话，我问顾映真：“姐，你之前那两段婚姻都是遇到什么问题了呢？”

顾映真笑笑，说：“以前会觉得，都是对方的问题，我怎么那么委屈，我怎么那么倒霉，遇到这样不幸福的婚姻，现在我才明白，问题都在自己，但是即使我抱着自省的心情再次回到之前的婚姻里，我一定还是失败者。”

我问为什么。

顾映真瞅着我，苦口婆心："其实我们是一类人，你还年轻，可能不愿意承认，但我已经可以接受我自己了，我就是永远都不满足，我希望同行的人要么跟上我，要么带领我，但凡两个人的节奏出现问题，就会痛苦，就会撕扯。我的理想是活出我自己的精彩人生，而不是只做谁的妻子谁的妈妈，这注定我得不到更多的来自男人的呵护和宠爱，可是活到这把岁数了，老娘不 care 了，我可以把自己调整得很好，往后和谁在一起过，日子都不会太差了。"

顾映真的话让我陷入沉思。

我想，我是明白她的，我只是不愿承认，直到现在有这么一个好姐姐跟我说到这步，她的话也在我心里投下一枚重弹。

活出自己的精彩人生，而不是只做谁的妻子、谁的妈妈。

顾映真说得没错，我们是同类人。

而且，我当初选择和何志结婚，多半也是因为周围的压力。

我正想得入神，这时，顾映真又说："有欲望的人，是可敬的，也是可怜的。"

然后，顾映真举起酒杯，和我碰了杯。

顾映真的第三任丈夫，对她相当的好。

正如顾映真所说，她不 care 了，她把自己调整好了，和谁都能过得好。

几天后的一个晚上，我和何志一起躺在床上，我的床头柜上摆放的是热牛奶，何志的床头柜上是碳酸饮料。

他依然在玩游戏。

我问他："下周和我去顾姐家做客吗？她说这次就不办婚礼了，在家里办个 Party。"

何志头也没抬："好啊，我倒要去看看，这个女人是何方神圣。"

我忍不住夸起顾映真和她老公："顾姐的厉害，不是我们这些凡夫俗子能参透的。他这任老公，资产上亿，不仅把所有房产上都加了顾姐的名字，还给了顾姐公司股份。"

当然，我这话是意有所指的。

何志却没听出来：“哥们大方啊！”

我叹了口气，幽幽地看了何志一眼。

何志见我用余光瞄他，这才反应过来：“嗨！人家比我有钱，肯定比我大方啊，我穷啊！”

我说：“又没问你要！”

何志却来劲儿了：“你看你这话说的，酸溜溜的，别人有，咱们也不能差，想要什么，尽管说吧！”

我笑笑，说：“我什么都不想要，不过有个事想和你商量一下，你看我现在已经开始备孕了，以后有了孩子，这个一居室肯定不够用了，你看我们要不要卖了这个房子，然后买个两居室？是不是得弄个宝宝房啊！”

何志连忙附和：“嗯，还真是，那我们把这个卖掉，再看看买个学区房？”

我说：“我也是这么想的。这个房子卖掉，起码能再付个新房子的首付吧？咱俩再想办法还贷款啊。”

何志顿时有点犯愁：“我这工作，估计贷不了多少款啊。”

我说：“我还行，我能贷多点。”

何志答应得痛快：“行，我跟我爸妈商量一下，这房子户主是我爸，得他卖房子去。”

我笑眯了眼，软着声音说：“还有个事啊老公，你看我这都备孕了，你们的麻将就别打了呗？搓麻将的声音真的很大，我睡不好。”

一说到孩子，真是什么都能妥协。

何志忙说：“行，那就不打麻将了！”

就这样，麻将的事总算尘埃落定。

但我没想到，更大的难题就在前方朝我招手。

第二天，我正在公司开会，婆婆的电话就打了进来，一个接一个。

我没办法，只好按静音，继续主持会议。

直到下班，我到回家，扬声和屋里的何志说话，问他那些狐朋狗友是不是真的不来了，没想到话音刚落，就看到坐在沙发上的何志爸妈。

我愣了一下：“啊？爸、妈，你们来啦？”

婆婆立刻问我："给你打电话你怎么老不接啊？"

我说："开了一天的会，手机放静音了。"

婆婆显然带着气："那开完会总有时间回一个吧，回家路上回我一个不行吗？"

那时候我已经忙忘了。

没办法，只好道歉："妈，对不起，我……忘了，对不起！"

婆婆接着指责："你心里就只有工作，没有这个家啊！"

直到公公出来打圆场："没有那么严重，小可，等小志一会上来，咱们出去吃饭吧。"

我问："哦，他人呢？"

公公说："他去楼下超市买烟去了。"

婆婆又把枪头转向我："你怎么就让小志一直抽烟呢，结婚之前不是说好了，督促他戒烟吗？"

我无奈道："他也得听我的啊。"

婆婆却不依不饶，开始声讨："就你说话这样，他怎么听你的啊？什么叫狐朋狗友啊？有这么说自己男人的朋友的吗？"

我叹了口气："妈，我这是个玩笑话，开玩笑的。"

婆婆却盛气凌人："那正好说起来了，咱们坐下聊聊，你想换个大房子，把这个房子卖掉？"

我说："是啊，我们想着以后生了孩子房子不够用了。"

婆婆冷笑："倒也不是不可以，但是按你们商量的方法，这个旧房子卖的钱做新房子的首付，再贷款月供的话，那新房子房产证的名字怎么列？"

这一点我完全没想过，我下意识说："啊？我和何志呗？"

婆婆开始跟我算账："你看啊，是不是得何志、何志爸爸和你，三个人的名字？"

我一下子有点算不过来，但是想想又觉得哪里不对。

"新房子的贷款月供，可能我以后出力更多。"

婆婆质问我："那你什么意思？"

我说："……新房子算是我和何志的夫妻财产吧？这套旧房子的钱，应该算是何志和我一起买房，那样的话，爸爸的名字就不一定要写进房产证吧？”

婆婆听了直翻白眼：“算计得还真清楚啊小可。”

我也有点生气了：“不是我算计，这不是您找我来算的吗？我也是刚才才捋明白的，之前我都没想过。”

在这个婆婆眼里，我就是个外人，即使嫁给何志也是个外人，是要防范的人，是她要针对的阶级敌人。

002

但无论如何，他们是我的公公、婆婆，我还是起身先给他们沏茶，切水果。

谁知等我将水果放下，公公又开始了：“小可啊，你们刚结婚没多久，你就提这么个要求……”

我说：“这也是为了这个家长远打算啊……”

婆婆建议：“你要是想要两居室，你们去我们那房子住，我俩来这个一居室住，你看可以吗？就不用买房子了。”

我叹道：“妈，你们那个房子不适合我和何志，我上班在西北，很不方便的。”

婆婆冷哼：“反正你就是要买房呗。”

我觉得简直有理说不清：“妈，不是我非要买房，是我们想有更好的生活，也要为以后的孩子着想，这没有什么不妥的吧？”

婆婆说：“买房本身没问题，但你这笔账，精打细算的，出发点有问题。”

我突然明白了一个道理，眼里有屎的人看什么都是屎。

婆婆的神情让我无比受辱，她分明是在批斗我、声讨我。

我终于忍不住，说：“哪儿有问题呢？您是觉得我骗婚？骗房？您把爸爸的名字加进来，你们占三分之二的房产，您打的不也是利己的算盘吗？我们是一家人啊！是您把我当外人啊！我真的没有那么多心眼啊！”

婆婆立刻急了：“你什么意思，我有心眼？”

真是胡搅蛮缠，有理说不清。

这时，何志买了东西进来，见到我们吵起来，连忙上前。

“怎么了这是，别吵别吵！”

我正在气头上，脸色一定很难看。

而我婆婆戏更多，直接哭天抹泪了：“我就说别找外地的，不知根不知底的，你就不听话，你看看，你自己看看！”

这叫什么话，难道找本地的就知根知底，就听话？

可我知道，这话不能说，此时此刻只能止损。

我说：“爸、妈，对不起，我情绪有点不好，今天咱们先不讨论这个话题了，我还得回公司加班，你们去吃饭吧。”

话音落地，我就往门口走，何志根本拽不住我。

我只怕我再不走，真的会当场崩了。

我往楼下走，身后还传来何志和父母的喊叫声。

何志说：“妈你刚才说的什么话啊！人家工资比我挣得多！人家没图我什么！”

婆婆说：“你可长点心吧，你表哥不是让外地姑娘给骗婚的？你自己看看给人骗成什么样！”

骗骗骗，我在这个婆婆眼里，就是个骗子！

我一宿没回家，第二天早早去了公司。

我在自己的办公室里，公事上有点心不在焉，一直在发呆。

我的手机一直在响，是何志的电话。

我盯着那个名字，没有接。

直到张影儿敲门进来：“姐，我刚才上楼碰见姐夫了，他说让我喊你下去一趟，他在公司旁边的咖啡厅等你。”

我应了一声，见张影儿一脸好奇，便假装说：“难怪，关静音了，给我打了好几个电话我都没听见。”

我很快去了咖啡厅。

何志一见面就跟我道歉：“昨天我妈的话真的说重了，我也不知道怎么这事说着说着变这样了呢？”

我无奈地摇头：“因为你沟通有问题，现在搞得一锅粥！”

何志说："哪儿就一锅粥了，你是我老婆那是我妈，你俩不打不闹不就行了？"

呵，事情要是都这么简单就好办了。

我说："我讨厌被人误会，恶意的误会。"

何志有点着急："我妈不是那意思！哎呦喂，服了我都服了！"

我淡淡陈述："昨天我一出门，你妈说的话，我都听见了。"

何志连忙跟我解释："你听我说，我也没想到情况这么复杂，我妈是老思想，我也没办法啊，要不然就加上我爸名字呗，一家人这是何必呢？我又不会跟你离婚。这房子说到底不论房产证上名字是谁，还是咱俩的呀！除非咱……是不是？"

我笑了，苦苦地笑："咱什么？你说啊。"

何志挠挠头，却不说了。

他不说，我也知道。

合着到了这一步，是他们一家人一致对外，对我这个外人。

我很快就和卢家凯一起去看房，买房一事迫在眉睫，无论我和何志一家人意见是否相合，这个房我都要买。

我们看了一间精装的小一居室，卢家凯问我："怎么样？商品房，投资和自己住，都很合适。"

我说挺好，真是越看越好。

卢家凯说："我在十二号楼买了一个，但这个比我那个更好，这栋是楼王，采光更好。"

我笑了："价格也好啊。"

卢家凯翻了个白眼："那你买不买？"

我就一个字："买！"

卢家凯说要带我去购房处看看，我告诉他，我妈下周来一趟北京，到时候再去。

卢家凯没明白，问我啥意思。

我说："户主是我妈，这就不是我的婚内财产了。"

卢家凯诧异极了："什么？你什么时候变成了这么有心机的女人！你这是隐匿婚内财产啊！你是不是在筹划离婚呐！？"

我立刻啐他："啊呸！我送我妈一套房子，我都没让我老公和我AA一起送，你觉得这是我隐匿财产啊？"

卢家凯说："那要这么说的话，我要羡慕你老公，都没有因为娘家的事给他增加经济压力，上哪儿找这么好的老婆去啊。"

我没好气地说："谢谢，在这儿就能找到，我在这儿呢。"

卢家凯又开始嘴碎："啧啧啧，婚前你可不这样护着自己兜里的钱啊，我记得婚前我让你把咱俩合买的房子给卖了，免得结婚后再卖就成了你的婚内财产，你还骂我现实，骂我是黑中介呢。"

我也反唇相讥："我现在非常感谢你给我出那馊主意，让我在婚前卖掉了那房子。你真是我的亲人。"

卢家凯啧啧有声："你这婚结的，有点意思。"

我斜了他一眼："你看出什么意思来了？"

卢家凯意味深长地评价道："你婚姻很幸福。"

第二天，我就去了银行，将几张储蓄卡里的钱合到一起，还办了一张理财金卡。

同时，我也在整理我的心情，回想起曾经一切都在自己手中掌控的生活，会在结婚之后终将失去吗？

不，绝不。

房产证上的名字，看来不是那么好加的，可我希望被真正地认可，我希望我在婚姻中不是一个乞讨者。

更重要的是，我在北京这座城里竭尽全力地努力着，我希望得到这座城市真正的接受和尊重。

说到尊重，何志很快就给我来了一记回马枪。

我一回到家，就看到他和几个男人在家里围坐着，这回倒是换了一波人，却换汤不换药。

何志见到我说："媳妇回来啦？这是我们同事，来给你介绍一下！"

我走上前，尽量压制着心里的不悦，和大家客气地寒暄。

然后，我对何志说："何志你来一下，你帮我把卧室的窗户开一下，早上出门的时候卡住了。"

直到何志跟我进了卧室，弄好窗户。

他一回过头，我就送上了怒瞪的目光。

我问："你是不是答应过我，再也不玩了？"

何志满口道理："是啊，你不让我打麻将，没说不让打德州扑克啊，扑克没有噪音！"

我一句话都说不出。

和这个男人，和这家人，我再也无话可说了。

后来，我和卢家凯也因为房产证上的名字一事聊过。

我问他，如果他女朋友要求在他的房产证上加上她的名字，他会怎么想。

卢家凯说："那这婚，我不结了。"

我很诧异，问为什么。

卢家凯说："我在充满希望地规划我们的未来，她却在掂量我们关系破裂后的保底，我心里不舒服。"

我说："可是这个女人要跟你一辈子生活了，她是你的妻子啊，给她一个心理安慰、一个承诺，不应该吗？"

卢家凯很理想主义："我的承诺就是永远在一起，绝对不劈腿，根本不会走到离婚分房产的那一步啊！"

我冷笑着："谁能保证自己不劈腿啊！吹吧你就！心里藏着小九九不怕，怕就怕拿山盟海誓做包装。"

卢家凯立刻怼回来："这是怎么论的呢？哦，咱俩要结婚之前，坐下来一五一十地掰扯，要是离婚了怎么分家产？这不伤感情吗？"

我也不示弱："难道稀里糊涂的就在一个锅里吃饭了？吃出沙子咯着嘴了再论怎么办，就不伤感情了？"

卢家凯嗓门突然变大了："怎么着，女人结个婚要的也太多了吧？太贪心了吧？这把婚姻当什么了？难怪有钱人的男的都不想结婚！这就是算计！"

我一下子就来气了，也不知道是对他，还是对何志："我告诉你卢家凯，你老婆是要怀胎十月生孩子的，她要把她最最珍贵的时间段奉献给家庭、婚姻、孩子，她可能因为错过了最好的事业发展期，未来并没有什么经济保障！如果你出轨了，这个家散了，她以后可怎么办？有几个女人还能抓住机会再得到重生，那是偶像剧，不是现实！”

卢家凯一脸莫名其妙：“我就是再混账王八蛋，我也不可能离婚了不管她啊！”

我说：“女人其实要的就是个态度而已，给个态度怎么了？”

卢家凯也说：“在男人看来，娶你，爱你一辈子，就是最好的态度。”

简直是鸡同鸭讲，不是一个语言体系。

就这样，我俩不欢而散。

离婚的女人是丧家之犬

PART 16

WOMEN IN BEI JING

001

我和何志最终还是协议离婚了。

我对何志一家人彻底灰心，但我也很冷静，不想以吵架和争辩谁是谁非为收尾，在这件事情上，没有人对，也没有人错，只是价值观不同，只是信任不够，只是尊重不足。

不是一个世界的人，就不该进一家门。

我既然走错了门，就该退出来，把机会留给适合他们家的人。

在律师事务所签字那天，我和律师都很从容。

当律师将拟好的离婚协议推到我和何志面前时，我立刻认真仔细地逐条审核了一遍。

何志却一直盯着我。

直到律师识相地离开，何志才从椅子上站起来，几乎用央求的语气对我说："不离行吗？我改，我都改，以后我都听你的。"

我想告诉何志，这不是他改不改的问题。

他不能换掉他的家人，他只能换掉我。

而我，不愿等到相看生厌的那一刻才离开，我宁可我自己先看清事实，退位让贤。

我签好字，将协议递给何志："该你签字了。"

何志一直在问我："你这是为什么呀！为什么呀！"

签字过后，我又回到公司。

婚姻没了，可是工作还在，我的职位还在，我的辛苦成果还在。

只有这一切，才属于我。

笨笨来了我的办公室，陪我聊天解闷儿。

她问我为什么，都想好了么？

我说："我也说不清到底是为什么，不是出轨，好像也不是财产纠纷……"

事实上，无论是何志打牌打麻将，还是房产证上多加一个名字，似乎都不是我做这个决定的最终原因，但不可否认，它们都是这条路上的推助力。

我说："可是你知道吗，结婚一年了，每天，他进门脱了袜子光脚走在地板上，我真的受不了，我怎么说他都不改，我觉得我们家每天都一股子脚臭味，我每天都不想回家……你是不是觉得我特别作？"

笨笨摇摇头，心疼地看着我，耐心地听我抱怨。

我低声说："想到要离，我也惶恐，我就要变成一个离婚的女人了，但是相比起来，我更讨厌过去一年的自己……"

一边是自己不愿成为的那种离婚的女人，一边是自我厌恶的自己。

到底哪个更讨厌？

笨笨再次问我："你确定你想好了吗？"

我哽咽了："……没有。"

笨笨也红了眼眶。

我快要离婚了，身边所有朋友都很担心我，仿佛我是个定时炸弹，而他们都不愿去做那个引爆的人，又希望我能引爆，发泄出来。

第二天，我去卢家凯的家里吃火锅。

卢家凯也一直盯着我看，好像生怕我出事。

我催促他："你盯着我干吗，你吃啊。"

卢家凯却问出一个非常现实的问题："真要离了，你住哪儿？"

我说："哎，通州那房刚装修好，但不想住，太远了，你帮我在朝阳公园附近找一个吧。"

卢家凯却把话题转开："我看有个马尔代夫七天游，你去不去，我请你。"

我诧异极了："铁公鸡拔毛了，有什么企图吧你？"

这简直不是卢家凯了。

卢家凯说："你就去呗，海滩上，比基尼一穿，各种度假照片朋友圈一发，堵住他们的嘴。"

我接着他的话说："告诉他们，我离了，但我不是你们想象里的丧家之犬，我会越过越好？"

卢家凯说："就是这么个意思！你们女人发朋友圈不就是干这个的吗？"

肤浅……

我说："那马尔代夫太费钱了，你把那钱给我，咱们去趟北戴河，拍出来的照片也差不多。"

卢家凯没好气地怼我："那你在护城河旁边拍，更符合你的气质。"

我把筷子一撂："大哥，我这眼看着就要变成大龄失魂妇女了，你就不能说点儿好听的吗？"

卢家凯说："哎没事，不就离婚吗，大不了咱俩凑合过！不都约好的嘛！"

那我真是宁愿跳河。

"去去去，帮我再拿瓶香油。"

卢家凯立刻起身，哼唱着《爱的代价》去厨房拿香油了。

第二天，笨笨又来了我的办公室。

她泪眼婆娑地看着我，好像比我还难过，她还说："亲爱的，你做什么决定我都支持你，爱才是最重要的……"

然后，笨笨就稀里哗啦地哭起来。

"我就是特别特别担心你……"

她是怕我想不开么？

我赶紧走过去拥抱她，我俩的角色彻底颠倒了。

笨笨抽泣着说：“其实，何志给我们所有人都打了电话求助，他想挽回。”

我意外极了，没办法，不知道该说什么，只好安抚笨笨。

我和何志，还是去了民政局。

清官难断家务事，他找再多人做说客，那些人也不能替我跟他过日子。

等我和何志一起从民政局出来时，我才算彻底松了口气。

何志说，想最后一起吃个饭。

我说：“不吃了，一会还有个客户要去见。”

何志问：“连个散伙饭都不愿意吃吗？”

既然都散伙了，饭就更没必要了。

我说：“算了，有机会再吃吧。”

何志却好像还有点不甘：“我们要是有个孩子，肯定走不到今天这一步。”

我立刻想到了我妈，她就是在生下我之后，和我爸离婚的。

我说：“要是有个孩子，带着孩子离婚，我们会更辛苦。”

何志没再继续这个话题，他指着一个方向，说：“我车在那儿，你还有点东西没拿走，我都带来了。”

我跟着何志走到车旁，他从后备箱拿出一个很重的登机箱。

他说：“你……好好的，少加班，多运动，有什么事，尽管找我。”

我“嗯”了一声。

何志看着我，一言不发，直到我躲开他那复杂的眼神。

我说：“走了啊。”

何志没说话，只是看着我。

我只好转身离开。

离了婚，我第一个想到的就是我妈。

坐在出租车里，我心里难过，很快联系了她。

我说："妈，我离婚了，今天去领了离婚证。"

我妈也很平静："好的，我知道了。"

我问："你不想问问我理由吗？你不骂我吗？"

我妈却说："二十多年前的某一天，我就是现在的你。"

恐怕身边这些人，只有我妈最了解我了。

我说："妈，我心里头难受，可不知道怎么说。"

我妈这样回道："没有非离不可的婚，也没有非在一起的人，但是自己做的选择，永远不要去后悔。向前看。"

嗯，向前看。

这句话，我记住了。

离婚后第一件事，就是安置住处。

我租了新的房子，每天早晨，拉开窗帘，阳光就会柔和地洒进来，一室温暖。

然后，就是断舍离。

我要让房子显得空旷一些，看着心情也会好，就把自己洗好的旧衣服往贫困地区捐赠，再重新换上一切，每一件都是自己精挑细选购置的，属于我现在的品味，我认为相得益彰的价格。

以前小，不懂事，巴不得屋子每一个角落都塞得满满的，不停地买买买，好像堆积在一起就是幸福感和安全感。

现在年纪大了，就明白断舍离的重要，不用多，不用滥，只希望停留在身边的是对的、有用的、有意义的。

这种知道自己适合什么，需要什么的笃定，是一路跌跌撞撞总结出的经验，也是我们终将通过受伤来做出更多不受伤的选择。

只是我没想到，我刚断舍离一段婚姻、一段过去，我就接到了另一段过去打来的电话——杨大赫。

接到他的电话时，我很惊讶。

他就只说了一个字："我。"

即使多年不见，我依然一下子就听出来了。

杨大赫说："我在北京呢，问田子要了你手机号。"

我“哦”了一声。

杨大赫继续说：“你晚上干啥？有空吃个饭吗？我和我……我媳妇请你吃个饭呗，好多年没见了。”

我依然是“哦”。

然后，我们都沉默了。

直到我问：“几点？”

杨大赫说：“七点呗？我这人生地不熟的，不知道啥好吃，你定个地方吧？”

我也就一个字：“行。”

吃饭前，我特意去美发店做了个发型，还从包里拿出几支口红，问我的造型师，哪个颜色和我现在穿的衣服比较搭。

造型师说：“这个显得成熟有女人味，这个显小，这个现在流行，韩范，最漂亮了。”

我果断做了决定：“那涂显小的。”

晚上，我去赴约了，杨大赫和他老婆已经先到了，都在等我。

我见到两人的身影，快步走过去，有点尴尬，却又不尴尬地寒暄：“不好意思，晚到了。”

杨大赫说：“没事，北京堵，都知道。”

我和杨大赫对视了一眼，却又不约而同地挪开了眼睛。

杨大赫这时说：“介绍一下，苗苗。”

我看向苗苗。

那是个看上去很温柔很懂事的女人，很居家也很贤惠。

苗苗对我微笑着，起身给我倒水。

我发现，我没法讨厌她。

杨大赫突然问：“怎么没带你老公一起啊。”

我说：“哦，他……出差了。”

苗苗也突然说：“你头发真好看。”

我有点诧异：“啊？是吗？”

苗苗说：“我一直想弄这个头发，但是我们那儿做不出这个样子来，不知道是技术不行还是我头发太软了。”

杨大赫开始吐槽自家老婆："她过年的时候做过一次，弄完了都说像鸡窝，气得她除夕晚上嗷嗷哭。"

苗苗叫着："哎呀你还说！就是你说像鸡窝，别人也没说啊！"

苗苗气得拿小拳拳砸杨大赫。

她那样子一点都不做作，全是幸福。

我看在眼里，却忍不住嫉妒、难过。

但是除了这些，我还有点宽慰，毕竟我也不想看到杨大赫过得不好。

我问："你们这次来北京是旅游？出差？"

杨大赫说："不是，在北京的老同学，数你混得最好了，想跟你咨询个事。"

我问什么事。

转眼就见苗苗从包里拿出一个文件夹来，她背的是香奈儿的包。

苗苗打开文件夹，递给我："是孩子上小学的问题，这是我们孩子的一些情况介绍，还有我们想上的几个学校的资料。"

我诧异极了："啊？你们孩子都要上小学了？"

杨大赫说："五岁了啊，转眼就得上学了，苗苗说想全家搬到北京来，让孩子在北京上学，北京教育环境好。"

苗苗接着说："嗯，想上那种国际学校，孩子接触的东西不一样，见多识广的，以后好发展。"

这回，我不只诧异了。

我说："这方面我还真懂得不多，这个我回去研究研究，我和别的家长再问问？"

杨大赫说："不着急不着急，你帮我们问问呗。"

这时，他的手机响了。

杨大赫说："你俩点啊，我吃啥都行，我去接个电话。"

等他离开，只留下了我和苗苗，我们两个人对视着，傻笑着。

苗苗突然说："我是大赫妈妈住院时候的护士。"

我这才想起来和杨大赫分手时的那段小插曲："哦，对啊，阿姨生过一次病，所以你们那时候……"

苗苗连忙解释："不是的，大赫没有出轨，我们是你们分手以后过了一年之后才好的。妈妈一直在床上躺着，生活完全不能自理，大赫怕你知道了妈妈病得这么严重，你会放弃北京，去吉林陪他尽孝，他觉得自己不能那么自私，他说你太喜欢北京了，你一直想在北京发展。"

002

苗苗跟我说了很多杨大赫在医院照顾妈妈期间的事，他妈妈最初因病得太重，连那年生日都是在病床前过的，也多亏了苗苗的鬼精灵，时常能缓解低沉的气氛。

我听到苗苗的描述，完全怔住了，这和我想象中的完全不一样。

我不知道如果当时没有苗苗，杨大赫是否还能熬得过来。

苗苗还说："妈妈的治疗费用也挺高的，后来我就在家里照顾妈妈，大赫出去跑生意，慢慢地没几年就都缓过来了，可是妈妈没享上福，还是走了。"

我突然觉得眼眶很热，却努力忍住。

直到杨大赫举着手机回来，他正在和孩子视频。

杨大赫："俊俊听话，爸爸妈妈也正在吃饭呢。"

杨大赫回来对苗苗说："儿子还发烧，闹着不吃饭。"

苗苗连忙接过手机和儿子视频："俊俊，爸爸妈妈现在和你一起吃饭，我们看谁吃得快好吗？吃完了饭，让姥姥奖励你看《小猪佩奇》。"

然后，苗苗和杨大赫便头碰着头，对着视频叮嘱着。

坐在对面的我，始终在笑，但只有我自己知道，那有多勉强。

这顿饭，吃得我心里不上不下，有些心酸，有些无奈，有些苦涩。

好不容易熬到头了，我们三人一起走出餐厅。

杨大赫看了看我穿的外衣，他说我穿得太少，这还不得冻感冒？

我正说着："还行，不冷。"

杨大赫就指着路边挂着吉A的一辆路虎，说"上车吧，给你送回家。"

我说："不用，我已经叫车了。"

杨大赫坚持着："我们给你送回去呗！"

我也很坚持："真不用，车就在旁边，马上就到。"

杨大赫叹了口气，说："那行吧，你等一下啊。"

然后，杨大赫就打开车后备厢，提出一个大袋子，里面装的像是一件大衣。

苗苗笑道："这是送你的礼物，希望你喜欢！"

我有点惊讶："太客气了，还带这么大的礼物。"

苗苗说："是我们自己店里的，你回去试试，看看喜不喜欢！"

这时，一辆车从远方驶来。

我一看车牌号，便说："我叫的车到了，那我先走了！"

杨大赫嘱咐着："到家了说一声啊！"

我已经坐进车里，跟他们挥手再见。

回到家里，我将袋子打开，发现那是一件很厚实的貂皮外套。

我将它穿在身上，站在镜子前安静地看着自己。

那一刻，我也不知道自己在想什么。

紧接着，微信就来了，是杨大赫。

杨大赫："到家了没？试试衣服，你以前最鄙视的貂，其实没那么难看！"

我回道："嗯，真的很暖和。"

然后，我的眼泪终于流了下来。

此时此刻，内心的孤寂，无法言说。

这个城市在改变，眼底的风景在改变，这个城市里的人们也在改变。

我们都变得，不认识彼此了，也回不去了。

这天晚上，带着这样的心情，我入睡了。

第二天一早，我准时走进办公室，我的办公桌上已经摆满了向日葵，旁边还有小卡片，是我的下属们集体写的，显然我离婚的消息已经传遍了。

卡片上写着这样一句话："失去并不可怕，展望美好未来！我们爱你。"

这年冬天，我印象中格外的冷，冷得刺骨，冷得心寒，任凭我穿多少衣服，贴多少暖宝宝，都压不住那让人颤抖的寒意。

我每天每天都在提醒自己，一个主动离开不合适婚姻的女人，一定不是一个失去者，既然已经做出选择，就要为自己的选择负责。

你问我，到底有没有在长夜里号啕大哭？你问我，离婚后是不是有过后悔？你问我，有没有害怕之后遇不到更好的人？

呵，别问了，我怎么可能告诉你呢？我已经学会了把情绪调到静音模式。

值得一提的是，我离婚的事，就像我刚结婚时那样，成为公司上下在洗手间里讨论的话题。

同样，我又当了一回自己八卦的听众。

那天，我拿着手机坐在马桶上，微信里是朋友们发来的消息，她们各抒己见，各有立场。

桔子说："离就离了吧，咱这条件还怕找不到新人儿啊！ 你别难过啊！"

李晓芸说："什么叫性格不适合就离婚了呀，听都没有听过这种理由啊，肯定有什么具体的事，他到底干什么了你非要离婚呢？"

顾映真说："恭喜你，真正地学会了止损。低落了可以来找我喝酒。"

我笑着看着这些，感觉又要掉眼泪了。

离开何志，我不难过，我没哭，可是看到朋友们的关心，我却忍不住。

这时，门外传来了小姑娘们的点评。

员工甲说："啧啧啧，你发现没有，女强人的婚姻都不好，男人都讨厌要强的女人。"

员工乙说："估计在家里特别强势，男人受不了，人家在外面找别人了吧。"

员工甲说："肯定是，要不怎么离婚呢？而且我听说陈可本来就是单亲家庭的，我跟你说，这个单亲家庭出来的孩子，就是不行，性格有问题。"

这两个小姑娘的想象力真棒，平时大概没少看电视剧。

直到张影儿的声音突然出现："别胡说了，他们结婚一年了，我们可姐那么拼，加班完都是可姐开车挨个把我们送回家，再自己回家，姐夫也不愿意跟我们亲近，聚餐喊他从来也不出现。可姐那么辛苦，又那么优秀，非常有资格和条件再找一个对她好的男人！”

听到这里，我笑了。

是的，我相信，我的确有找到一个对我好的男人的资格，就像顾映真所说的那样，把自己照顾好了，和谁都能过得好。

只有女人看得见绿茶

PART 17

WOMEN IN BEI JING

001

我离婚的事，对李晓芸冲击很大。

她似乎有点过不去这道坎儿，在很长一段时间里，都跟我死磕。

就比如说，那天我们在网上聊天。

我们最初的话题明明说的是，李晓芸才把我妈送上飞机，因为我妈要来北京看医生，她眼睛不太好，我这回要带她去北京的大医院做一圈检查。

结果不知道为什么，李晓芸话锋一转，就问我最近咋样，还好么，接着就叹气。

我说："你叹啥气，想说啥说吧。"

李晓芸立刻问道："不是，我就真的不明白你为什么要离，生个孩子，你想要的什么没有啊！"

就像李晓芸不懂我一样，我也不懂她的逻辑。

我说："都已经离婚了，我们不讨论这个话题了好么？"

难不成还要我跑回去复婚？

李晓芸又转战到我个人身上："我觉得你去了北京以后，变了好多，变得很奇怪！"

我无力道："哎呦你就别再批评我了，能不能鼓励鼓励我呢？"

李晓芸这才收手："好吧，你别伤心，大不了从头再来，总有一个男人在等着你。"

男人？还是算了吧！

我开玩笑问："谁？阎王爷啊？"

我和卢家凯一起到机场接了我妈，那一路上，我妈都对着卢家凯笑，特别古怪。

等回到家里，卢家凯又搬着我妈的行李放到屋里，我妈笑得更开心了。

我妈说："家凯，一会阿姨请你们出去吃个饭。"

卢家凯说："阿姨您别跟我客气啦，我一会还有事，我明天再过来接您去医院。"

我妈有点诧异："哦，不耽误你上班吧？"

卢家凯忙说："不耽误，我都请好假啦！"

我妈又流露出那种越看越中意的眼神。

直到卢家凯说："阿姨那我先走了，您好好休息休息，想去哪儿玩，想吃点什么，您就让可可和我说，这几天全程陪您！"

我妈笑开了花："好好，诶，快回来，来拿点腊肉回去做着吃。"

卢家凯摆手："阿姨我就不拿了，您就放这儿吧，我想吃了随时来找可可就好了。"

这话说得是有那么一点暧昧，我和卢家凯熟了，大家都觉得没什么，只是架不住毫不知情的我妈，听了多心。

这时，我开口了："我送你下去吧，顺便去趟超市。妈你先自己收拾啊，我马上回来。"

我妈说好。

然后，就目送我们出了门，嘴角的笑容就一直没散。

下了楼，我和卢家凯走出小区。

我实在忍不住，就把我妈的窗户纸捅破了：“就我妈那眼神，估计把你当我男朋友了。”

没想到卢家凯反倒挺大方：“没问题啊！阿姨开心就行，要不要我再好好演一下你的男朋友，让她彻底安心啊？”

听到这话，我心里是高兴的，但我嘴上还得硬着：“我谢谢你啊！”

说实话，相比起我身边以前那些男人，卢家凯的确不错。

结果没想到，我正这么想着，对面就走来一个女孩子，又瘦又高又美，尤其那两条腿，简直了，连我身为女人都忍不住啧啧称奇，这男人看了还不得喜欢死啊？

奇怪的是，那女孩一直对着我们笑，还迎面走上来。

我正纳闷儿，卢家凯就快走了几步，越过我，很快和那女孩手拉手了。

我去……什么情况？

我在原地石化了。

卢家凯还回过头来说：“来，介绍一下，这个是陈可。”

那女孩的声音又柔又嗲：“我知道了啦，家凯总跟我夸你，你好可可姐，我是柳夏梦，和家凯在一个小区。”

一个小区？近水楼台？

我有点词穷：“哦……你们这是……”

卢家凯说：“没来得及跟你说呢，我俩，上周才……这是我女朋友啊！梦梦！”

我却已经被这突如其来的消息劈得外焦里嫩了。

“啊……梦梦你好你好。”

我刚打完招呼，这两人就腻歪地站在我面前你侬我侬，看得我实在承受不住。

我立刻说：“我去超市了啊！”

柳夏梦说：“啊？可可姐，再见！”

卢家凯也说：“着什么急啊，那明天见啊！”

直到我走出老远，再回头一看，卢家凯和柳夏梦还靠在一起，你看着我，我看着你，像是藤缠树，树绕藤，半天也挪不出小区口。

我登时气涌如山，直哆嗦，这会儿看那女孩又怎么都不顺眼了，瘦得跟麻杆儿似的，也不嫌咯得慌！

我一个没忍住，就拿出手机，给卢家凯发了信息。
“有病啊你！”

有这么一种女孩，上学的时候大家都遇到过，所有女生都讨厌她，她没女生朋友，但所有男生都喜欢她，争先恐后地献殷勤。
是的，这种女孩就叫绿茶。
女人看得见绿茶，男人却看不见，这是一种神奇的生物。
我回到家里，开始打扫卫生，我妈一个劲儿在耳边唠叨。
“家凯是哪里人啊？我好像以前就听你说过他。你们认识很多年了吧？”
我说：“嗯，跟我一个大学，同一届的。”
我妈说：“那多好啊，知根知底的，都了解彼此。”
我停下动作，没好气：“我不了解他。”
我妈还被蒙在鼓里：“我看人家家凯对你真是不错。”
我“呵呵”两声。
我妈说：“你别擦了，挺干净的呀，以前没发现你这是，有洁癖了？”
我说：“我一直有洁癖，恶心人的事见不得。”
我妈听不懂：“说什么呢？出去吃饭去啊？你去换个衣服？”
这时，我放在茶几上的手机响了，我妈拿过来一看，立刻激动地递给我。
“家凯的家凯的。”
我接过电话，没好气地问：“怎么了？”
再一抬眼，我妈正盯着我，没办法，我只好走进洗手间。

然后，我又问了一句：“不陪女朋友，给我打电话干吗？”
卢家凯上来就问：“你给我发的那个什么意思啊？你怎么了你？”
我说：“没事，有感而发。”
卢家凯立刻说我：“神经病啊你，又不着急回家，也不跟梦梦打招呼就跑了，你不喜欢梦梦啊？”
我在心里冷笑：“我哪有资格不喜欢别人啊！”
卢家凯却说：“梦梦跟我夸了你一路呢，她好喜欢你的。”

看，就是这种女生，男人那种单细胞生物是get不到她们的隐藏属性的。

我说：“哦，谢谢她喜欢我。”

卢家凯又开始说我：“你能不能不阴阳怪气的，太莫名其妙了，你到底怎么了！”

我说没怎么。

卢家凯说：“那你现在不说，以后也别说。”

呵呵，我心里的醋瓶子都要打翻了。

可我怎么说，怎么承认？我不要脸了么？

于是我叹了口气，说：“……卢家凯我警告你，不要在我素颜没打扮的情况下给我介绍陌生人。”

卢家凯立刻乐起来：“哈哈哈哈哈哈哈陈可你有病啊！你是女明星啊？你素颜还能看！”

我觉得更生气了。

我妈在北京看病的事，全是卢家凯开车帮忙料理的。

等我妈看完病，要打道回府了，那天，还是卢家凯开车来送。

在他来之前，我还在嘱咐我妈：“妈你回去拿着这边的诊断书，李晓芸给你联系了一个眼科医生，按照这边的治疗方案，你先试试。定期再来北京复查。”

我们一起拿着行李往外走。

我妈这时说：“好，你看，家凯已经来了。”

我妈手指着的方向正是卢家凯，他靠着车，在等我们。

我没好气地挥了挥手，结果从卢家凯后面，浮现出了柳夏梦的脸。

今天的柳夏梦，打扮得比前几天还好看，软萌萌的。

我看了顿时气不打一处来。

该死的直男！该死的绿茶婊！

去机场的路上，我和我妈坐在后座，柳夏梦坐在副驾驶座上。

我妈左看看，右看看，没看懂。

我想，我不能告诉我妈，那是卢家凯的女朋友，不然我妈念叨的，催的，还是我。

嗯，卢家凯这个挡箭牌还是得先用着。

于是，就在卢家凯介绍的时候，我把他的话打断了：“这是家凯的妹妹，梦梦。”

柳夏梦竟然也没觉得尴尬，扭过头软萌萌地和我妈打招呼。

“阿姨你好……”

加糖加甜的声音直接酥软了我妈。

我妈说：“哎呦，你有十八岁吗？”

柳夏梦回答说：“哎呀哪有那么年轻呀，我年纪都好大了，我都二十六啦。”

我妈说：“那看不出来，也就十八。”

我瞟了我妈一眼，说：“妈你眯一会吧，休息休息眼睛，到了机场我喊你。”

柳夏梦赶紧把自己副驾驶上的靠枕递到后排来。

“可可姐，这个给阿姨垫着吧。”

我接过：“好，谢谢。”

“不客气。”

我瞪着她坐的副驾驶座，那里以前是我的位子，现在被人占了。

可我还得憋着气不能发作，让自己看上去心平气和一些。

直到晚上，我妈已经上飞机了，卢家凯拉我一起去撸串。

当然，还有柳夏梦。

柳夏梦这才问我：“可可姐，为什么说我是家凯的妹妹啊？”

她这句话问得特别真诚特别柔和，丝毫听不出一点责怪，就是单纯问问题的神态。

我吃着毛豆，轻描淡写地说：“我刚离婚，我妈心理压力大，看不了别人成双成对的。”

柳夏梦恍然大悟：“哦，这样啊，可可姐，你别难过，你条件那么好，追的你都排队了吧！”

我在心里呵呵呵。

“排队？是的，排我队的人，比旁边卖兔头的门口排队的人还多。”

卢家凯问：“哪儿卖兔头呢？”

我说："隔壁右拐那家，很有名的，每天就做一锅，卖完就关门。"

卢家凯说："那我去买点啊！好不容易来一趟。"

柳夏梦立马可怜兮兮地拽住了刚起身的卢家凯，声音发嗲："怎么还有人吃兔肉啊！太残忍啦！"

我已经在心里笑翻天了。

我也装腔作势起来："是的呀，怎么可以吃兔兔，兔兔那么可爱！"

谁知柳夏梦完全没听出来我是在戏谑她。

柳夏梦对卢家凯说："我属兔了啦，你又不是不知道，你要吃我呀？"

靠，卢家凯可不就是想吃你嘛？

我快被恶心吐了，赶紧喝了口啤酒，咕噜咕噜压压惊。

卢家凯这时还在说："兔肉其实还挺好吃的。"

柳夏梦说："哎呀你不要讲了，眼泪都要出来了！"

说着，就流露出一副好怕怕的样子，靠在卢家凯的肩膀上。

卢家凯立马怜香惜玉："好好好，不吃了不吃了。"

我放下啤酒，高声喊："服务员，来杯绿茶！"

服务员问："啊？绿茶？饮料行吗？"

我说："都行，绿茶就行，给这位先生来一杯。"

卢家凯一脸茫然："给我要绿茶干什么啊？"

我来劲儿了："吃兔兔配绿茶，这才是卢家凯的最爱啊！"

卢家凯更蒙了："什么意思？"

我接着拿他开涮："你快过生日了吧？我送你块表！"

卢家凯这才有点明白我的话："不用，我去年买了块表！"

自从我离了婚，就懒得回家，不爱回家。

我宁可一个人在办公室里吃泡面，看看书，听听音乐，等到晚了回到家里，倒头就睡。

那天，我又在办公室里加班了，我手边就有一碗泡面。

张影儿给我端咖啡进来的时候，我说："你快回家吧，别陪着我熬了。"

张影儿跟了我这么久，也是个聪明姑娘，她看我电脑都关掉了，旁边放了一本打开的书，又有泡面，大概就明白了什么。

然后，张影儿从兜里拿出一张卡。

张影儿说：“可姐，楼下开了一个美甲美睫店，这是他们送咱们的会员卡，你一会去看看？现在流行嫁接睫毛，就不用每天涂睫毛膏了，特别省心。”

我抬了抬眼：“是吗？这个发明太好了，听说现在还流行半持久眉，就省得自己画来画去了，有时间我也纹一个去。”

张影儿说：“这个主意好啊，十点关门，我先去预约一下哈！”

我说：“好，半个小时以后我下楼。”

离婚了没有下家，身边的闺蜜、哥们儿都各自有各自的生活，我实在不想去打搅别人，只能活得像是个缩头乌龟，躲在美容美发 SPA 店里，缩在各种书籍各种电影里，以前那些我没时间去做的事，现在全都做完了。

从害怕孤独到接受孤独，再到享受孤独，我也终于明白，人生的路，一个人来，一个人走，有缘同行就珍惜，无缘同行也不要放弃信心。

向前看，向前走，管它前面是什么，最坏的结果还能比现在还坏吗？

002

几天后的一个晚上，我又去美甲店做美甲。

刚一坐下，我和坐在旁边的女人就互看一眼。

然后，我和服务员沟通：“我要 11 毫米的那种的。”

服务员回我：“好的。”

没想到旁边的女人，突然一只手就抓住了我，把我吓了一跳。

那女人喊：“陈可！”

我定睛一看，这才发现她竟然是药梅。

我也喊：“药梅！”

药梅说：“妈呀，咱俩多少年没见了啊，怎么在这遇上了！”

我也说：“你这换了个发型，我都没认出来你！”

药梅摆摆手：“嗨！不做了不做了，咱们找个地方聊天去吧！喝点酒去？”

我立马答应了。

药梅穿着很 Lady 的小裙子，踩着小高跟鞋，还背着 Dior 的包包，整个人都显得优雅富贵，扭着小腰走在我前面。

她领我去了她的工作室。

她说："这是我的一个工作室，也算是个小会所，什么都有，还珍藏了几瓶好酒呢，一会尝尝。"

我四处看了一下装修，和她现在的打扮一样优雅富贵。

"好，这儿装修得挺有感觉的。"

药梅开始炫耀："那是，找了个大设计师弄的呢！这几把椅子，黄花梨的！"

门口的前台小妹见我们来了，立刻起身迎接药梅。

药梅顿时又换上了一副女老板的姿态，腰杆立得很挺，说话底气十足，十分官方。

"Lisa，这是陈总。"

前台小妹说："陈总您好。"

我说："你好。"

药梅又说："去把我的藏酒拿几瓶过来。"

前台小妹很快去了。

再看药梅，俨然一副成功女性的典范，工作室的墙上还挂着药梅新出版的小说的广告。

作者名字叫什么"卜妖氼"？

我觉得自己可真是没文化："上面水下面人，这个字怎么念啊？"

药梅哈哈大笑，笑得前仰后合，乐不可支。

她说："还是念梅！大师给算的，大师说药梅这名字听着不吉利，所以改名叫"不要没"。"

我恍然大悟："所以这叫不要没？！这三个字还挺有网感的呢！"

药梅说："你可说对了，我的书，中文网点击率前三呢！"

我和药梅聊着天，她的坐姿越发随意起来。

直到那个前台小妹拿着酒出来，药梅又赶紧合拢了刚才开叉的腿，优雅地保持微笑。

药梅对那小妹说："你再去给陈总拿一套我的书来，送给陈总。"

前台小妹问："要限量版的那套吗？"

药梅说："对，限量版。"

见到药梅人前人后反差这么大，切换自如，我竟有点忍俊不禁。

等前台小妹拿书的工夫，我又环顾起前后左右药梅的大幅海报，这些照片拍得确实不错。

我问："你怎么当起美女作家啦？"

药梅又叉开了腿："现在文化产业多挣钱啊！"

我说："可是写小说，也没那么简单吧？"

药梅笑道："你知道枪手吗？只要肯花钱，什么水平的枪手都能找到。我这个枪手就不错，正给我写着第三本小说呢。"

这时，前台拿了一套限量版小说过来，递给药梅一只签字笔后又离开了。

药梅打开扉页开始写："我给你来个限量签名版哈！"

药梅大笔一挥，提笔忘字："惠存的惠是哪个惠来着？"

我说："欢迎惠顾的惠。"

药梅又问："那是哪个惠？"

我一阵无语："就是……哎呀咱俩别客气了，给我签个名就行，你送我的，我肯定惠存。"

药梅："行。"

等我俩在她的小工作室里酒足饭饱，都有点微醺了，药梅也不再穿着那双高跟鞋，干脆脱掉了光着脚盘腿坐在我面前。

然后，她酒后吐真言起来："高飞这个王八蛋，他说肯定离婚娶我，结果我这边怀孕了，发现他又勾搭新来的实习生，狗改不了吃屎！"

高飞要不是好这口，当初也不会和药梅搞到一起。

我问："那孩子你就给他了？不要了？"

药梅负气地说："不要了，没法要，我就是傻，居然信了他。我信佛，不能打胎，就生下来吧，高飞他老婆也不能生，他也一直想有个孩子，说实话高飞那人，除了感情混乱，当领导当儿子当爸爸，都挺好。"

我听到药梅的话，也跟着叹气。

药梅说："叹什么气呢！不合适就扔了，赶紧再去找更合适的。"

我问她："那你现在怎么样？找到更合适的了吗？"

药梅说："找到了，要不我怎么能过成现在这样啊，福建的一个老板，我以前的事他都不知道，一直投资我包装我，对我特别好，就是离得太远了，他的企业还在福建，经常见不到面。"

有钱又不经常见面？

我有点迟疑："那他……"

该不会也是已婚的吧？

药梅倒是痛快地说："今年离婚，正谈判呢！等他离了我可能就去福建了，北京也没啥意思了。"

我下意识问："万一又离不了呢？"

药梅甩甩手："无所谓了，就是再难受一回我也不怕了，反正再辜负我，我就把他也从我的历史清单里，抹掉。"

然后，药梅举起杯，还是当初傻傻的土土的笑脸，看着我。

我一下子说不上是心疼还是羡慕，只好也举起了酒杯，看着她。

药梅猛地喝了一口酒，擦擦嘴。

药梅说："这也不过瘾啊，你等着。"

她拿起手机，顿时又是那副优雅的语气："Lisa 啊，陈总想吃泡椒风爪和鸭脖子，再来点毛豆吧，你去楼下超市买些上来。"

我："……"

至于卢家凯和绿茶柳夏梦，我们后来还真的就这个问题讨论过一次，结果是又一次不欢而散。

谈话那天，我们就坐在我家里，看电视，吃着鸭脖子。

卢家凯问我要不要喝啤酒。

我果断拒绝："不喝，喝酒肿脸胖肚子，我最近养生呢。"

卢家凯取笑我："知道自己年纪大了呗？那给你啤酒里加点枸杞呗！"

我说："滚！"

卢家凯又说："一会梦梦回来了我们再做饭啊，你先垫吧着。"

我说："哎……娶了媳妇忘了我啊！哎？你和这个诗情画意的梦梦怎么联系上的？"

卢家凯笑嘻嘻的："就是我帮客户去宠物店接狗，就遇见了，她说有些注意事项要和我叮嘱，就要了我微信，回去给我发了好长一段注意事项，我一看，这女孩真细心。”

“然后呢？你就追人家了？”

卢家凯说：“没有，我就把这事给忘了。然后有一天晚上我洗完澡躺床上了，准备睡觉，就听见我微信响了好几声，我一看手机，是她，连续撤回了三条微信。”

我又问：“然后呢？”

卢家凯说：“我寻思这是什么意思？过了几分钟看她也没动静，我就问他，刚才发了什么？她赶紧和我道歉，说发错了，就聊了一会，她说大晚上的打扰我休息了，向我道歉，说要请我吃顿饭。”

呵呵，这手段，高，我怎么就学不会？

但同为女人，我深知柳夏梦的套路：“人家都这么说了，你哪里好意思，所以你第二天就请人家吃了顿饭，没过几天她又说要还你一顿饭，于是你们又见面了，再然后一起约看电影，你来我往的，就在一起了。”

卢家凯问我：“你怎么知道？”

我立刻脱口而出：“绿茶基本套路啊！但是这个深夜连撤三条微信的新招数，我给她个五星好评。”

真的，值得点赞！

卢家凯开始说我：“你看你，就是对梦梦有成见。”

我说：“当然了，只有女人看得见谁是绿茶！男人都瞎！”

然后我在心里说，你怎么不问我为什么对她有成见呢？问题在我么？

卢家凯开始护短：“绿茶怎么了，为了靠近我想点办法，这不是挺让人感动的吗？说明人家喜欢我在乎我啊！”

直男，翘尾巴了。

我说：“嗯，今晚我也扒拉扒拉单身优秀男人的微信，来个群发，深更半夜，连撤三条！”

卢家凯突然说：“对我女朋友，你稍微客气点客观点，行不行？”

我动作一顿，这才意识到我终于作到卢家凯的底线了。

他的底线就是柳夏梦。

我沉默了。

成功女人的标配是身边一群小狼狗

PART 18

WOMEN IN BEI JING

001

我们公司刚刚合作了一个饮料公司的项目，当时有好几家来竞标，其中有一个小男生，名叫朱朝阳。

但最终，我们没有选择他们家。

项目完结后几天，我正在自己的办公室里忙碌，下属许昕亮抱着一个大盒子进来了。

“陈总，刚才快递送了一盒苹果来，说是给你的。”

我问：“苹果？哪儿来的苹果？”

许昕亮说：“发件人叫朱朝阳。”

我愣了一下：“朱朝阳？哦，我想起来了。”

朱朝阳，那是个笑容灿烂的大男孩，牙齿洁白整齐，第一次见面自我介绍，嗓门就很洪亮，朝气十足。

“陈总您好，我是朝阳区的朱朝阳！”

想到这里，我说：“就是之前找我们合作的那家饮料公司的业务代表，那个饮料太腻了，不好喝，当时有一线品牌找我们，我们就没和朱朝阳合作。"

许昕亮也说："哦，那我也想起来了，他们家都是新产品，我觉得味道还行，不腻啊。"

我忍不住笑了："到底还是年轻人，喜欢吃甜，年纪大了喝不了太甜的了，爱喝清淡的爱喝茶了。"

许昕亮接话："少吃甜的对身体好，陈总，苹果给您放在这里了。"

我说："给我留一个就好了，其他的大家分了吧。"

许昕亮很快取出一个漂亮的红苹果，放在我的办公桌上，然后把盒子抱走了。

我拿起那颗漂亮的苹果，红彤彤的，脆生生的。

然后，我拿起手机，翻出朱朝阳的微信来。

我说："小朱，谢谢你的礼物。"

朱朝阳很快就回复了。

"是我老家自己家果园里产的苹果，没有农药，请您尝尝！"

我说："好的。"

朱朝阳趁热打铁："陈总，我们公司有几款新口味的产品投放市场，您看您什么时候有时间，我去找您？您给我们提提意见？我们老板一心想做影视剧的植入呢，希望有机会能得到您的垂青！"

我不禁笑了："我的垂青？"

朱朝阳忙改口："不，是想得到您的宠爱！"

我突然觉得朱朝阳真是太可爱了。

我说："好啊，你来谈谈合作？把新一季的产品资料也带上吧？"

朱朝阳简直眉飞色舞："嗯嗯，好的，姐姐我爱你！"

明知道这话是玩笑，我听得还是很开心。

没过一天，我和朱朝阳就约在了一家咖啡厅。

他大包小包带了一堆，还穿得很潮很时尚，看上去一点都不像是跑业务的，倒像是搞演出搞文艺的。

许昕亮见到朱朝阳，忙站起身去接应他的大包小包。

我这才发现，他还背着个健身的大包。

我不由自主地就用和小朋友说话的语气说："怎么背那么大的包

啊？”

朱朝阳说：“我一会跟你们聊完，就直接去健身房啦！”

我应了一声：“哦，喜欢健身呀？”

朱朝阳说：“是，一天不去就全身难受！”

我立刻对许昕亮说：“你看看人家，你也去健身啊。”

许昕亮说：“我？我下了班就想躺着，什么都不干。”

朱朝阳问许昕亮：“你住哪儿啊？要不和我一起健身吧，健身上瘾，等你去几次，不用别人催，你自己就想去了。”

许昕亮回答说：“是吗？我住土桥。”

朱朝阳说：“那远了点，我住欣欣家园。”

我看他们你一言我一语的，愣了一下：“哎？我住你正对面的小区，就隔一条马路。”

朱朝阳惊讶极了：“是吗？那你跟我健身吧，我带你！”

我说：“我家里有跑步机。”

朱朝阳说：“那不一样，健身是个氛围，你每天看着自己的变化，看着周边那些人的变化，心里感受不一样。”

我想了想自己二十几岁的时候，也曾去健身房折腾过，倒是没感觉到。

许昕亮这时说：“我先去点喝的。”

我将话题带入正题：“新品资料我看看？”

朱朝阳把新品资料拿出来，我翻阅着，就听朱朝阳说：“我刚才一路跑得太热了，你介意我脱下衣服吗？”

我随口应道：“脱呗，天气越来越热了，你怎么还穿长袖？”

朱朝阳边说“早上出来的太早了，有点凉”，边脱掉帽衫，双臂抬起的刹那，帽衫裹着T恤往上蹭着，六块腹肌赫然露了出来。

我下意识看了一眼，只觉得眼前突然一亮。

几天后的一个晚上，我正在家里敷面膜，朱朝阳来电话了。

他说：“姐！我在你家楼下呢，今天天气太好了，适合夜跑，你跑不跑？”

我想想他那张灿烂的笑脸，那六块腹肌，立马说：“跑！”

但我没忘在出门前简单化了个裸妆，换好我的运动服。

这对我来说，是一个美丽的、浪漫的、有趣的夜跑，朱朝阳一边带着我跑步，一边教我步律，教我呼吸。

我很废柴，跑到一半就不行了，他就拉着我慢慢跑。

等跑完了，朱朝阳还跟我做脚顶脚的拉伸练习。

我知道，我脸上的笑容就没退去过，我突然觉得自己又回到了二十几岁，也不知道自己有多久没有这样发自内心地笑过了。

等跑步结束，朱朝阳跟我一起往小区那边走。

他的嘴巴就像是涂了蜜："姐你是不是平时练瑜伽什么的呀，身材真好，素颜气色都这么好。"

我笑问他："你嘴可真甜，你们老板一定很器重你吧？"

朱朝阳说："我们是男老板，喜欢女员工，你懂的，所以我才要更努力啊。"

我点点头，突然问："你和许昕亮一样大吧？"

朱朝阳问我："他哪年的呀？"

我说："亮亮八九年的，金牛座。"

朱朝阳说："我九二年的，射手座的。姐你多大？"

我在心里感叹朱朝阳的年轻，回了他一句："哪有这么问女人年龄的呀！"

朱朝阳笑嘻嘻地："这不是旁边也没人嘛！哈哈哈，我觉得你是八八或者八七的。"

我说："姐八五年的，老女人了，比你大七岁啊！"

七岁，我上小学的时候，朱朝阳刚满周岁……

朱朝阳说："我说八八、八七都是保守说的，因为年纪太小的话肯定事业没有你做得这么好，八五的？我才不信呢！骗我！"

我觉得他挺好笑："骗你干吗？给你看我身份证。"

朱朝阳摊手就要身份证："好，我看看。"

我没想到他这么认真："我出来跑步哪里有身份证啊！在家呢！"

朱朝阳便趁机说："那去你家看。"

说真的，我真是好久好久都没见过这么热情又这么直接的男人了。

我笑了，说："走吧，去我家，请你喝杯茶，我新买了一套茶具。"

朱朝阳却煞有其事地反问我："大晚上的你敢约男人去你家啊！你胆子也太大了吧姐！"

我啐他说："你又不是男人！你在我这，是个男孩，是弟弟。"

朱朝阳不服气地看着我，绷着劲儿。

然后，他说："我这一身臭汗，回家冲个澡再去找你吧。"

我说："好啊，一会把我家门牌号发给你。"

朱朝阳走了两步，又折回来："算了，我还得回家再过来，折腾！我在你家冲个澡行不行啊？"

我说："行吧，我家正好有新毛巾。"

我带着朱朝阳回了家，他一进门就去了浴室。

等他出来的工夫，我已经拿出日式茶具，开始煎茶。

朱朝阳洗得很快，他出来的时候下半身裹着一块大浴巾，上半身赤裸着，身上还有点滴水。

我忍不住多看了两眼，漂亮的肉体没有人会不喜欢。

朱朝阳问我："姐，你家吹风机在哪儿啊，我吹个头发。"

"在第一个抽屉里，我给你拿吧。"我边说边起身，要去帮他拿毛巾。

但我没想到，就在我和朱朝阳错身而过，要进洗手间的一刹那，朱朝阳一下子按灭了灯。

我问："怎么把灯关了？"

朱朝阳低声喊我："姐。"

我明知故问："哎？你干吗呀，放开啊。"

朱朝阳就两个字："就不。"

接着，就是我被挠得发痒的笑声，和他急促的呼吸声。

那天晚上，我和朱朝阳发生了关系，用了三个安全套。

第二天早上醒来，我躺在他粗壮结实的臂弯里，看着他那张帅气年轻的脸，感觉自己一下子活过来了。

朱朝阳很可爱，他使尽了浑身解数展示着自己的一切，这个小我那么多岁的男人发自内心的真挚和俾睨天下的霸气，实在让我心动。

年轻男子的自信、虚荣、幼稚、势利，和他的狂妄、真诚、善良结合在一起，是那么吸引人，那么的让人快乐，哪怕只是昙花一现，我也舍不得放弃。

等朱朝阳醒了，他对上我的目光，手臂收拢，将我紧紧地抱进怀里。

我笑着催他：“你快回家吧，收拾收拾上班去。”

朱朝阳露出一副孩子般的笑容。

“跟做梦一样。”

我也笑了：“好了梦醒了，快起来吧。”

朱朝阳说：“好，下班了我去接你，我们去吃点什么呢？”

我说：“我下班了可能要加班。”

朱朝阳点头：“没事，那我等你吃夜宵。”

我眨了眨眼：“吃夜宵会发胖。”

朱朝阳接着说：“没事，我带你健身。”

我顿时哑口无言，只好任由他拥在怀里。

昨晚跑了步，晚上又来了几场运动，我这把老骨头啊……

这天晚上，我和朱朝阳去了簋街。

我们叫了一大锅的麻辣小龙虾，还开了北冰洋。

我边喝汽水边看着正在用笔记本工作的朱朝阳，不知道为什么，他坐在熙熙攘攘的路边摊上认真工作的样子，竟然让我想起了我的第二任男朋友张超。

我心里有点感慨。

这时，朱朝阳关上电脑。

“好啦，搞定！”

我问他：“你平时都随身带电脑啊？”

朱朝阳说：“当然啦，万一有工作呢，得随时待命啊！”

连他说话都很像张超。

我笑了：“这么努力啊？”

朱朝阳理所应当道：“我要努力工作，挣很多钱来养活你啊！”

我挑了下眉：“我可不好养啊。”

朱朝阳说：“别人能养得起你，我就也可以。”

我觉得好笑：“人和人不一样啊！”

朱朝阳依然很自信：“那就努力做人上人啊！”

吃小龙虾的结果就是，我第二天拉了一天的肚子。

当我扶着门从洗手间回到办公室的时候，我那三个手下张影儿、许昕亮和王伊萌，全都看傻了。

他们面面相觑，王伊萌先问我：“姐，你这拉肚子有点厉害啊，要不你先休息一会，我们下去给你买药去吧。”

我感觉自己都开始冒冷汗了：“行，帮我买个药去吧。”

然后，我就颓废地瘫在椅子上。

我想，我真的是不年轻了。

朱朝阳就什么事都没有……

得知我开始姐弟恋后，我的男闺蜜卢家凯又第一个站出来发表意见，提出反对。

他一脸震惊地瞪着我，这么说道：“什么？小你七岁！九二年的！他还是个孩子啊！”

我斜了他一眼，问：“你们家梦梦小你几岁？”

卢家凯说：“六岁。”

我皮笑肉不笑地反问：“你能，我为什么不能？”

卢家凯说：“你是女的啊！姐弟恋不靠谱！”

我白了他一眼：“你管我。”

卢家凯又开始数落我：“你这就是虚荣心作祟，觉得有个小男生喜欢你，你还没老，你优秀你美你骄傲！他为什么找你啊？是不是要和你合作？”

我说：“我们是合作谈妥之后才好的。”

卢家凯喊道：“那就是想靠着你！”

我说：“他自己省吃俭用养我，不花我的一分钱，他自己立的规矩。”

卢家凯又喊：“恋母情结！”

我也喊了回去：“你妈比你大七岁啊？！”

我的嗓门的确有点大，卢家凯很震惊。

他的声音瞬间变小了：“我这不是担心你吗？怕你被人伤害吗？

这事你可别跟你妈说啊，听了非得跟你急！这事说出去不好听！”

我觉得他简直不可理喻：“怎么好听啊？嫁个资产上亿的老头子就好听啊？”

卢家凯又拐着弯说：“你看看，你现在的智商，都退回到了七年之前了。”

我说：“我愿意！”

卢家凯气得够呛，拿我没辙：“随便你，反正别给我带过来认识，我接不住。”

谁让你接了？有病。

002

虽然卢家凯的话，我听不进去。

但话说回来，我和朱朝阳的相处，也的确有点代沟，我虽然看着年轻，但到底不是二十几岁的小姑娘了。

朱朝阳喜欢运动，经常带我去跑步、游泳，那些我都跟不上。

他还喜欢吃辣的，专门挑红油多的食物。

他带我吃火锅那天，我看着那些辣椒油浮在锅面上，迟迟都不敢动筷子。

朱朝阳还问我怎么不吃。

我说，我长了个痘痘。

朱朝阳却说：“没事，喝杯凉茶就下去了！”

我是女人，哪能经常喝凉茶？

我说：“每天都吃辣的，我这身体吃不消。”

朱朝阳又说：“那咱们明天不吃火锅了，要不去吃水煮鱼？”

我有点诧异：“那不还是辣的吗？”

朱朝阳有点委屈：“我以为你四川人爱吃辣嘛！”

我看着他撒娇的样子，突然又有点不忍心责怪了。

我和朱朝阳的差距，还表现在另一方面。

就好比说，在这场恋爱里，我更像是个事业有成的男人，而他是个爱撒娇的小姑娘。

朱朝阳有事没事就给我发微信，一条接一条。

我没工夫看，他会接着发。

直到我拿起来看了一眼，是一连串的“人呢人呢人呢”。

我感到很无奈，只好回复他：“开会中。”

当然，除了工作上的忙碌差异，还有我们回家后，晚上临睡前精力的差异。

朱朝阳精神抖擞，好像浑身的精力发泄不完。

他每天还会跟我讲当日的见闻：“……我们老板当时就傻眼了，赶紧去洗手间了，那个新来的实习生啊，可是倒了霉了，让老板丢了那么大的人。”

我听着听着，就困了，根本无心听他说话。

朱朝阳看了一眼哈欠连天的我，摇了摇我的肩膀。

“这才几点，你都困成这样啦？”

他很诧异，我更诧异。

我说：“这都十二点了，你怎么还不困啊？”

朱朝阳说：“你怎么能这么困啊？那你先睡吧，我打一盘游戏就睡。”

我没跟他客气，转头就躺下了。

然后，我感觉到他在我额头落下轻轻一吻。

朱朝阳说：“宝宝，我朋友们想认识你，明天约了一起晚饭，你有空吗？”

我问是什么朋友。

朱朝阳说：“我玩得好的基本都还是大学同学。”

我说：“好啊，我去。”

没想到朱朝阳话锋一转，又问：“今天送你回家的那个老男人是谁？”

我说：“葛总啊，合作了好几年了，老客户。”

朱朝阳气呼呼地：“哼，我看他对你有意思。”

我困极了，漫不经心地应道：“对我有意思的人多了，我太困了我要睡了。”

朱朝阳说：“我手机没电了，我能拿你手机玩吗？”

我说："用吧，密码我生日，你调静音啊。"

只是我没想到，朱朝阳却用我的手机干了一些让我瞠目结舌的事。

这话，还得从我去见他那些朋友说起。

那天，我故意把自己打扮得年轻一点，走进 KTV 的包间，朱朝阳正坐在人群中，见到我立刻起身。

他的朋友正如他所说，十多个男男女女，都很年轻，都很时尚，都很潮，有的还有纹身，还有鼻钉，各个在沙发上，怎么坐的都有。

大概是我在工作中见多了彬彬有礼的客户，乍一见到这样的场景，有点怔。

朱朝阳拉着我的手，拿起麦克风说："介绍一下啊，我女朋友，陈可。"

大家一起大喊了声"嫂子好"。

我笑笑，尽量表现得轻松可爱，随着朱朝阳坐在了沙发上。

大家人手一瓶啤酒。

众人一起喊："喝一杯！"

然后，他们就举着啤酒瓶开始吹。

满屋子都是青春的气息，和我是那么的格格不入，我看着他们，感觉已经很久没有这样对着瓶子吹啤酒了。

我喝了两口，就呛着了。

我要放下杯子，一个小姑娘却说："嫂子这不行啊，我们都干了。"

我只好喝光，胃里难受。

他们又开始点歌，上蹿下跳地肆意散发精力，刚才那个小女孩又凑过来，给我递了水果拼盘里的东西。

小姑娘突然问："嫂子，你们想买个什么车啊。"

我愣了："啊？车？我没有要买车啊。"

小姑娘说："阳阳让我们给他众筹呢，说要买辆车啊！"

我这才知道，原来朱朝阳众筹买车，打的是我的旗号。

我很生气，唱完歌就走了。

大街上，我走在前面，朱朝阳跟着我在后面解释："我想有个车，每天开车送你啊！"

我说："没有必要啊！我打车公司给报销啊！"

朱朝阳说："我想我开车，你坐在我的副驾驶，让你们单位的人都看见。"

我突然觉得他很可笑："我第一次听说，借钱买车充面子的。"

朱朝阳说："不是充面子，我就是想以后接送你上下班。"

我反问他："你知道你这样在你朋友心里是什么行为吗？借钱泡妞！"

朱朝阳反驳："不可能，他们都答应借给我啊！我人缘没有那么差，我可以慢慢挣钱还啊！但是我现在就是想要一辆车，想每天带你上下班！"

我觉得我们的沟通有问题，简直鸡同鸭讲。

"你脑子里在想什么啊？这是什么逻辑啊！"

朱朝阳也理直气壮："要什么逻辑啊，我们在一起，本身就没有逻辑啊！我就是想表现得好一点，不让你受委屈，不然你的同事你的朋友会瞧不起我。我要是有一辆车，他们起码觉得我不是穷小子，我不是来欺骗你感情的！"

我这才明白问题的所在。

我说："没有人瞧不起你，没有人说你是欺骗我感情！"

朱朝阳急了："有！我那天用你手机，我看见他们给你的留言了！"

我简直要抓狂了，他不是说他玩游戏吗，为什么看我微信？

我长长地吸了口气，说："我们都冷静冷静，好吗？"

朱朝阳问我："你是不是想和我分手？姐弟恋怎么了，只要有爱，什么恋都没问题啊！"

他逼得太紧了。

我摇摇头："我现在脑子很乱，姐弟恋的确没有问题，否则我不会和你在一起，可是比起爱情，可能合适更重要。"

朱朝阳喊道："我们合适啊！哪儿不适合呢？"

我看着他，慢慢道："火锅好吃，可我已经过了每天都馋火锅的年纪了，是我不争气，即使再努力，还是会拉肚子。"

朱朝阳惊了："啊？你什么意思啊？我听不懂。"

我依然看着他："这就是问题所在，说实话，我可能是离婚之后太想重新开始一段感情了，我有点没想明白，我想好好地想一想，可以吗？”

朱朝阳立刻说：“可以，但你不要和我分手，可以吗？”

然后，他哭了。

我看在眼里，却一点也不觉得感动，我只觉得有些害怕面对这样的男朋友。

七年的差距，何止是体力、精力、财力，还有心智。

我不再接朱朝阳的电话，我需要冷静。

我的工作一如既往忙碌，只有投入其中，我才会觉得自己什么都可以掌握住。

第二天，我就恢复了最佳的工作状态。

我正在跟张影儿交代工作：“你看下这个月的工作计划，帮我把已经约好的确定的约会，填写到我的备忘录里吧，没有确定的，你逐个联系一下。然后把这个合同给法务过一遍，有几点我拿笔手写了一下，你需要和法务解释一下，你看这里。”

朱朝阳又打来了电话。

我没理会，按掉声音。

我继续说：“你看第一点，关于订金，我们之前都是百分之十，但这次因为我们签合同的时候，第一条的事项，客户已经完成了，所以第一笔款和第二笔款，合并为第一笔。”

朱朝阳又打来一个。

张影儿见状，说：“姐你先接电话吧，我一会再过来？”

等她出去，我接起电话。

朱朝阳问我：“为什么不接电话，我想和你谈谈。”

我说：“我这几天有点忙，我们过几天见面聊吧好不好？”

朱朝阳又开始耍赖：“不行，我要难过死了，我今天要见你。”

我的声音很淡：“你这样的状态解决不了问题的，今天我真的很忙，过几天我们约。”

然后，我就挂断了电话。

我开始躲避朱朝阳，晚上下班回到小区里，见到他坐在单元门口抽烟，一脸憔悴，我都没有上前同他照面，转而改走地下车库。

朱朝阳又追到我家门口，他一个劲儿地按门禁。

我打开门禁视频，里面是朱朝阳心急如焚的样子。

我没理，又坐回客厅的沙发里。

也不知道那门禁响了多久，大概是我已经戴上耳机开始工作之后，我的手机上进来一条短信。

是物业的小崔。

“陈姐，有个叫朱朝阳的说是你男朋友，说你们吵架了，他想到你家道歉，让我们帮忙开单元门，能让他进去吗？”

我回道：“我没在家。”

物业小崔回复我：“好的姐，我明白了。”

就这样，数日之后，朱朝阳不再来了。

他明白了，我们分手已成定局。

两个人在一起，要互相喜欢，可分手，一个人说了就可以算。

但朱朝阳留给我的烂摊子，却持续了好几天。

那天，张影儿怯怯地来到我的办公室，小声说：“陈总，我跟你说个事。”

我有点奇怪：“进来吧，怎么了？偷偷摸摸的。”

张影儿依旧小声问我：“你是不是把葛总、黄总、曹总的微信都给删了啊。”

我惊了：“删他们微信？为什么啊？”

张影儿说：“啊？要不你看看手机？今天一大早好几个人来问我怎么回事。”

我立刻打开手机，翻找了一圈。

“是啊，这些人怎么没了呢？”

张影儿这时说：“姐，你是不是要给人家挨个解释一下啊，好像都以为是你故意删的，都不是太高兴……”

我也有点蒙圈：“奇怪了，怎么都没了呢。”

与此同时，我的座机响了。

是卢家凯，他很愤怒：“我！卢家凯！”

我问：“你怎么打电话到我公司来了？”

卢家凯质问我：“你怎么把我微信给删了，手机号是给黑名单了吧？怎么打都在通话中，我怎么得罪你了？”

我持续震惊中：“啊？我看看？”

结果，卢家凯先找到了答案：“你那小男朋友干的吧，可真行！幼稚！”

我顿时觉得烦躁起来。

吸了口气，我对张影儿说：“影儿，你和这几位都打个招呼，就说我小侄子玩我手机的时候，把通讯录都给删了，你先和大家挨个解释一下，稍后我再把大家重新加回来。”

张影儿却是一根筋儿：“好。姐你什么时候有小侄子了？谁家的熊孩子啊？”

我：“……”

我不知道别人经历的姐弟恋靠不靠谱，怎么靠谱，反正我这个，是真不靠谱。

女人成熟的标志是不被感情束缚

PART 19

WOMEN IN BEI JING

001

天有不测风云，人有旦夕祸福，无论你多富有，多贫穷，在灾难、疾病面前，都是一样的。

就最近几天，我们公司出了一件大事。

总裁先生去爬山，没想到突然摔了一跤，太阳穴碰到了岩石，没抢救过来，人就没了。

当我得知这个消息的时候，是刚进办公室，见大家都没在自己的位子上，熙熙攘攘交头接耳，然后张影儿就把这第一手消息分享给我。

听说，还要空降一位新总裁过来。

我有点傻眼。

说是空降，新总裁秦励飞很快就上任了，他很年轻，新官上任三把火，他很有魄力，也很有决断力，他要重新调整公司的发展方向，自然也不信任上一任总裁留下的人脉。

因此他上任后做的第一件事，就是撤换掉几个高管。

顾映真看得很开，她接到消息的第一时间，就说了一句话："我服从安排。”

然后，她就优雅地离开了会议室。

后来，顾映真就跟着丈夫移民去了国外，开始享受人生。

而一直想进军副总裁职位的我，却被卡在事业的瓶颈里，猝不及防，却不得不从。

后来，我去了顾映真的办公室，她已经离开了。

等我回到自己办公室，才在办公桌上看到一支口红，再一抬头，原本放在顾映真办公室的那面古铜色镜子，也出现在我的桌上。

镜子上是顾映真用口红写的八个字：“生命不息，折腾不止。”

这让我突然思绪万千。

说起女人的事业，我就感觉到时代变化太快。

以前，我们都是在办公室里厮杀，现在的小姑娘都是在小屏幕里玩直播，就好比说卢家凯的女朋友柳夏梦。

我去找卢家凯那天，柳夏梦正在直播化妆，卢家凯一脸宠溺地看着她。

等她结束，回过头来跟我们说：“我今天收到好多礼物啊！”

我问：“你还玩直播呢？”

柳夏梦说：“没事儿播着玩！挣点零花钱呗。”

我有点感慨：“真是百花齐放的时代，干什么都能挣钱。”

卢家凯立刻没好气地看了我一眼。

“你打算怎么办呢？换个公司上班？”

我说：“消息飞快，今天接了一天猎头的电话，开的条件都很不错。”

我知道，我不缺下一个东家。

卢家凯说：“那必须的，你可是在公司里创造过一个新部门的人，这样的能力，哪个公司不想要啊。”

柳夏梦接茬儿：“可姐你那么有能力，干吗给别人干啊，自己干呀。”

卢家凯问：“自己能干什么啊？”

柳夏梦道：“我们老板，不也是自己干吗？北京有十二家连锁店了呢！都要开到上海去啦！好像之前也是哪个大公司的部门领导。”

卢家凯又跟着柳夏梦妇唱夫随：“是啊，要不你也开个什么店吧！

或者干点别的，要不你也弄直播？”

我瞅着他俩，笑了：“去你的吧！我先休息休息，火急火燎地奔了10年了，该缓一缓了，我想明天回家，陪我妈把眼睛的手术做了。”

卢家凯说要送我去机场。

我拒绝了。

这次，我特意买了火车票，全程四十一个小时，正好看看风景。

就像我当年来北京那样。

时移世易，人事全非。

唯一不变的，大概就是风景了。

火车车窗外的山河，好像就和十年前一样，别无二致。

我那一路上都在回想，当年穿着白球鞋坐火车到北京折腾的小姑娘，一下子感觉到，自己是真的不一样了。

我妈的眼睛是在老家做的手术，她的眼科大夫叫许斯明，今年四十二岁，妻子病逝，如今正独立抚养六岁的儿子，在我赶回家之前的那段时间里，我妈住院期间，很多事都是许斯明帮忙张罗的，是个很有爱心的医生。

我和许斯明在手术室外打了第一个照面，匆匆而过。

后来，还是在我妈的病房里，她眼睛上缠着纱布，我给她剥桔子吃的时候，许斯明拿着面包进来了。

我们正式认识。

许斯明一进门就说：“阿姨，今天没排上芝士蛋糕，但是有绿豆糕哦。”

我妈兴奋地伸手就要拿点心，显然和许斯明十分熟悉，一点都不见外。

再看许斯明和妈妈说话的样子，俨然像个大男孩。

我妈说：“绿豆糕也很难排到的！这一口啊，惦记很久了！”

许斯明承诺道：“您喜欢吃，我就多去买几次。”

我妈说：“那怎么好意思，我女儿回来啦，让她去。”

就这样，我和许斯明打了个招呼：“哦，您好！”

我妈立刻怪起我："你不在的时候，都是许大夫照顾我的。"

我笑道："谢谢许大夫，麻烦您了。"

许斯明跟我保证："你在北京工作忙，这里有什么我能照应的，尽管找我。"

就这样，因为我妈眼睛的关系，我和许斯明也渐渐熟了起来。

几天后的一个晚上，我拿着大包小包去许家拜访。

前来开门迎接的除了许斯明，还有他儿子。

许斯明将我迎进门。

他的儿子很懂事地和我打招呼："阿姨您好。"

我说："啊你好，你叫什么名字啊？"

小男孩说："我叫许思博，但我的思，和我爸爸的斯，不是一个字，我是思考的思，博学的博。"

这小男孩小大人一样，可爱极了。

我便蹲下来和他聊天："名字很有寓意呢，几年级了？"

许思博却反问我："阿姨你看我像几年纪的呢？"

我说："我猜，二年级？"

许思博非常得意："不，我都三年级了！"

我笑笑道："哦，听说你要期末考试了，医院的那个柯奶奶特意让我给你买了点文具，还有小零食，但是奶奶说，每天不能多吃，和你约定过的哦。"

许思博接过礼物："嗯，我不多吃！"

然后，他回头喊道："爸爸！"

许斯明从厨房出来，腰间系着围裙。

许斯明对我说："别光送礼物来啊，也尝尝我的手艺，大言不惭地说我厨艺还是不错的。"

我一看那个架势，便说："是吗？那我来帮厨吧？"

这时，许斯明凑过来，小声问我："你语文好吗？作文。"

我忍着笑："我一直是语文课代表。"

许斯明眼睛突然亮了："太好了，帮我给孩子辅导一下作文，我啊，文科不好，刚才问我题目，我脑门都要出汗了！"

趁着许斯明做饭的工夫，我和许思博一起在他的小卧室补习功课。

晚上，我们一起吃了家常菜，不得不说，许斯明的厨艺很棒，满满的家的味道。

我一边吃，一边夸。

许斯明说："家里不想开火的话，就带阿姨一起来我家吃，要不然我做多了也是剩，可惜了。"

我笑问："我妈经常来你这里蹭饭吗？"

许斯明看了看我，一副欲言又止的样子，然后他才问："去年，你妈妈脑梗住院了一个月，你是不是都不知道啊？"

我整个人都傻眼了。

"脑梗？一个月！"

许斯明说："那时候给你回复信息的，都是我。你妈妈说怕影响你工作，不让告诉你，说家长在老家身体不好，对不起在外面闯荡的子女。"

我的脑子一下子空了，眼眶也红了，强烈的负罪感涌上心头。

许斯明说："其实可以考虑带着妈妈在北京生活，或者多回来陪陪她。"

我点点头，什么都说不出来。

等我从许家回来，又去医院陪我妈。

我妈便趁热打铁地跟我聊起他。

那时，我正在看 Kindle，我妈问："许大夫一家是不是很好？"

我随口接话："是啊，许大夫人真好，思博也可爱。"

我妈开始兜他的家底："思博妈妈很早就去世了，许大夫一个人把孩子拉扯大的，多不容易啊。"

我"嗯"了一声。

我妈感慨："多好的男人啊。"

我已经意识到我妈的意思，没多说。

果然，我妈话风一转，就落在我身上了："北京你也待够了，也没有那么顺心，你回来生活，找个像许大夫这样的好男人，也能陪陪我，不可能吗？"

我叹了口气，借口要去洗手间。

我妈却说："你憋一会吧，我有正经事想和你商量，你舅舅那个公司，说可以请你过去上班。你要是不想工作了，我们自己盘个店，做点小买卖也可以吧？"

我叹道："妈，我还没彻底想好。"

我妈问我："你要挣多少钱才甘心呢？你现在的生活，幸福吗？"

说实话，我不知道。

我追求的，不只是钱那么简单。

002

话说回来，许斯明的确是个不错的男人，和他相处、和他说话，我没有压力，觉得很舒服。

好像，生活原本就是这样。

那天，我和许斯明在医院的花园里散步。

许斯明问起我生日的事，打算怎么过。

我说："过了三十多年生日，也没过出什么花来，不过了。"

许斯明笑了："可是许思博很期待你的生日啊，还为你准备了礼物。"

我有点惊讶。

然后，许斯明就从白大褂里拿出一个纸袋子，递给我。

我打开纸袋子，拿出来一看，竟是一块印了许思博画的卡通头像的丝巾。

许斯明说："思博画的你，我给印在丝巾上了。"

这礼物很别致，我拿在手里反复看着，然后打成一缕，轻巧地系在自己的脖子上。

我问："怎么样？"

许斯明说："很时尚。希望你喜欢！"

我低下头，笑了："谢谢你们让我觉得这个生日不孤单。"

许斯明突然说："我们医院的树可都是百年大树，很有灵气，要不要到树下许个愿。"

我跟着他走到老树下，抬头看，有个鸟窝。

"你看，有个鸟窝。"

许斯明说："原来这里有一窝鸟，后来都飞走了。"

我说："是啊，想飞的鸟儿永远都没有窝，飞走了，就飞不回来了。"

许斯明道："那也未必，总有倦鸟归林，所以这个窝，一直都还在这里，等着鸟儿回来。"

我看着他，突然感觉到这个成熟男人的睿智。

我和许斯明的关系，进展得很缓慢，彼此之间没有干柴烈火的热情，也没有挑明说开对未来婚姻的规划。

更多时候，我们都是在聊家常，谁也不捅破那层窗户纸，只享受当下。

直到我临走前几天，我在许家和他一起摘菜，他说："我今天听见你在订机票了。"

我点点头："回来已经两个月了，物业催着交物业费，一堆事情还需要回去处理。"

许斯明看着我，他的眼里有留恋。

我说："我会经常回来的。"

许斯明点点头："行。"

我看着他，突然问出一个我想问很久的问题："当年华西医科大学毕业，你为什么留在这里，没想过回福建，或者去北上广发展吗？"

许斯明说："那时候的一线城市，不是那么好去的。当然年轻的时候我也太保守了，没有把握的事情，统统都不敢干，现在胆子大了，倒真的很想去做点冒险的事情了。"

我笑了："那你能理解一个人的欲望吗？就是总也不知足，总是想更好。"

许斯明缓缓道来："自己在心里较劲，可是不和自己较劲，又做不到吧？"

我说："是的，做不到，自己压制不住自己的想法，也很痛苦。"

许斯明笑了："怎么想的就怎么做，每个人不一样，人生和病例不一样，没有标准答案。"

我看着他："我好像从来没有这样和人探讨过这个问题，其实都有点难以启齿，我一直觉得，欲望不是个褒义词，尤其对于女人。"

许斯明的每一句话都透着智慧："对于珍惜欲望的人来说，欲望就是个褒义词，没有人生来就好战，我们现在所有的努力，都是为了曾经受过的屈辱和不甘心。”

“听起来，你很有感触。”

“我每天都在和自己较劲，我想成为这里最好的眼科医生。所以我接受不了手术失败，也不能接受自己对病人无能为力，我希望我更有能量。当我做不到的时候，病人就会说，我们去北京的医院看看吧，那里的医生更好，可即使去了北京，那里的医生和我的诊断一样，病人也不会说许医生医术还是过硬的，不差北京的医生。”

我低声问：“所以，你想去北京发展？”

许斯明说：“三年以后，这里的工作到期，思博小学毕业。”

我一下子笑了，他的话，我懂，我的话，他也懂。

许斯明加重语气：“三年。”

我用力“嗯”了一声。

许斯明盯着我，终于问出那句话：“你能……在北京等我吗？”

我觉得，我的眼泪都要出来了：“你这买的什么葱，怎么这么呛眼睛。”

提着行李离开家那天，我跟我妈说，我以后至少一个季度回来一次。

结果，我妈又说我：“回这么频繁干吗，还嫌自己不够忙吗？给我买机票，没事儿我过去看升旗。”

我和我妈抱了一下，提着箱子下了楼。

楼下，我看到了许斯明和许思博。

我没想到他们会来送我。

许思博跑上来抱住我，哭了。

我哄他：“思博不哭啊，阿姨很快就会再回来的。”

许思博说：“我本来不想来的，我怕我舍不得阿姨，我会哭。”

我紧紧抱着这个孩子，再一抬头，撞上许斯明的目光。

心里，暖暖的。

天，晴了。

回到北京，我约了卢家凯和柳夏梦一起去逛街。

我先去了一趟玩具店，卢家凯问我给谁买，是不是杨大赫的孩子，还问我上礼拜陪他的孩子去国际学校面试怎么样。

我叹了口气："杨大赫那英语根本不行，苗苗也不行，说让我冒名顶替孩子家长去面试，我本来还挺自信的，我这英语水平当初高考一百三十多呢。结果去了以后，我们灰溜溜走了。"

卢家凯也有点诧异："那么难上啊？"

我说："杨大赫也想明白了，不来北京了，我们把教育这事想得太简单了，在北京，不是有钱就可以。"

卢家凯转头就问柳夏梦："你英语行吗？以后咱孩子能不能上国际小学？"

柳夏梦很得意："我大学学的就是英语专业呀，专业八级。"

我又震惊了。

柳夏梦总让我震惊。

然后，我挑了一个乐高。

我让服务员包装好，并附上一张贺卡。

我在贺卡上写了这样一句话："思博，希望你给阿姨搭建一个漂亮的家。"

想飞的鸟儿永远没有窝

PART 20

WOMEN IN BEI JING

001

其实，那天从攀枝花回到北京，我没有立刻回家。

心境变了，眼里看到的风景也变了。

我租了一辆高档的商务车，打开笔记本，在里面写下这样一句话：“拥有更好的状态之前，一定是混沌。失去了一切之后，反倒不会慌张了。”

司机问我：“您好，您租了两个小时的车程，请问您要去哪里？”

我说：“随便开，我只是想看看北京。”

我发现，这里我从来没有好好看过。

但在那两个小时里，我却看到了自己走在街上的身影和以前经历过的故事。

北京，一天二十四小时，到处都充满着忙碌的“北京人”。在路上跑着辛苦挣份子钱的出租车司机，因为耽误了时间而失去工作的送餐员，洗头房里说不清道不明职业属性的女郎们，恩恩爱爱的男同志，三里屯穿得妖魔鬼怪的年轻人们，中关村门口卖凉皮发家的清华学子，医院急诊室的深夜繁忙，默默维护北京治安的国家团体，跳广场舞的朝阳大妈们等等……

认识的，不认识的，有交集的，没有交集的，每一天，所有人都在为明天而努力。

这个城市，从来没有停止过。

我很快卖掉了自己手里的那套房子，在国贸租了一套小公寓。

房产中介还惊讶地说，国贸的公寓特别贵!

我说："所以我们才要更努力啊！"

那次搬家，我是带着微笑的。

北京十年，我搬过九次家，这是第十次。

这一次对我来说，不再像以前几次那样狼狈不堪，满脸郁闷，唉声叹气，也没有屈辱、难过、悲愤、无奈，它更像是整理过往奔赴全新生活的仪式。

直到现在，我才从心里承认，北京真的是个美好绚烂的城市，但只有我有能力生存在这里的时候，我才能看得见北京由内而外的一切美好。

不管我有多落魄，多美好，多想哭泣，多想咆哮，多想狂奔，多想飞翔，多想安静，北京都能包容着我。

十年，我沿着最初的梦想，一步一个脚印地活成了如今的模样，到底算得还是失？算好还是不好？我一点都不想总结，来日方长，慢慢地自会有答案。

欲望是永恒的创造力，继续走吧，前面是什么已经不重要了，重要的是，我可以一直走下去。

至于我在北京认识的那些朋友们，他们也都很好。

我一一去拜访过。

我先去了药梅的工作室看她，拎着泡椒凤爪和鸭脖子。

药梅问我拿的是什么，我笑道："我想吃泡脚凤爪和鸭脖子了，你有空陪我吃一顿吗？"

药梅别提多高兴了。

后来，我又去找高飞，请他帮忙。

高飞问我："怎么想起来约我喝咖啡了？"

我出其不意地说："我见到药梅了。"

高飞诧异极了。

我笑了："哈哈，还记得咱们的切口吗——江湖救急。"

我和卢家凯依然保持着纯洁友好的异性闺蜜关系。

柳夏梦出差的时候，我就一大早拿着早餐去砸卢家凯的门。

卢家凯一脸的起床气："你来干什么啊！"

我说："帮出差在外的柳夏梦看看屋里有没有别的姑娘。"

卢家凯回道："神经病啊！一大早的，来借钱啊！"

我懒得理他："我来送爱心早餐的好不好！"

卢家凯眼睛亮了："有牛肉大葱的包子吗？"

"Of course！"

我离开公司前，还听到以前三个手下凑在一起窃窃私语。

张影儿说，给她新换的部门，她真的干不动，想换工作了。

许昕亮说，他都开始到处投简历了。

王伊萌说，别啊，大家都走了她怎么办，大家再一起去一个地方吧！别就这么散伙了呀！

直到我站出来："窃窃私语什么呢！不怕被开除啊！"

他们才老实。

至于桔子和笨笨，一如往常。

我们姐妹之间的聚会，聊的还是男人和家庭。

桔子已经怀孕了。

笨笨跟我们吐槽："我老公非劝我辞职做家庭主妇。"

桔子立刻阻止："可别！一会发胖，二会和社会脱节变傻变呆，三会被孩子捆绑得失去自我。"

笨笨发愁极了："那去哪儿找那种不坐班、能照顾家庭的兼职工作呢？"

就这样，搞不清男女关系、但是搞得清人脉关系的高飞，成了我的商务经理。头脑活泛乐于贡献一切资源的桔子，成了我的内容策划。老实本分一件事都不会办砸的笨笨，做了我的行政总监。善于与人沟通人缘甚好的卢家凯，承担起了业务推广。而越来越红的美女作家药梅，则成为了我的专栏作者，和我一起创业。张影儿、许昕亮、王伊萌三人也继续跟着我征战……

哦，我也有了自己新的工作——自由撰稿人。

我也越来越明白，成长是一件踉跄的事，未必经得起特写，我们不必为那些辛苦成长的时光勉强正名，但那些时光里一定有动人的人和事情留下。

几天后，许斯明来北京看我，我正好买水果回来，在单元门口看到他。

他拎着行李，说："临时参加一场专家会诊，所以没跟你打招呼，直接就来了。"

我很开心："来得真巧，我刚买了好多水果，着急去开会吗？有空吃晚饭吗？"

许斯明笑问："是不是馋我的水煮牛肉了？"

我忍不住跟他撒娇："你要没空做，我也不强求哦。"

许斯明煞有其事地："这个空，可以有。"

许斯明跟着我进了门，他说："我看了你的公众号第一篇文章。阅读量那么多，医院里很多人都很喜欢你写的文章。"

我笑得小得意。

许斯明说："你看你，没有办公室也不给大家发工资，虽然是白手起家，总归不能寒酸，这是我的一点积蓄，你可以先租个办公室，人心常聚在一起才能迸发出更大的力量。"

他拿出一张存折。

我的眼眶瞬间就红了，回头缓缓地抱住他。

再后来，李晓芸一家也来北京玩，顺便看看我。

我们一起去了鸟巢，我和李晓芸在一边坐着，看着远处的田子带着一儿一女玩。

我说："我也什么都没干啊，现在变成了一个自由职业者，吃了上顿没有下顿。"

李晓芸说："真羡慕你这种一眼看不到底的生活，可是换我，我应该没有勇气过这样的生活。"

这话多么的耳熟啊。

我说："换我过你的生活，我怕我也应付不来。"

李晓芸突然说："我以前老爱催你结婚生孩子，我现在不催了。"

我问为什么。

李晓芸说："每个人的人生，都应该和别人不一样。"

我笑她："说得这么文艺？你就说你现在可以接受我的折腾了？"

李晓芸说："就像你也接受了我的安稳一样。"

我问："那安稳和折腾，哪个更好呢？"

李晓芸说："再过十年，再来比比看。"

我又笑了："干吗要比呢？"

李晓芸说："女人不就是活到老比到老吗？你是我的动力啊，但我有信心过得更好。"

这时，李晓芸的大女儿一蹦一跳地扑回到她身边："妈妈，妈妈，我以后也要来北京放风筝！"

李晓芸说："那你要努力学习，才能来北京哦。"

我一下子就想到了自己小时候。

那时候，我看着我妈妈在天安门前的留念照片，我说，我以后也要去北京。

而现在的我，说起来还真是一无所有了，没有存款、没有工作、没有房产，当初削尖了脑袋挣来的一切，都化为乌有了，我的生活好像回到了原点。

但似乎，我却又什么都拥有了，而且心情很好，很平顺，一点都不焦虑。

北京是个拥有无限可能的城市，而我们，都是这座城市里拥有无限可能的人。

正如李晓芸说的那句话，这是“一眼看不到底的生活”，至于未来，现在谁说得好呢，也许我还会无助、焦虑、伤心、难过，身边会有意想不到、突如其来，可那又如何?

我是我，越来越好的我。

再坏的事都经历过了，只要把自己拾掇好了，和谁在一起，都不会差。

对于那样的未来，我心里充满了期待。

——END——

出品人	朱家君	执行总编	罗晓琴
总经理	常蓦尘	设计总监	李　婕
总编辑	熊　嵩	发行总监	章筱迪
		插图绘画	Greta
执行策划	沈　曼	流程校对	沈　曼　夏金铃
装帧设计	肖亦冰　徐　蓉	宣传营销	蒋　惊　蒋　雷

总出品　漫娱文化

图书在版编目（CIP）数据

北京女子图鉴／张佳 编剧；余珊珊改编 .—武汉：长江出版社，2018.3

ISBN 978-7-5492-5682-2

Ⅰ. ①北… Ⅱ. ①张… ②余… Ⅲ. ①长篇小说－中国－当代 Ⅳ. ① I247.5

中国版本图书馆 CIP 数据核字（2018）第 050287 号

北京女子图鉴 / 张佳 编剧 余珊珊 改编

出　　版　长江出版社
（武汉市解放大道1863号　邮政编码：430010）
出　　品　漫娱文化
（湖北省武汉市积玉桥万达写字楼11号楼19层　邮政编码：430060）
出 版 人　赵　冕
选题策划　长江出版社青春动漫编辑室
市场发行　长江出版社发行部
网　　址　http://www.cjpress.com.cn
责任编辑　钟一丹
装帧设计　肖亦冰　徐　蓉
印　　刷　深圳市精彩印联合印务有限公司
版　　次　2018年3月第1版
印　　次　2018年3月第1次印刷
开　　本　880mm × 1230mm　1 ⁄ 32
印　　张　10.25
字　　数　250千字
书　　号　ISBN 978-7-5492-5682-2
定　　价　42.00元

电话：027-82927763(总编室)　027-82926806（市场营销部）